VISITEUR

DU MÊME AUTEUR

LE PASSAGER DU SIÈCLE. *Guerres, révolutions, Europes*, avec François Fejtö, Paris, Éditions Hachette, 1999.

LES FRÈRES SÉPARÉS. *Drieu La Rochelle, Aragon, Malraux face à l'histoire*, trad. de Carole Cavallera, Paris, La Table Ronde, 2008.

MARINETTI ET LA RÉVOLUTION FUTURISTE, trad. de Carole Cavallera, Éditions de L'Herne, coll. « Carnets de L'Herne », 2008.

MALAPARTE, VIES ET LÉGENDES, Grasset, 2011 ; édition revue et augmentée, Paris, Éditions Perrin, coll. « Tempus », 2012.

ITALO SVEVO OU L'ANTIVIE, Grasset, 2013.

UNE GÉNÉRATION PERDUE. *Les Poètes-guerriers dans l'Europe des années 1930*, trad. de Carole Cavallera, Paris, Éditions du Seuil, 2015.

D'ANNUNZIO LE MAGNIFIQUE, Grasset, 2018.

AMOURS DIPLOMATIQUES, roman, Grasset, 2020.

LE MYSTÈRE MUSSOLINI, Perrin, 2021.

DISCOURS DE RÉCEPTION À L'ACADÉMIE FRANÇAISE, Grasset, 2022.

MAURIZIO SERRA
de l'Académie française

VISITEUR

roman

BERNARD GRASSET
PARIS

ISBN : 978-2-246-83262-1

VISITEUR, EUSE n.
Celui, celle qui va voir quelqu'un ou quelque chose. Il se dit aussi de celui qui est commis, de celle qui est commise pour visiter.

Dictionnaire de l'Académie française,
8e édition.

I

L'EXILÉ DE LA *COSTIERA*

À Boris, Franco et Ludovico,
vivants comme jadis.

Avant-hier

Les gens du cru, par atavisme bourbonien ou habitude de conférer aux étrangers des titres ronflants, l'appelaient le baron ou le professeur, usage débonnaire, à peine malicieux, en rien servile. Il n'était, ai-je vite appris, ni l'un ni l'autre ; mais il portait son statut d'exilé avec la distinction d'un titre héraldique ou académique, forgé et confirmé par les siècles ou les études. Je le revois tel quel : de taille moyenne, néanmoins imposant, le visage presque violacé par l'effet du soleil sur un épiderme peu accoutumé au hâle, les cheveux grisonnants collés au crâne, une bouche dédaigneuse qui semblait ignorer le sourire, les joues creusées par de mauvais soins dentaires et de trop nombreuses déceptions. Emmitouflé jusqu'en mars dans un manteau à martingale qui avait connu des jours meilleurs, sur la tête un chapeau élimé vissé comme un képi, aux pieds de solides chaussures viennoises à double semelle, il semblait toujours prêt à inspecter la ligne d'un front imaginaire. Je ne sais pas comment il s'habillait l'été, lorsque, ne supportant pas la chaleur, je m'éloignais pour prendre le frais dans quelque vallée alpine. Il gardait sans doute la même allure martiale sous des vêtements plus légers, d'une mode tout aussi désuète. Sa garde-robe était minimale, deux ou trois costumes au mieux, il ne semblait pas en posséder davantage, et peut-être s'en moquait-il. Il ressemblait à la réclame, populaire à l'époque, d'un cachet contre les brûlures d'estomac.

Tout dans le personnage paraissait renfrogné, maussade, presque hargneux. Pourtant, quand on l'approchait – je ne peux pas me vanter de l'avoir beaucoup connu, mais tout de même un peu –, c'était l'homme le plus aimable qu'on pouvait rencontrer au milieu des années 1950, dans la mythique *costiera*, cette côte amalfitaine encore épargnée par le tourisme de masse, surtout hors saison, refuge de pédérastes romantiques et de phalènes scandinaves décolorées. Le contraste entre le maintien péremptoire, digne d'un colonel habsbourgeois en retraite, et la mélancolie de son regard, perdu dans des mondes qui n'appartenaient désormais qu'à lui, intimidait les jeunes gens gominés qui descendaient, le soir, à cyclomoteur, vers les dancings de Positano et de Sorrente. On aurait dit qu'ils étouffaient la pétarade de leurs engins en signe de respect, devant la table où il s'asseyait pendant des heures avec une carafe de vin blanc, accompagnée, rarement car il devait veiller à ses dépenses comme à son ulcère, d'une succulente friture de calamars et de seiches. Il s'exprimait de préférence dans un français germanisé, hérissé de palatales et de gutturales ; son modeste italien était adouci par des voyelles grandes ouvertes, qui le rendaient étrangement vulnérable. Telle fut l'impression que j'en eus dès notre premier contact, à la terrasse d'un café qui, je crois, n'existe plus, balayé par la spéculation immobilière.

Des intellectuels réels ou supposés, qui débitent des pensées immortelles en sirotant un apéritif si possible payé par d'autres, j'en avais rencontré pléthore dans l'entourage de ma mère. Ces poses ne m'impressionnaient pas ; j'en étais même excédé. Elfröd, cependant, n'écrivait ni ne lisait, ne prenait pas de notes, ne croquait pas les reliefs du golfe ou les gambettes d'une passante comme tant d'autres oisifs. Outre son aspect insolite, un passe-temps me frappa, qui ne l'était pas moins. Il taillait les pointes de crayons de différentes couleurs, disposés devant lui, avec une lame Gillette habilement maniée. Ce spectacle insensé – jugement hâtif de ma part car sa signification m'échappait – me donna la mesure de sa solitude et me le rendit immédiatement sympathique. J'ai toujours ressenti une certaine attirance pour les individus solitaires, distants et indépendants : autant de qualités que j'aurais aimé posséder. Intrigué, je cherchais un moyen de briser la glace jusqu'à ce qu'il choisît de le faire, avec cet accent caverneux qui mettait mes compétences linguistiques à rude épreuve. Il dit à peu près, du moins c'est ce qu'il me sembla : « J'aime bien qu'ils soient *prrrêts* à l'usage. *Peut-êtttre* les utiliserai-je, *peut-êtttre* pas. Mais les outils efficients nous facilitent la vie, ne trouvez-vous pas ? » Il me regardait, non, c'est inexact : il me frôlait du regard, il ne portait pas de lunettes de vue, juste une monture de verres fumés, vieillotte comme tout le reste, pour protéger ses yeux de la trop vive lumière. Ma réponse, qui tardait à venir, ne devait pas lui importer puisqu'il continua : « Si seulement je l'avais su *alors*… », le reste se perdit dans un gargouillement sourd.

J'étais sur le point de battre en retraite en murmurant une phrase de circonstance. Il m'interrompit, brusquement, m'invitant à m'asseoir à ses côtés d'un geste impérieux et pourtant aimable : « Ne voulez-vous pas me tenir compagnie ? Un verre de vin, peut-être ? » J'optai pour un bitter sans alcool, ce qui lui arracha une moue incrédule. Nous restâmes un moment sans parler, comme si chacun essayait de pénétrer les défenses de l'autre, tandis que le coucher de soleil dorait les rochers. Les crayons et la lame de rasoir sur la table nous séparaient comme des butins de guerre. J'aurais voulu lui avouer que j'avais remarqué sa présence dans la pension en face de la cabane de pêcheur que je louais. Je doute en revanche qu'il se soit précédemment aperçu de la mienne, absorbé par ses propres divagations, indifférent à tout ce qui l'entourait. Il émanait de lui quelque chose d'opaque, une pesanteur lénifiante et sourde, non pas hostile à la vie mais comme s'il en traînait trop, derrière lui.

Ainsi est née entre nous une complicité peu commune, à laquelle j'ai souvent repensé au fil des ans avec une nostalgie furtive sans m'arrêter vraiment sur des souvenirs trop fragmentaires. Aujourd'hui, parvenu au terminus de ma vie, en vue de la gare à laquelle nous retournerons tous pour notre dernier voyage, je me rends compte que c'est la seule rencontre, parmi tant d'autres, que je regrette vraiment ; la seule qui m'ait appris cet ineffable « quelque chose » dont je n'ai su me nourrir, par paresse ou scepticisme. Et je ne le dois pas au fait qu'Elfröd ait obtenu, à titre posthume, une place reconnue dans la littérature mondiale : je lis peu, et des romans encore moins... Je n'ai pas éprouvé le besoin d'ouvrir un des nombreux livres récemment redécouverts de celui que la critique a baptisé « l'exilé de la *costiera* ».

J'ai été trop occupé, parfois nuit et jour, par mon service au long cours auprès de l'entreprise familiale que j'ai rejointe peu après, la CUMASEL, en tant qu'« ambassadeur » de ses activités internationales, jusqu'à en présider le conseil d'administration à la mort du titulaire. Entre-temps, je me suis occupé d'une épouse très aimée et gravement malade, qui s'est heureusement rétablie de façon inattendue, presque miraculeuse. J'ai donné naissance à deux enfants, dont seule la fille (je le dis sereinement) semble avoir pris quelque chose de moi. Je peux enfin me permettre d'ignorer le prix des matières premières, les frets de marchandises, les fluctuations boursières et les pages des quotidiens financiers pour me remémorer cette brève période comme si j'étais un homme libre, ce qu'Elfröd était alors à mes yeux, bien plus que moi. Je l'avais deviné tout de suite, et ce n'est pas rien.

*

Il est temps de me présenter. Je peux m'en débrouiller vite, il n'y a pas grand-chose à dire. Ma vie a été plutôt heureuse, raisonnablement honnête et légèrement inutile : je suis donc dans la moyenne de l'humanité. À l'état civil, Pierlorenzo Soldatino (oui, avec un o à la fin, cas assez rare), classe 1925, né trop tard pour être expédié sur le front en 1940, puis embusqué avec l'aide de curés et d'employés dûment rétribués pour m'éviter la mobilisation de la république de Salò. *Nomen est omen*, comme on dit, mais cela ne s'applique pas dans mon cas : je suis d'un naturel totalement dépourvu de pulsions bellicistes, resté jusqu'à ce jour un honorable *soldatino*, un bon petit soldat de l'existence, jamais en première ligne. Pendant la guerre civile de 1943 à 1945, je fus un représentant, tout jeune mais déjà convaincu, de la « zone grise » : je ne me suis affiché ni avec les fascistes ni avec les partisans, attendant de voir qui allait sortir vainqueur de ce massacre qui avait haché menu tant de mes camarades. Par la suite, je suis resté fidèle à cette zone, ou entonnoir ou cône de l'existence, la grisaille m'épargnant des choix qui me semblaient inutiles ou trop coûteux.

Famille paternelle de la fertile région bergamasque, deux ou trois générations de propriétaires terriens. Mon père, célibataire endurci, rencontra dans son âge mûr une belle et insouciante créature de dix-huit ans à une foire zootechnique, où nos bovins réputés remportaient chaque année un prix du jury. Maman, de très modeste condition, avait été choisie comme marraine de l'odorante cérémonie. Son prénom à elle était parfait : elle s'appelait Laëtitia et, même sous les bombardements alliés et les rafles des SS, elle rayonnait, le cœur en liesse. J'ai appris plus tard que, pendant la semaine, elle travaillait dur avec ses amies, faisant mille métiers et gardant le bétail afin de grappiller un peu d'argent et fuir au plus vite à Milan ou Venise pour y trouver la vraie vie, entrevue sur les couvertures des magazines à la mode qui captivaient alors les jeunes filles. Elle garda de ses origines ce besoin de fuir qui – mes premiers souvenirs en sont empreints – faisait flotter dans son sillage un parfum français. Je crois qu'il s'appelait *Je reviens*, bien que pendant toutes les années que nous avons partagées, je l'ai plus souvent vue partir que revenir.

Le vieux monsieur et la beauté champêtre se plurent pour des raisons différentes mais convergentes et se marièrent en deux temps trois mouvements. Je vins au monde prestement, en parfaite santé, tandis que l'effort, la surprise et la joie furent tels que papa le quitta d'un arrêt du cœur. Demeuré orphelin, sans figure d'autorité pour me guider, je fus gratifié d'une enfance et d'une adolescence sans soucis ni devoirs, gâté et choyé par ma mère et les sœurs de l'auteur de mes jours que je n'avais pu connaître. Le résultat eût pu être désastreux, si je n'avais promené dans mes gènes une bonne dose d'autodiscipline. Mes études ne furent guère concluantes. J'avais un penchant pour les maths que je n'ai pu approfondir par manque de stimuli dans mon entourage mais qui m'a assez bien servi dans la vie. Lorsque j'atteignis l'âge de la majorité, je fus convoqué par le notaire de la famille. Il me fit signer une pile de documents presque aussi haute que lui, qui était d'ailleurs surnommé Pinin le Nain, en feuilletant les dossiers dans les volutes d'un cigare *toscano* pestilentiel : depuis l'enfance, je ne supporte pas la fumée, qui me fait tourner la tête. Au terme de l'escalade de paperasserie et de l'intoxication de tabagisme passif, je me trouvai en possession d'un héritage relativement modeste – les deux fléaux représentés par les destructions de la guerre, puis par ma mère en temps de paix l'avaient déjà sérieusement entamé – mais suffisant, à condition de le gérer avec prudence, pour nous assurer, à tous deux, un revenu convenable. J'accordai à maman une part plus importante que la mienne pour nous éloigner le plus vite possible du brouillard, du fumier et des bovins, tout réputés qu'ils fussent. Je renonçai aux sciences pour étudier le droit à Milan, arrachant un diplôme généreux grâce à des amis de la famille.

Maman s'envola vers des contrées riantes où elle passait le temps avec une cohorte d'admirateurs et de chevaliers servants qui tournaient comme les portes d'un grand hôtel. Je lui rendais visite là où elle se trouvait, au fil de ses vagabondages en Italie et en Europe, car nous nous aimions beaucoup, même si nous n'étions pas faits pour vivre ensemble. Son obsession des mondanités, son besoin convulsif d'être courtisée, toujours au centre des attentions, m'agaçaient. Au fond, elle avait réalisé son rêve de jeunesse de vivre dans un roman-photo. J'essayais, en vain, de la mettre en garde car je voyais son argent fondre à une vitesse excessive. Avertissements inutiles, comme si elle s'était mariée uniquement pour être libre et veuve au plus vite. Qu'elle ait eu un enfant au passage n'était qu'un accident de parcours.

Chaque fois qu'elle me revoyait, elle me serrait contre elle en caressant mon visage : « Tu es tout ton père… Ou plutôt, non, tu es aussi beau que moi, heureusement, mais aussi sage et ennuyeux que lui… » Et elle éclatait de rire. Pauvre femme, elle ne manquait ni d'humour ni de bon sens ; elle aurait pu faire bien mieux dans la vie si elle l'avait voulu. Mais elle ne le voulait pas, et qui peut prétendre qu'elle avait tort ? Au bout de quelques jours, je n'en pouvais plus des tournois de golf et de bridge, du *cher Dodò* et de la *chère Mimì*, du dernier roman existentialiste ou film néoréaliste, des discussions interminables sur comment et quand boire le champagne, dans une coupe ou dans une flûte. J'aspirais à partir et je m'en allais tout de bon. Maman écrasait une larme teintée de rimmel, sans tenter de m'en empêcher, avec une pointe de soulagement sans doute. Elle était ainsi faite et le resta jusqu'à la fin : la nostalgie, le déplaisir, les velléités d'introspection glissaient sur elle comme de l'eau de source. Je ne saurais dire si elle était bonne ; il est certain qu'elle ignorait le mal, le jugeant trop fatigant.

Elle s'est éteinte prématurément à Cortina, souriant jusqu'au dernier souffle à une existence sur laquelle elle flottait comme un brin de paille insubmersible. Il pleuvait sur les fenêtres, des gouttes striaient les vitres des chambres, au bar des punchs à la mandarine et des cocktails martini accueillaient les touristes en veste de tweed et jupe écossaise, tandis que le compassé concierge en frac s'occupait déjà de faire désinfecter les lieux pour les nouveaux occupants. Dans son agonie, elle murmurait : « Je t'ai aimé de tout mon être, même si je ne valais pas grand-chose, pardonne-moi, mon trésor... » Je ne doute pas qu'elle était sincère, mais peut-être préparait-elle une excuse pour l'au-delà. Quelle importance ? Je l'embrassai avec une ardeur que je n'ai accordée à aucune autre avant Francesca. Trois jours plus tard, le cercueil fut suivi jusqu'au petit cimetière de la vallée en fleurs par une douzaine de messieurs en deuil, chagrins mais échangeant des clins d'œil complices, et aucune femme. J'arrivai en nage à la petite église parce que le taxi s'était trompé de chemin. Un type que je n'avais jamais vu m'accueillit, se détachant du groupe, la face rubiconde, un peu trop sûr de lui. Il me dévisageait comme si j'étais un parent pauvre, presque à me demander ce que je faisais là.

Près du cercueil, l'inconnu fumait sans trêve des cigarettes turques en vogue à l'époque ; cette odeur lourde me faisait tourner la tête. Je voulais le prier d'arrêter par respect pour la défunte (en réalité pour moi) mais je n'osais pas et j'eus (inutilement) honte par la suite de ma docilité, ou plutôt lâcheté : oui, lâcheté est le mot juste. Ce qui me retint fut sans doute le soupçon, la certitude même, que de… *laëtitia,* maman en avait beaucoup dispensé à ces messieurs, voire un peu trop.

Je n'étais pas fait pour me croiser les bras et je résolus de me consacrer à l'administration des biens qui restaient, me plongeant dans un fouillis de loyers, contrats et règlements, me débarrassant de métayers, administrateurs et comptables incompétents, malhonnêtes ou les deux à la fois. Nous étions entrés dans les années de la reconstruction, puis du boom économique ; à investir judicieusement dans la brique et dans la finance émergente, on pouvait gagner beaucoup et vite. Je dus apprendre à mes dépens comment traiter avec des interlocuteurs sournois qui voulaient profiter de mon jeune âge et de mon inexpérience. Si je n'avais pas la bosse des affaires, au moins ne manquais-je pas de ténacité et de détermination. Par chance ou avec un minimum d'habileté, je reconstituai en quelques années un pécule respectable. Parvenu à ce résultat, qui me mettait moralement au niveau de mes ancêtres et du nom honorable que je portais, je décidai d'arrêter, cela me suffisait. Je ne ressentais pas le besoin de pousser plus loin car je n'avais ni la soif du gain, ni la vocation d'un véritable entrepreneur. C'est peut-être une logique étrange mais c'est la mienne, et je ne regrette pas d'avoir agi ainsi au nom du libre arbitre, en tout cas du peu que j'en goûtai alors. La vie de gentilhomme campagnard ne m'attirant pas le moins du monde, je liquidai l'exploitation et les terres au meilleur prix ; ou peut-être pas, qui sait. N'ayant plus ni fardeau ni regrets, je décidai de voyager, comme ma mère quoique dans un état d'esprit très différent.

Quasi trentenaire, aisé, indépendant, j'étais réconcilié avec le passé et j'envisageais un avenir à gérer selon mon bon vouloir. Un autre tempérament que le mien eût pu en éprouver de l'appréhension, voire de la peur, un peu comme le vertige qui saisit sur un sommet enneigé. D'autres se fussent adonnés à des divertissements immodérés, faciles à satisfaire à cette époque et dans ces conditions, jetant l'argent par la fenêtre, brisant des vitrines à coups de pierres la nuit pour les rembourser le lendemain, picolant et jouant jusqu'au petit matin en compagnie de danseuses et de starlettes. Cela m'attirait peu, un appel de phares de mes prudents aïeux sans doute. Tout au plus aimais-je les voitures anciennes et je participai aux premiers rallyes d'après guerre avec une Lancia Sport de mon père. Oh, bien sûr, j'aimais les femmes, mais sans excès ni dissipation, un peu comme un hygiéniste des sentiments – expression que j'avais lue quelque part, mais dont le sens véritable m'échappait. Avec la mort de Donna Laëtitia, comme l'appelait sa fidèle femme de chambre (fidèle au point d'escamoter lestement les derniers bijoux de la défunte), je n'avais plus ni sentiment profond ni besoin d'en rechercher, mais je désapprouvais intimement l'égoïsme placide dans lequel ma mère avait vécu et j'étais bien décidé à ne pas la suivre dans cette voie. Je savais qu'un jour je fonderais une famille avec la compagne qui me correspondrait, entouré d'une descendance prolifique. Des enfants, il n'y en eut que deux, je l'ai déjà dit : Francesco (Francesco Rufilio hélas, on verra pourquoi) et Anna Laëtitia – légère variante par laquelle j'ai voulu rappeler ma mère sans imposer son destin à la petite. J'eusse aimé en avoir plus, sans la maladie de ma femme. Patience ! et remercions tout de même pour ce don le Très-Haut – en qui j'ai une foi clignotante, un jour oui et l'autre moins.

Je perds un peu le fil, je m'en excuse, peut-être à cause d'un réflexe conditionné. J'ai dû prendre de nombreuses précautions au fil des ans, omettre et dissimuler, sans jamais rien confier à personne de cette période qu'on pourrait appeler de formation. J'irais même plus loin : si je n'étais pas convaincu qu'ils n'intéressent personne, j'aurais gardé ces souvenirs pour moi, conscient de leur inutilité, sans éprouver le besoin de les coucher sur le papier. Certaines expériences, certaines sensations ne se transmettent pas ; ou alors par hasard, grâce à une mystérieuse affinité, jamais volontaire ni impérative. Peut-être ma fille lira-t-elle ces pages un jour (le garçon, c'est exclu), peut-être pas. Je crains qu'elles ne lui révèlent pas grand-chose, bien que ce soit une nature sensible et attentive – et j'espère qu'elle le restera. Chaque génération est fatalement destinée à expérimenter, à échouer ou à réussir, persuadée que rien de ce qui s'est passé auparavant ne pourra lui servir de leçon. C'est une de mes rares convictions, pas toujours agréables, forgées au fil des ans.

J'errai à ma guise, suivant ma fantaisie. Si j'étais présomptueux, je parlerais de « grand tour » initiatique ; mais je n'ai jamais été homme à me passionner pour la culture et je m'ennuyais avec componction devant les monuments de l'Antiquité, pressé dans la foule des visiteurs des musées ou du public des salles de concert. Parlons plutôt de congé sabbatique, en attendant de reprendre les rênes de ma vie. Doté d'une certaine facilité pour les langues et d'une curiosité innée, je parcourus le continent d'un bout à l'autre et j'aurais traversé volontiers le rideau de fer, si cela s'était avéré possible. Je partageais l'euphorie qui régnait partout après les destructions de la guerre. Les rencontres se multipliaient, souvent éphémères, mais immédiates et franches. J'ai déjà dit que je n'aimais pas la suffisance des intellectuels mais le contact avec les gens ordinaires dans un train, un hôtel, un restaurant, me donnait le sentiment de faire partie, à mon modeste niveau, d'une identité européenne ressuscitée. Après la chape de plomb du conflit, chacun semblait soudainement saisi du besoin de parler et de se confier. Des parents éloignés m'incitaient à traverser l'Atlantique pour exercer dans un cabinet d'avocats à Philadelphie : un pas, un des nombreux pas que je n'ai pas eu le courage de franchir. N'empêche que j'aurai essayé de tenir mon rôle. Tous mes vœux de faire mieux à ceux qui viendront après, les enfants de mes enfants. Et amen.

À un certain moment, je ressentis le désir d'un point de chute temporaire. J'en trouvai un, ou plutôt deux. La côte amalfitaine, relativement peu accessible à l'époque, m'attirait par ses parfums, sa vue imprenable, la langueur qui semblait imprégner les hommes et les choses. J'y passais trois ou quatre mois par an et je m'en éloignais en mai ou juin, lorsque, comme je crois l'avoir dit, les températures torrides me poussaient vers une ferme du Trentin qu'un ami mettait à ma disposition. C'étaient deux lieux et deux temps distincts dans lesquels, pour des raisons spéculaires, je me sentais à l'aise : une pause salutaire dans l'attente de nouvelles épreuves. La poste et le télégraphe me permettaient de donner les quelques ordres qui suffisaient à suivre mes affaires et à m'assurer une vie tranquille. Pour le reste, je ne faisais pas grand-chose, sans avoir le sentiment de m'ennuyer jamais. Un peu de sport, de la natation et de la marche hygiénique, quelques romans policiers (j'étais très doué pour découvrir le coupable après les deux ou trois premiers chapitres et je le suis resté), le silence et la contemplation. Je mangeais avec grand appétit la cuisine savoureuse des pêcheurs qui m'avaient loué une maisonnette sur un chemin escarpé au milieu d'oliviers centenaires, et qui tenaient une pension en face, la seule de l'endroit, celle où logeait Elfröd. Le soir, un verre de vin blanc parfumé sous la pergola suffisait à me bercer doucement pour un sommeil de huit ou neuf heures, sans rêves ni cauchemars, avant-goût du repos éternel.

Quand je traversais le village, je devinais derrière les persiennes les silhouettes de jeunes filles rieuses, leurs dents brillantes, leurs seins dressés et leurs hanches lourdes, la force primitive qui attire le mâle et l'emprisonne dans sa toile, leurs regards noirs comme du charbon qui me fixaient, suscitant en moi une vanité mêlée d'inquiétude. Si l'une d'entre elles (dans la plus grande discrétion : elles étaient toutes fiancées, parfois depuis l'enfance) ou, plus effrontément, une touriste voulait partager mon lit, tant mieux ; si elle ne voulait pas, ce qui était plus fréquent, tant pis. Je n'ai jamais été impatient, pas plus en amour qu'en d'autres choses, jusqu'à l'arrivée dans ma vie de Francesca, qui a entrepris – et terminé – ma timide éducation sentimentale. Peut-être est-ce une qualité, je ne sais pas ; finalement, j'ai fait peu d'erreurs, gardant parfois à l'âge mûr le regret de trop rares voluptés. Si elles existent et si elles en ont envie, les houris me consoleront au paradis.

*

Séjour après séjour, printemps après printemps, Elfröd et moi étions devenus inséparables sans que notre relation prît jamais le tour de l'intimité. Dans les intervalles, nous ne nous écrivions pas même une carte postale. Pourtant, dès que j'arrivais, je courais le chercher et c'était comme si notre dialogue reprenait là où il s'était arrêté. Je ne sais pas pourquoi, mais peut-être ne sera-t-il pas difficile de le deviner. Il avait à peu près l'âge du père que je n'avais pas connu. Élément important mais pas suffisant pour lui conférer une autorité morale qui découlait plutôt de la façon dont il affrontait une vie qui n'avait pas été aussi bercée que la mienne. Tout m'impressionnait chez cet homme, à commencer par sa pauvreté princière. Sa garde-robe d'un autre temps, réduite à l'essentiel, comme je l'ai dit, était entretenue avec vénération par Amalia, une femme du village qui avait décidé de s'occuper de lui. C'était toujours moi qui payais les notes de nos repas frugaux et du vin offert, qu'il consommait en grande quantité, comme si c'était mon devoir de le faire ; je ne m'en offusquais pas, tant cela me semblait naturel. Je savais que, dans des circonstances différentes, il m'eût régalé avec la largesse que chacun de ses gestes trahissait.

Et puis, j'étais fasciné par sa culture éblouissante, qui allait de Platon à Cielo d'Alcamo (qu'il prononçait *Zelo*), sujet de son mémoire de thèse, en passant par Zweig, Márai, Remarque, les frères Gundolf, Montherlant, Drieu la Rochelle et Klaus Mann : tous des amis de jeunesse, du moins le prétendait-il, des personnages qui ne me disaient pas grand-chose mais qui semblaient avoir beaucoup compté pour lui. Il me montra l'un des boutons de manchette en cornaline montés sur or blanc que D'Annunzio lui avait offerts au Vittoriale ; il avait réussi à le sauver, tandis que l'autre lui avait été volé par la police politique. « Le Commandant était petit, bien proportionné, façonné comme un bouddha, un peu las, infiniment généreux, des yeux magnifiques qui vous perçaient, les dents aussi gâtées que les miennes. *Mon ami, vous commencez, je termine, tous mes vœux vous accompagnent*..., m'a-t-il dit en m'embrassant sur le front, tandis que je lui baisais la main. J'ai su plus tard que la cornaline est une pierre de vie, qui protège des énergies négatives... » Aux écrivains et artistes contemporains qui faisaient les unes des journaux, il réservait en revanche des traits diaboliques d'ironie. Roulant les r et étirant les v, il les appelait *des morrts vivvants qui s'ignorrrent*.

Il aimait les animaux, surtout les chiens errants, nombreux à l'époque dans la région, des molosses très poilus, nés de croisements infinis mais peu agressifs et qu'on pouvait facilement apprivoiser avec un morceau de pain ou un reste d'abats. Ils demeuraient des heures devant la porte de la pension, remuant la queue quand, tôt le matin, il paraissait ; puis le suivant partout, à distance respectueuse, jusqu'au soir – spectacle qui, lors de nos promenades, ne me rassurait pas. Plus d'une fois, il me décrivit un monde imaginaire dans lequel la race canine, grâce aux ingénieuses découvertes d'un savant jugé (injustement) fou, prend le contrôle de la planète après une éruption solaire et oblige les humains à marcher à quatre pattes, à se gratter au milieu de la rue, à copuler, à glapir et à déféquer sous la pleine lune. Aujourd'hui, le roman qu'il écrivait sur ce sujet, *Sur la lave féconde*[1], est considéré comme son chef-d'œuvre, voire un classique du XXe siècle. Quand il me racontait ces épisodes, que je trouvais en vérité sinistres et inquiétants, le visage d'Elfröd prenait une expression satisfaite, presque extatique, comme s'il avait enfin réussi, métaphoriquement, à venger les nombreux torts dont *die Menschen* – c'est-à-dire les hommes, mais aussi les femmes, selon le sens multiple du mot allemand qu'il utilisait – s'étaient rendus coupables au cours des temps. De toute évidence, il y avait quelque chose qu'il ne pouvait pas leur pardonner ni, peut-être, à lui-même.

Il n'alla pas jusqu'à me révéler la fin. Selon Anna Laëtitia qui, bien plus tard, a lu le gros roman que j'avais abandonné après une trentaine de pages, les humains, menés par l'esclave rebelle Spartacus, réussissent à briser leurs chaînes et à prendre le maquis. Une meute de limiers se lance sur leurs traces pour les capturer et les enfermer dans

1. Également connu en France sous le titre *Sur les scories magmatiques*.

une gigantesque chambre à gaz conçue par le même savant (génial ou fou, peu importe). Les insurgés vont y périr au milieu des mêmes atroces supplices qu'ils avaient précédemment réservés à leurs semblables. Un petit groupe arrivera néanmoins à fuir et à reprendre le cycle de violences et de vengeances jusqu'à la fin des temps, tandis que les chiens, redevenus loups et ayant définitivement rompu le pacte de sujétion qui les liait à l'homme, disparaissent vers une Atlantide resurgie du fond des mers. Voilà l'intrigue et la morale du livre, que franchement je ne partage pas. Je préfère m'abandonner à l'illusion que les volcans sont éteints et les îles mythiques enfouies pour toujours. C'est plus commode pour tout le monde, y compris pour moi.

Peu à peu, j'ai compris que si j'étais un parfait représentant de la « zone grise » de l'existence, Elfröd en incarnait la « zone vivante », écorchée, brûlante, palpitante d'humeurs, de douleurs et de ressentiments. Au cours de la soixantaine d'années qu'il devait compter alors, l'histoire lui était passée dessus comme un rouleau compresseur pour l'écraser et l'annihiler, lui et ses proches. Quand il était jeune, son lointain et pittoresque pays, le Michoumistan (je crois qu'on l'orthographie ainsi), était devenu la proie d'une dictature supposée d'opérette, alors qu'une répression impitoyable y sévissait à l'intérieur de frontières hermétiquement closes, dans l'indifférence du monde dit civilisé. Puis vinrent les nazis, ponctuellement suivis par les Soviétiques. Par souci de vérité, Elfröd me précisa que la Wehrmacht d'abord, puis l'Armée rouge avaient essayé de contenir les massacres auxquels ses compatriotes s'étaient livrés avec enthousiasme, comme toujours dans les guerres civiles. À plusieurs reprises, on l'avait sorti d'une cellule nauséabonde pour le flanquer devant le peloton d'exécution de l'un ou l'autre camp. À chaque fois, il avait pu se sauver sans comprendre ni comment ni pourquoi. Alors, on le libérait et, quelques jours plus tard, on venait le chercher pour le remettre au trou, sans explication ni avertissement.

Après mille péripéties, on l'avait exfiltré grâce à une intervention de la Croix-Rouge. Il avait été contraint de partir du jour au lendemain avec une valise d'effets personnels, laissant en gage tous les biens d'une famille de la classe moyenne, la petite villa avec jardin au cœur de la capitale, les dossiers de son père agronome, le piano et les partitions de sa mère, concertiste amateur et présidente de la philharmonie locale, ses livres et articles qui avaient fini au pilon et demeuraient alors inconnus à l'étranger ; et surtout les visages, sortilèges et appels de la patrie qu'il aimait de cette passion sans espoir qui est peut-être le véritable amour. Sa dernière image avant l'exil, lorsqu'il referma derrière lui la porte de la maison qui n'était plus la sienne, était celle d'un vase de fleurs sur le rebord de la fenêtre de son bureau encombré de volumes, de notes, de tableaux et de reliques familiales qu'il ne pouvait emporter avec lui. Il revoyait encore, jusqu'à le toucher, le vase en porcelaine blanche filetée de bleu de KPM, les manufactures royales prussiennes. Il ne se souvenait plus si les fleurs fraîches étaient des roses, des géraniums ou des œillets ; régulièrement, il se le demandait avec angoisse, comme s'il s'agissait d'un message à lui seul destiné, impossible à déchiffrer. Il avait été séparé de sa femme, enfermée dans un centre de rééducation où ses doigts fins et nerveux (c'est ainsi du moins que je les imaginais) devaient tresser pendant des heures des paniers en osier et raccommoder les uniformes des tortionnaires du CBP, le Comité pour la Béatitude du Peuple qui détenait, dans le jadis insouciant Michoumistan, droit de vie et de mort sur les citoyens sans défense.

Il avait réussi à emporter quelques photos, rassemblées dans un album en toile bon marché. Il le tenait sous clé, avec des liasses de lettres et de manuscrits, dans sa chambre où je ne suis jamais entré et où, je crois, seule Amalia pénétrait. Plusieurs fois, il fut sur le point d'ouvrir l'album devant moi avant de changer d'avis et de le rapporter dans sa chambre. Il ne me montra pas une seule image de cette compagne qui attisait ma curiosité grandissante. Peut-être ne voulait-il pas anticiper, par d'insignifiants clichés en noir et blanc, l'impression qu'elle me ferait un jour, en chair et en os : quand, et comment ? Il me fit voir seulement une photo qu'il gardait dans son portefeuille. Un couple d'âge moyen, distingué, raide, un peu provincial, figurait à côté d'un adolescent joufflu, à moitié caché par un chapeau de paille, qui tenait les rênes d'un cabriolet tiré par un poney. Je fus pris d'une étrange sensation, je ne saurais dire pourquoi. J'eus soudain l'impression que ce tableau de famille était faux, qu'il ne faisait pas référence à *son* passé mais à celui qu'il aurait voulu posséder et préserver. Elfröd assimilait en lui trop de vies, réelles et imaginaires, pour les révéler toutes en même temps. La nature humaine est le plus souvent prévisible ; la sienne était trop discordante pour ne pas éveiller, tôt ou tard, ce genre de soupçons. Ils étaient assez nombreux pour que je me sente non seulement solidaire mais coupable de ce qu'il avait subi et qu'il expiait encore intimement. Or, chacun de nous a son propre destin, et je ne pouvais pas échanger le mien contre le sien, fût-ce par compensation.

J'essayais donc de faire ce que l'on fait dans de telles circonstances. Je m'arrangeais avec la famille de pêcheurs pour payer le loyer de la pension à son insu, ce qu'ils firent volontiers, en en doublant le montant. Quand à la fin il l'apprit, il n'y prêta cas, considérant sans doute que cela lui était dû. Je m'efforçais de trouver quelques cadeaux qui ne froisseraient pas sa sensibilité à fleur de peau : des choses presque toujours inutiles, incongrues, vaguement obscènes au regard de sa pauvreté. Il n'y eut aucun moyen, par exemple, de lui faire accepter un nouveau chapeau pour remplacer le couvre-chef élimé auquel il était attaché. Je réussis à lui offrir des cravates que je ne vis jamais sur lui, des mouchoirs en soie qu'à l'inverse il apprécia, des bouteilles d'eau de Cologne, un parapluie (de temps en temps, il pleuvait à torrents sur la côte), jusqu'à un stylo avec une plume en or et les initiales émaillées de mon père. « Voyez-vous, Maître – j'avais décidé de l'appeler ainsi, ne trouvant rien de mieux, et visiblement cela lui plaisait –, je voudrais vous l'offrir parce que c'est un objet de famille… » Il prit le stylo dans sa main, le soupesa et le glissa dans son veston sans commentaire ; mais il semblait avoir apprécié le don.

Une autre fois, je m'arrêtai, hésitant, tenant la paire de souliers que j'avais achetée dans le meilleur magasin de Salerne. Au dernier moment, je décidai de m'abstenir et j'eus raison : les chaussures usées sont peut-être le symbole le plus éloquent de l'humiliation d'un homme et il réussissait encore à faire réparer les siennes, avec l'aide qu'il recevait de la Croix-Rouge ou peut-être gratuitement, par le cordonnier du village, le mari d'Amalia, un de ces saints hommes serviables dont l'Italie abonde : aujourd'hui moins qu'à l'époque, mais cela vaut partout dans notre riche Europe banalisée.

Les livres auraient pu être des présents tout à fait dignes. Mais il n'était pas aisé dans ces années-là de s'en procurer en français ou en allemand et les rares que je pouvais dénicher, il semblait les avoir tous lus. J'achetais des monographies d'histoire de l'art illustrées, qu'il feuilletait comme si elles n'avaient pas grand-chose à lui apprendre. Je me rendis compte qu'Elfröd connaissait bien l'Italie : monuments, palais, fresques, fontaines... Il me confia qu'avant la guerre, il avait parcouru la péninsule en long et en large, envoyant des articles aux principaux journaux de ce qui était alors le Michoumistan démocratique. Il se déplaçait en train ou, plus volontiers, dans une petite voiture conduite par sa femme, dont il ne me révélait toujours pas le nom, comme s'il s'agissait de son secret le plus caché et le plus pudique. Il pouvait passer des heures à me décrire les détails de la chapelle des Scrovegni à Padoue ou du pont de Tibère à Rimini, qui, à ma grande honte, m'étaient encore inconnus. Sa mémoire ne le trahissait pas plus que s'il s'y était rendu la veille. Peut-être se laissait-il parfois aller à l'invention, comme le font les écrivains. Il alla par exemple jusqu'à louer l'architecture romane de la cathédrale de Trani, la confondant probablement avec la basilique Saint-Nicolas de Bari. Mais qui pouvait s'en rendre compte ? Certainement pas moi. Des bâtiments et des paysages de son inaccessible patrie, en revanche, il ne parlait jamais et lorsque, une ou deux fois, j'abordai le sujet, il me fit comprendre qu'il valait mieux l'éviter. « Jadis un beau pays, croyez-moi, se contenta-t-il de me dire. Mais lorsque cette horreur sera terminée, qui sait s'il en restera même l'écorce des arbres ou le pollen des fleurs ? »

Il ne m'interrogeait pas sur moi. Au début, il m'avait posé distraitement quelques questions générales sur mes origines ou mes projets, rien d'autre : le reste ne semblait pas l'intéresser. Cette particularité, qui aurait pu me déplaire chez un autre, me paraissait légitime dans son cas, rassurante même. Nos conversations étaient aussi à sens unique : qu'aurais-je pu lui dire qu'il ne savait ou ne devinait déjà ? Je me contentais d'écouter, suggérant éventuellement un sujet qu'il aimait, il n'en fallait pas beaucoup pour le lancer quand il était en veine. Par exemple, le spectacle du golfe, à propos duquel il pouvait faire des comparaisons avec tant de pays lointains, confirmant ainsi ses nombreux voyages et ses lectures. Tout bien considéré, Elfröd avait pénétré au cœur de l'existence, par choix, par nécessité ou par prédisposition naturelle. Moi, je tournais autour d'elle, prenant soin de ne pas y laisser d'empreintes ni de m'y brûler les doigts, et je pressentais que je continuerais ainsi jusqu'à la fin de mes jours.

Aujourd'hui, même si j'aimerais croire le contraire, je ne pense pas qu'il y avait une réelle affinité entre nous. C'est le hasard qui nous avait réunis et j'étais le modeste public provisoire dont Elfröd avait besoin pour combattre la frigidité, l'ignorance et l'inconscience du monde qui l'entourait : tout ce qui lui serrait la gorge et menaçait de le submerger à tout moment. Anna Laëtitia m'a appris qu'après ses romans et ses essais, on publie maintenant les journaux intimes qu'il a méticuleusement rédigés alors : j'aime croire qu'il utilisait pour le faire le stylo plume de mon père. Des centaines, peut-être des milliers de pages dans lesquelles les éditeurs s'efforcent encore de mettre de l'ordre : un mur de papier dressé contre le néant ou qui en est peut-être la distillation, qui sait... Amalia, son mari cordonnier, les pêcheurs, l'aubergiste, les jeunes gens à moto, les baigneurs sur les rochers, même le maire, le curé et d'autres gens du coin y sont fréquemment mentionnés ; seul mon nom, semble-t-il, n'apparaît jamais. Je ne m'en offense pas, au contraire : je considère que c'est une preuve d'estime. Pour un écrivain authentique, le parterre est vide. Il n'écrira que pour lui seul car il ne peut rien faire d'autre.

*

De sa mystérieuse et lointaine épouse, il me confiait de plus en plus souvent *elle va arrriver d'un jour à l'autrrre, je le sens, c'est désorrrmais chosse ffaite*... Je me réjouissais pour lui et un peu pour moi tant était grand mon désir de rencontrer une créature que j'imaginais belle, fatale et secrètement inaccessible, en tout point digne de lui. Seulement voilà, les jours passaient et elle ne venait pas. Les informations envoyées par la Croix-Rouge se succédaient, vagues et contradictoires. Il se montrait confiant un jour, incertain le lendemain.

De temps en temps, il me brandissait sous le nez une lettre ou un télégramme décisif ; sauf qu'à le lire attentivement, il n'en était rien. Par exemple, la détenue libérée du centre de réhabilitation X pour être embarquée dans le train spécial Y à destination d'une frontière neutre, n'était malheureusement pas son épouse mais une codétenue. Ou encore, les témoignages recueillis par une organisation humanitaire indiquaient qu'une autre détenue avait été transférée au camp de travail Z au centre du pays ; puis il découvrait que le nom en était légèrement différent. La confusion s'accrut après les événements de Budapest, en octobre-novembre 1956 – la dernière année où j'ai séjourné sur la côte –, qui provoquèrent une nouvelle vague de réfugiés au cœur du continent. Chaque tragédie chasse la précédente : le cas hongrois, devenu le test de la confrontation Est-Ouest, éclipsa totalement ce qui se passait dans le pauvre, inconnu et ségrégué Michoumistan. Même la Croix-Rouge ne répondait plus que par intermittence à ses sollicitations, jusqu'à ne plus répondre du tout.

Pris dans une situation qui me dépassait et à laquelle il m'était impossible d'apporter un remède ni même un réconfort, je fus à deux doigts de couper les ponts. Les rencontres quotidiennes avec Elfröd, précieuses, instructives, parfois même amusantes autrefois, me causaient à présent une angoisse presque égale à la sienne, voire pire : face au tourment des autres, on se trouve encore plus impuissant. Tous les plaisirs qui m'attendaient à chaque retour sur la côte (dont une fille que j'étais impatient de revoir) me semblaient soudain insignifiants. Les parfums, les goûts, les paysages n'étaient plus les mêmes. Oui, la fuite me tentait, comme à d'autres moments de ma vie, avant et après celui-ci. Je me souviens d'avoir commencé à faire ma valise plusieurs fois durant ces journées, et de m'être interrompu à mi-chemin, irrité contre moi-même, aussi incapable de continuer à la remplir que de la vider. Je finissais par la remettre dans l'armoire, à moitié pleine, pour répéter l'opération le lendemain.

Qu'est-ce qui me retint ? C'est difficile à dire, certainement pas Elfröd. J'essayais de l'éviter, il en faisait de même, de sorte que nos contacts se réduisirent au minimum, par consentement mutuel et tacite. Je ne l'accompagnais plus lors de ses promenades dans les collines où il ne semblait apprécier que la compagnie de ses chiens. S'il nous arrivait encore de nous asseoir à la terrasse du café au soleil couchant, nous restions enfermés dans un silence méfiant : les crayons taillés sur la table nous divisaient à nouveau tels des butins de guerre. Ce qui nous éloignait, plus sans doute que le malheur, qui d'ailleurs unit rarement, était un sentiment inédit – la compassion – qu'Elfröd, comme je l'ai déjà dit, avait réussi à ne pas susciter jusque-là. La peine qu'il me faisait maintenant diminuait son autorité à mes yeux : j'aurais pu éviter d'y prêter attention, lui non. Il ne pouvait se pardonner, donc me pardonner, les télégrammes qu'il avait agités sous mon nez, le tremblement dans sa voix caverneuse quand il m'avait annoncé *son* arrivée, le désespoir ensuite. Bref, tout ce qui le rendait semblable aux autres hommes, le faisant descendre du piédestal qu'il s'était obstinément construit pour survivre.

Les semaines passèrent dans cette atmosphère irréelle, faite de proximité et de distance à la fois. À plusieurs reprises, j'essayai de briser la glace avec un prétexte, comme la première fois. Peine perdue : Elfröd répondait avec sa courtoisie habituelle, de manière froide et impersonnelle. Même Amalia, qui l'adorait, me regardait de travers. C'en était presque blessant. Après tout, qu'est-ce que je lui avais fait ? S'il y avait entre nous l'ombre d'une femme, qui l'avait évoquée en premier, lui ou moi ? Et pourquoi en avait-il parlé ? Pourquoi m'avait-il donc laissé imaginer qu'elle était belle et inaccessible ? Était-ce ma faute si elle n'avait pas été autorisée à le rejoindre ? Parfois, il me semblait, absurdement, qu'il me confondait avec ses bourreaux.

Une nuit où j'avais trop mangé, je rêvai qu'il lâchait sur moi la meute de chiens errants pour me déchiqueter comme l'esclave rebelle Spartacus. Aujourd'hui, je crois que son changement à mon égard avait une tout autre origine. De même que son orgueil lui interdisait de susciter la compassion des autres, Elfröd se retrouvait pour la première fois en position, tout aussi insupportable, de m'envier. Je n'étais plus le jeune homme doux, inculte, un peu ingénu qu'il avait pris sous son aile. Ou plutôt, je l'étais encore ; mais j'étais en même temps un être libre, qui pouvait aller et venir à sa guise, tomber amoureux de qui il voulait et quand il voulait, comme de cette jeune fille du village avec qui je pensais me fiancer en effet. Ces événements heureux, banals, communs de la vie, auxquels le plus humble des humbles pouvait aspirer, semblaient lui être refusés par un sort malveillant, un tribunal sans appel. Lors d'une des dernières soirées que nous passâmes ensemble, alors qu'il semblait presque ignorer ma présence, je fus frappé par le regard qu'il portait sur une statuette en céramique de quelques sous, accrochée au mur au-dessus de la caisse. Elle était là depuis toujours sans doute et nous ne l'avions jamais remarquée. Soudain, elle semblait se muer en symbole d'une normalité inaccessible. En grosses lettres maladroites on pouvait y lire :

DEUX CŒURS ET UNE CABANE

*

Je finis par m'en aller vraiment, plus tôt que prévu. L'atmosphère oppressante, presque conspiratrice, que je respirais autour de moi et le rapport désormais fêlé avec Elfröd me faisaient plus enrager que souffrir : rétrospectivement, je pourrais dire le contraire aujourd'hui. Et puis, je voulais réfléchir, de loin et à tête reposée, à un éventuel engagement amoureux. J'y réfléchis si longtemps qu'en attendant, la jeune fille se fiança à un marin de passage : elles ne perdent pas de temps là-bas. Pour le reste, l'été dans la ferme du Trentin se déroula agréablement et me soulagea un peu des tensions des mois précédents. Je retrouvais ce sens de la mesure que l'histoire de l'épouse lointaine (dont, inutile de le nier, l'absence me tourmentait aussi) m'avait fait perdre. Je sentais qu'une certaine phase de ma vie touchait à sa fin, comme d'ailleurs je l'avais prévu dès le début. Je ne pouvais plus vivre de mes rentes, même bien gérées. Il fallait prendre des décisions importantes : rejoindre le cabinet d'avocats de mes lointains cousins à Philadelphie ou choisir de m'installer à Rome ou à Milan pour entamer une carrière professionnelle digne de ce nom. Dans tous les cas, la côte s'éloignait : j'y retournerais, bien sûr, pour les vacances, mais qui sait quand et avec qui. Qui sait si, et quand, je reverrais mon ami : et pourrais-je encore le considérer comme tel ?

J'essayais de lui écrire une ou deux fois mais en vain, je déchirais la feuille au bout de quelques lignes. Lui envoyer une carte postale, ce que je n'avais jamais fait auparavant, me semblait un peu frivole. Restait le téléphone de la pension. Elfröd était plutôt routinier et, si je ne l'avais pas trouvé chez lui, j'aurais pu au moins lui laisser un message. J'hésitai et finalement, je ne tentai même pas ça. Toutes les différences entre nous, d'âge, d'origine, de choix existentiels, que ces années de fréquentation semblaient avoir aplanies, revenaient péremptoirement au premier plan. Non que l'homme m'eût déçu (et pourquoi ?) mais un rideau impalpable était tombé entre nous et je ne me sentais pas capable d'en soulever un pan. Peut-être était-ce à lui de faire le premier pas ? La suite le confirma.

En septembre, j'optai pour Rome, par désir de m'éloigner davantage de mes origines, et à cause d'un groupe d'amis que je fréquentais alors, les premiers membres du *Roman Vintage Cars*, plus insouciants, ou moins tourmentés, que celui que j'avais laissé derrière moi. De temps en temps, je donnais un coup de main à deux d'entre eux qui avaient créé un cabinet de conseil. J'avais trouvé un appartement meublé dans le centre, ma vie sociale était agréable, tout allait bien, et je repensais de plus en plus rarement à l'exilé de la *costiera*, ou j'y songeais comme à un film dont j'avais été un spectateur, privilégié certes, mais un spectateur seulement. Les mois filèrent rapidement : l'automne, puis les vacances de Noël et du Nouvel An, que je passai comme d'habitude avec la dernière de mes tantes dans sa maison de campagne ; puis Rome à nouveau, et ce fut le début du mois de mars, l'époque où je partais habituellement pour la côte. Je sortis la valise de l'armoire, incapable de la remplir pour la raison parfaitement spéculaire de celle de l'année précédente : j'hésitais alors à quitter la côte, à présent à y retourner.

J'en étais là de mes (in)décisions lorsque je reçus un appel urgent du commissariat de police. D'accord, j'avais garé la Lancia Sport sur le passage piétons en bas de chez moi la nuit précédente mais ce n'était tout de même pas un crime... Je saisis le récepteur et à ce moment précis, avant même d'entendre la voix à l'autre bout, j'eus une vision nette de ce qui était arrivé, dans une sorte de flash psychique. Je tiens à souligner que je ne suis pas sujet à de telles prémonitions. Cela ne m'est arrivé qu'une autre fois, bien des années plus tard, lorsqu'on m'a annoncé qu'Anna Laëtitia s'était cassé la jambe au ski, ce que j'avais déjà deviné. « Je suis l'inspecteur Oronte, annonça une voix suspicieuse. Vous êtes bien Untel ? » Il me fit répéter mes nom et prénom deux ou trois fois, puis ceux de mes parents, mes lieu et date de naissance, me demanda les détails de ma carte d'identité, qu'il nota méticuleusement, et j'imagine qu'il aurait également exigé des empreintes digitales, s'il avait été possible de les obtenir par téléphone. À la fin, il dut admettre que c'était bien moi. Satisfait, il m'invita à passer le voir le lendemain matin au commissariat à 9 h 30, tel numéro de telle rue, escalier X, couloir Y, bureau Z, pour une communication urgente. Il fut surpris lorsque je lui demandai non pas de reporter mais d'avancer le rendez-vous. Comme je pressentais la raison de cette convocation (ce que je me gardai bien de lui dire), autant accélérer les choses et m'épargner une nuit blanche. Il y eut une brève pause, qui devait correspondre à une réflexion intense.

« Très bien, conclut-il, non moins suspicieux, je vous attends dans une demi-heure, disons quarante minutes. Et n'oubliez pas d'apporter une pièce d'identité. » Pour un peu, il m'aurait dit de ne pas faire le zouave et de me présenter sans arme.

Méfiance professionnelle mise à part, l'inspecteur Oronte était un bonhomme corpulent, sans veston, arborant d'horribles bretelles à fleurs, un pan de la chemise hors du pantalon. Il fumait sans discontinuer des *nazionali* de quatre sous, ce qui me donnait le tournis. Il m'indiqua un siège minable derrière le greffier de service et me demanda aussitôt, en me tendant une photographie que je n'eus qu'à effleurer du regard, si je connaissais « l'individu » en question. « Bien sûr, c'est un écrivain, un réfugié qui vit sur la côte avec une allocation de la Croix-Rouge, il s'appelle Elfröd. » « Bravo, jeune homme ! Vous étiez amis, n'est-ce pas ? » « Pourquoi "étiez" ? – je me raccrochai au maigre espoir d'une erreur de conjugaison –, nous le sommes toujours. »

L'inspecteur me dévisageait à travers un nuage de fumée, avant de s'épanouir en un sourire où il y avait un peu de tout : bonne humeur, soulagement, sympathie et beaucoup, beaucoup de condescendance. « Dans une autre vie, peut-être. Mais dans celle-ci, amen ! Parce qu'il est mort. Il s'est écrasé hier, à l'aube, au pied de la falaise, à environ un kilomètre au-dessus du village, là où le chemin fait une courbe. » « Vous en êtes sûr ? » « Ah, mon jeune ami, je suis à Rome, comme vous, je me fonde sur les phonogrammes que je reçois. Tout le monde là-bas en est sûr : les carabiniers, les pompiers, les habitants, que vous connaissez aussi, j'imagine. Ils ont également envoyé des plongeurs car un autre corps était tombé dans l'eau. Quand ils les ont repêchés, il y en avait deux, deux gros chiens errants qui avaient dû sauter dans la mer pour le suivre, ou peut-être pour essayer de le sauver. Il avait l'air de beaucoup aimer les animaux. » « Oui, les chiens en particulier. »

« Venons-en au point qui nous concerne. Dans la chambre 6 de la pension… *Aurora*, oui *Aurora*, on a trouvé de nombreux dossiers et manuscrits, de quoi remplir une malle entière, qui sont actuellement examinés par les enquêteurs. Un graphomane, ça va sans dire, notre… bon, on verra tout à l'heure le nom du loustic. Sur la table, bien en évidence, se trouvaient des lettres en français : une adressée à la Croix-Rouge, une au maire dans laquelle il le remerciait pour l'hospitalité qui lui avait été offerte et une au curé, pour préciser qu'il ne souhaitait pas d'obsèques religieuses auxquelles, de toute manière, il n'avait pas droit. Oui, parce que, dans toutes les lettres, il déclarait son intention de se suicider… »

J'étais soulagé de ce qu'il n'y était pas fait mention de son épouse lointaine. J'étais certain que l'impossibilité de la retrouver était la raison ultime de la décision d'Elfröd ; mais c'était une affaire entre eux seuls, peut-être un pacte, et devait le rester. « Il y avait aussi un colis pour le cordonnier, Piccozza Fiorenzo, avec quelques effets personnels et ses souliers, et une autre enveloppe avec un très modeste legs en espèces pour l'épouse du susdit, Piccozza Amalia, domestique et blanchisseuse de profession. » À chaque nom, je hochais la tête, attendant le mien. L'inspecteur se tut, ayant épuisé la liste.

« Et pour moi ? » ai-je demandé, surpris. « Pour vous ? Pour vous, rien. Ou plutôt, ils ont trouvé votre nom écrit sur une enveloppe, bon marché comme les autres. C'est ainsi que nous vous avons retrouvé, aidés par les témoignages recueillis dans le village, où vous êtes favorablement connu. Mais sans lettre à l'intérieur, rien de rien. »

Je fus déçu. Ce n'est que des années plus tard que j'ai compris qu'il s'agissait là aussi d'un message, un peu comme les fleurs dans le vase en porcelaine qu'Elfröd avait laissé derrière lui en fermant définitivement la porte de sa maison natale. J'aurais dû lui en être reconnaissant : pour une fois, il me mettait à son niveau, celui d'un découvreur d'énigmes, surestimant probablement mes forces. J'ajoute que, malgré mes demandes insistantes, même par les voies légales, je n'ai jamais réussi à mettre la main sur l'enveloppe, qui se trouve encore dans le dossier des actes judiciaires ou a, peut-être, été perdue.

Je me levai pour partir ; il me semblait insensé de m'attarder dans ce bureau minable. L'inspecteur m'arrêta en écartant les bras. « Nous n'avons pas encore fini, mon bon monsieur. Vous m'avez dit tantôt le nom de votre ami. Voulez-vous le répéter ? » « Elfröd. » Le sourire condescendant s'imprima à nouveau sur son visage, au point qu'il faillit laisser tomber la cigarette figée au coin des lèvres. « Ah, que c'est beau la jeunesse ! L'exilé de la *costiera*, non ? L'écrivain réfugié du Midchou, Michou… Michoumistan, merde. Enfin, un truc dans ce genre. Romantique, ça va sans dire. Sauf que, sauf que… » « Je suis désolé, mais je ne comprends pas. »

L'inspecteur changea alors de ton, comme dans un de ces mélos très en vogue à l'époque. « Ah, tu ne comprends pas, jeune homme ? Alors je vais te dire, moi, qui était ton El, Elf, bref, l'exilé. Un fameux bonhomme, ça oui, un fameux criminel. Regarde-le bien ! » Il me ficha sous les yeux une photo double, de face et de profil, une de ces photos d'identité policière, je crois. En effet, la ressemblance avec Elfröd était frappante. « Son nom est Thomas Krull, né à Lübeck, le… Lübeck, tu saisis ? En Allemagne, pas au Michoumistan ou je ne sais quoi. Un escroc recherché par Interpol : marché noir, fraude, chèques falsifiés, bijoux volés aux vieilles aristoches qu'il séduisait, il y a de tout. Derniers signalements vers Naples, Capri, Salerne et la côte. » « Mais comment est-ce possible ? »

J'étais tellement stupéfait que je ne pouvais réagir, la fumée qu'il me soufflait au visage m'empêchait de me concentrer. « Il a sauté de la falaise pour nous embrouiller jusqu'à la fin, avec son corps en miettes. Seulement, les empreintes digitales ne laissent aucun doute. » « Mais… les photos, les manuscrits ? » « L'album photo était vide, nous n'en avons pas trouvé une seule. Les manuscrits sont étudiés par la police scientifique ; on peut très bien être escroc et graphomane, c'est un dédoublement bien connu. »

J'hésitai mais, ne voyant plus d'autre solution, je jetai ma dernière carte, celle que j'avais juré de garder pour moi. « Et son épouse ? » « Elle n'a jamais existé. Du moins, pas selon la Croix-Rouge. Il avait imaginé cette ruse pour brouiller les pistes. Et il avait besoin de témoins qui, le moment venu, donneraient une certaine crédibilité à ses inventions. Quatre pêcheurs et trois paysans ne lui suffisaient pas. Toi, par contre, tu étais parfait. » « Moi ? » « Eh oui, toi, grand nigaud ! Un bourgeois de bonne famille aux références impeccables, aussi parfait que l'était son plan. Il était sur le point d'obtenir des Nations unies un document d'identité en tant qu'apatride au nom de cet El, Elftruc… À partir de là, les jeux étaient faits et il nous échappait. Seulement il avait besoin d'un témoin crédible comme toi. » « Mais il ne m'a rien demandé ! » « Il l'aurait fait, tu peux en être sûr. Mais il a commis une erreur. Il a dû se rendre compte que le scénario de sa femme qui n'était pas autorisée à le rejoindre t'avait mis la puce à l'oreille. » « Pas du tout ! J'étais seulement gêné d'être témoin de son désarroi. » « Admettons, mais Krull, comme tous les professionnels du crime, était un excellent psychologue. Il a senti que quelque chose avait changé. Tu n'étais plus disposé à mordre à l'hameçon comme avant et il a préféré changer de tactique en jouant les offensés. Il t'a laissé partir, sachant que tu reviendrais au moment où il aurait besoin de toi pour le dernier acte, celui des papiers. Il avait déjà rendez-vous au bureau des *Displaced Persons* des Nations unies à Naples, et tu étais censé l'accompagner. » « Sauf que je ne savais pas encore si j'allais revenir, et lui non plus ! » « C'est précisément la raison pour laquelle il allait t'écrire pour te le demander. Mais il n'en a pas eu le temps ; seule l'enveloppe est restée. On est arrivés avant et il a réussi à nous fausser compagnie une dernière fois. »

Il ne me restait plus qu'une question à poser, la plus triviale sans doute. « Mais pourquoi avoir choisi d'en finir ? » « Bah, beaucoup de crapules aiment jouer le tout pour le tout, une sorte de roulette russe qui les excite. Un type comme lui, ça ne termine pas avec des menottes aux poings. De plus, en disparaissant de manière spectaculaire, il pouvait toujours espérer semer le doute. Qui sait si, à l'avenir, on ne reparlera pas d'Elf, bref, de l'exilé de la *costiera*, le grand écrivain, en oubliant l'escroc international. La vie est faite de tant de volte-face, mon garçon ! »

Je perçus une pointe de commisération dans sa voix, ce qui me donna un instant, à moi qui suis d'un naturel pacifique, l'envie de lui casser la figure. Je me retins et j'eus raison. Je viens de dire que j'avais anticipé la rencontre au commissariat pour éviter de passer une nuit blanche ; je la passai quand même, mais pas pour les raisons que j'avais imaginées. Allongé tout habillé sur le lit, sans avoir pris la moindre nourriture, je ruminais inlassablement pensées et souvenirs. Je coupais les cheveux en quatre. Lorsque, par exemple, il m'avait dit lors de notre première rencontre « J'aime les outils efficients », faisait-il référence aux coffres-forts qu'il avait fracturés dans des hôtels du monde entier ? Certaines scènes me revenaient sans cesse à l'esprit : Elfröd (je continuais à l'appeler ainsi) soupesant en connaisseur le stylo plume de mon père, avant de le glisser dans sa poche… La photo de famille dans son portefeuille, dont j'avais eu l'intuition immédiate qu'elle n'était pas vraie… L'album vide, les manuscrits que seule la semi-analphabète Amalia avait le droit de voir, lorsqu'elle rangeait la chambre… Et, bien sûr, son refus obstiné de me révéler le visage et le nom de sa femme, m'en disant juste assez pour éveiller ma curiosité. Le jeu avait vraiment été trop raffiné car la présence-absence de cette femme m'avait réellement troublé au point de m'éloigner de lui, peut-être par jalousie inconsciente. Oui, tout s'emboîtait, de nombreux éléments allaient dans la direction tracée par les enquêteurs. Pourtant, au fond de moi, je ne pouvais pas y croire, pas plus que je ne croyais au dédoublement de personnalité qui, c'est vrai, existe chez certains individus. Pour moi, Elfröd resterait l'homme que j'avais connu, qui me parlait des écrivains qu'il aimait et de la chapelle des Scrovegni, de la révolte des chiens errants et des volcans en éruption. Et qui m'avait légué une énigme à déchiffrer : celle de sa vie mais aussi, un peu, de la mienne.

Hier

Elfröd sorti de mon existence, le destin voulut qu'y fît irruption presque aussitôt pour s'installer (hélas) tout au long de mon existence d'adulte, l'ingénieur honoris causa[1] Rufilio La Toppa, que je dois maintenant présenter au lecteur comme mon beau-père. L'exilé de la *costiera*, ou Thomas Krull (qui sait), était peut-être un aventurier qui avait cherché à me rouler dans la farine : personnellement, j'en doute chaque fois que je pense à lui, ce qui m'arrive souvent au déclin de ma vie. Il n'en était pas moins une figure d'envergure internationale, *larger than life* comme disent les Anglais, un personnage de roman, voire le protagoniste d'un grand roman que personne n'a écrit à la place de ses trente volumes que la critique redécouvre aujourd'hui. Tout en lui était tendu vers ce que nous ne pourrons généralement effleurer que dans les rêves ou les cauchemars qui

1. Titre auquel il tenait beaucoup et que lui avait attribué l'Institut polytechnique du Michoumistan, en échange de la construction gratuite, par la CUMASEL, d'un nouveau siège de l'université, moyennant le versement de dessous-de-table conséquents.

nous réveillent en sursaut à l'aube. Je l'avais deviné à une époque où je ne possédais pas l'expérience et la sensibilité nécessaires pour pénétrer une nature si riche et si dense. Je considère notre rencontre comme un privilège qui mérite encore toute ma reconnaissance.

Rufilio, en revanche, ah, Rufilio... Maintenant, il est mort lui aussi, accompagné jusqu'au bout par des poursuites judiciaires et des enquêtes journalistiques, parties presque toutes en fumée... Moi qui l'ai bien connu (re-hélas), je devrais rappeler objectivement sa seule véritable qualité, si on peut l'appeler ainsi, à savoir la capacité d'adhérer à la vie comme à une ventouse. En cela, il ressemblait à ma mère : comparaison choquante, et pourtant... Ni l'un ni l'autre n'acceptaient de remettre en question l'existence, de se demander si elle était bonne ou mauvaise, ils voulaient seulement en tirer le meilleur parti. À cette différence près : elle, pauvre femme, le faisait sans arrière-pensée ; lui si, et pas qu'un peu.

Il me l'a confessé dans un rare élan de sagesse, aux vacances d'août, lorsqu'il daignait nous inviter, avec les enfants encore petits, à Saint-Tropez – quelques jours seulement, parce qu'il s'en lassait vite : « Ah, beau brun[1], t'connais rien à la vie, toi, hein ? J'vais te dire, moi, comment c'est. Imagine un voyou qui t'attaque au couteau, la nuit, et y a pas un chat autour. Tu fais quoi, t'appelles les flics ? Y viendront pas, ou trop tard. T'es dans une merde noire, il va te planter sa lame dans le bide. Alors, tu essaies

1. Je détestais qu'il m'appelle ainsi, parmi d'autres sujets de détestation à son encontre. J'étais châtain clair, devenu grisâtre et blanchâtre par la suite, bien sûr. Mais « beau brun », jamais.

de lui arracher son cran d'arrêt et pour ça tu fais la pute, t'inventes n'importe quoi, tu mens, tu supplies, et dès que ça marche, qu'il fait plus gaffe, zac ! » En disant ces mots, il a planté sa fourchette à fruit dans l'orange servie à la fin du repas par le valet, qui l'avait préalablement découpée en quartiers parce que Rufilio n'avait jamais appris à la peler lui-même. « C'est toi qui l'enfiles… Tu gagnes ou tu perds : c'est ça la vie, beau brun. Le reste, des conneries pour intellectuels ratés… » Il n'a pas ajouté « comme toi », tant c'était implicite.

Il regardait rarement la télévision, s'ennuyant après quelques minutes de n'importe quel programme. À une exception près : il raffolait des documentaires sur les animaux sauvages dans la jungle ou la savane. Dès qu'un lion ou un léopard apparaissait sur l'écran à la poursuite d'une antilope africaine, il ne tenait plus en place : « Allez, chope-la ! » Il hurlait comme un fou, debout sur le canapé qui manquait de s'écrouler sous la secousse, entraînant dans son enthousiasme famille et domestiques, sauf ma fille qui se mettait à pleurer et que je devais emmener. La scène finale dans laquelle l'antilope était finalement attrapée et égorgée semblait lui provoquer une sorte d'orgasme (la sexualité de Rufilio est un chapitre à part). Il était déçu quand les séquences les plus cruelles furent censurées, sous la pression des écologistes. « Trouducs ! Y veulent pas montrer la vraie vie… », commentait-il en hochant la tête. « Pauvres gosses, qu'est-ce qu'on leur apprend ? T'vas voir que ces saintes nitouches d'antilopes, c'est elles qui finiront par faire la loi… »

Je dois préciser – pour me justifier un peu – que Rufilio n'aurait jamais exercé ce pouvoir méphitique sur moi s'il n'y avait pas eu Francesca. Oui, je dois faire un pas en arrière dans cette histoire. J'avais réussi à m'en sortir pendant quelques années encore avec les intérêts de l'héritage bergamasque et quelques opérations boursières plus ou moins réussies. Le premier signal négatif vint de la fermeture du cabinet de conseil de mes amis romains : quelque chose avait raté dans les investissements. Puis les choses ont vite mal tourné. Je ne saurais dire pourquoi, peut-être à cause d'une insouciance qui va de pair chez moi avec la discipline qui régit mes choix : une ambivalence que je n'ai jamais pu affronter, encore moins résoudre. Non, je ne suis pas doté d'une ambition démesurée, au contraire, je m'en garde bien. Le sens des affaires qui devrait venir des gènes paternels est étrangement limité lorsqu'il s'agit des miennes, comme si j'en avais honte, selon le fameux « complexe de… », bon, j'ai oublié le nom mais c'est un complexe très connu. J'aime une vie confortable et contemplative et comme je ne m'adonne pas aux vices, étant d'un naturel sobre, j'ignore ce feu sacré qui pousse certains individus à se lancer dans des entreprises extraordinaires dont ils ressortent, la plupart du temps, en miettes. Quelqu'un a écrit que les hommes véritables connaissent victoires et défaites, et que le reste revient aux médiocres. Eh bien, vive la médiocrité ! Pour moi, la sagesse consiste à risquer le moins possible car cela ne vaut pas la peine de faire autrement. L'attitude d'Elfröd, tel que je l'ai connu jadis, trop altière et exigeante, m'avait fait peur. En revanche, je n'ai jamais partagé la vision bestiale et primitive de l'existence chère à Rufilio, héritée malheureusement par le futur patron de la boîte, mon fils aîné. Si je puis me permettre une de ces considérations « philosophiques » qui provoquaient ses sarcasmes, je pense que le monde serait meilleur si nous acceptions tous de faire un pas en arrière, après en avoir fait deux ou trois en avant, au lieu de passer notre temps à essayer d'exploiter, de nuire ou de mentir aux autres. De toute façon, nous ne sommes pas immortels comme certains académiciens, n'est-ce pas ?

Après les révélations sur Elfröd, bien décidé à changer de vie et de chemin, je n'avais plus mis les pieds sur la côte – et je n'y retournerais plus de longtemps. Je rencontrai Francesca lors d'une soirée à Portofino où j'avais été invité par des fêtards noctambules, persuadés de pouvoir prolonger la jeunesse qui leur échappait. Nous étions à l'aube de cette dolce vita qui ne m'a jamais tenté. Je fus immédiatement frappé par Francesca : petite, belle et fragile, les cheveux détachés, en jean et sandales de corde. Je faisais alors – aujourd'hui encore, mais c'est plutôt confus – une fixation érotique sur le cou, les poignets, les chevilles ; les siens étaient parfaits, longs, effilés, modiglianesques. J'appris par la suite qu'elle les tenait de sa mère, une infirmière qui avait eu la (très mauvaise) idée de sauver Rufilio en 1942, après un torpillage britannique en Méditerranée, et lui avait donné trois enfants avant de disparaître dans la plus grande discrétion, comme elle avait vécu.

De son père, Francesca n'avait (heureusement) presque rien dans son physique et encore moins dans les manières et le caractère. Elle avait alors dix-huit, presque dix-neuf ans, ravissante mais inconnue du beau monde, on ne savait même pas qui l'avait amenée là... Ah oui, Gigi Fercalmo qui, quelques semaines auparavant, m'avait siphonné une somme rondelette au poker, après quoi j'avais sagement dit adieu aux cartes. J'étais très timide, je le suis resté, et elle l'était aussi. La timidité nous rapprocha impérieusement, comme un aimant, au milieu de la foule qui allait et venait à la recherche d'un divertissement, d'une alternative de quelques heures à l'ennui imminent, comme s'il s'agissait de la revanche d'un monde qui finissait, tandis qu'un autre peinait à naître. Le rugissement d'un orchestre de jazz, qui reprenait dix fois d'affilée *Besame mucho* ou *I sing "ammore"*, invitait à aller jusqu'au bout de la nuit et m'épargnait des paroles banales qu'elle n'aurait même pas écoutées. En silence, donc, je pris sa main qu'après un instant d'hésitation, Francesca abandonna dans la mienne comme un oiseau blessé. Dans ce geste, un homme plus expérimenté que moi aurait peut-être pu sentir la dépression qui couvait en elle, la rongeait lentement, et s'enfuir à toutes jambes. Au contraire, encouragé par le whisky-coca que je supportais difficilement et qui me fit vomir dans les toilettes, je me risquai à lui donner un baiser qui me fut chastement rendu. Nous nous quittâmes et nous retrouvâmes le lendemain à Alassio, où elle logeait chez une amie. Rufilio, lui, était loin, incapable de la moindre détente. Il s'évertuait dans les couloirs des ministères romains à pousser ses premières affaires millionnaires. Il avait montré de quoi il était capable dès 1946, avec les fournitures américaines puis les subsides du plan Marshall. Maintenant, il gravissait les échelons l'un après l'autre, ou plutôt deux ou trois à la fois, écrasant comme une punaise quiconque se trouvait sur son chemin.

Épouser Francesca, après l'avoir courtisée six mois à peine, fut le principal, que dis-je, l'acte fondateur de ma vie adulte, et je m'empresse de dire que je le referais sans hésiter. J'avais connu peu de femmes avant elle, je n'en ai eu aucune autre après, même pendant ces longues années où sa maladie ne me permettait que de lui tenir la main, quand elle s'assoupissait en tremblant et se réveillait en gémissant de douleur pendant le reste de la nuit. Étais-je en train de revivre la grande et malheureuse histoire supposée avoir lié Elfröd à sa femme lointaine ? Ou, peut-être, l'effort de mon père pour me mettre au monde avant de disparaître ? Je ne pouvais pas l'exclure. J'en suis sorti conscient, reconnaissant, humilié de pouvoir lui rendre si peu. Je ne crois pas avoir un tempérament romantique, même si ma fille m'appelle parfois Werther en passant sa main dans mes cheveux. Je ne sais quel brillant esprit a dit que pour aimer et désirer pendant vingt ou trente ans la même femme, il faut être un pervers ou bien un individu totalement dépourvu d'imagination. J'opte volontiers pour la seconde explication.

Je ne lui cachai pas que ma situation financière était précaire ; Francesca ne cilla pas ni ne broncha. J'eusse aimé lui offrir le plus incroyable des voyages de noces : disparaître sur une jonque à Macao, passer la porte de Galata sur le Bosphore, refaire sur un galion espagnol ou portugais le tour de Magellan en vivant de dattes, de lait d'ânesse et d'éros incandescent. Au lieu de cela, nous sommes restés à Rome et je me suis contenté de déménager parce que je voulais un lieu vraiment à nous deux. Juste avant la spéculation sur le marché immobilier, j'ai acheté un petit appartement avec terrasse au dernier étage d'un immeuble décati non loin de la place Navone. Nous avons vécu ainsi, bénis et baignés de passion, pendant un an, presque deux. Je souffrais de la quitter, ne fût-ce que pour aller acheter des cigarettes et des journaux chez la kiosquière bigleuse et boiteuse, qui nous détestait et nous souhaitait tout le mal possible en touillant le marc de son café. À l'aube, je portais Francesca, ensommeillée et enveloppée dans le plaid écossais où ma mère m'emmaillotait jadis[1], à la boulangerie de la Chiesa Nuova, qui ouvrait à cinq heures pour les chauffeurs de taxi, les éboueurs et les conducteurs de tramway du quartier, souvent irritables et hostiles mais incapables de nous faire du mal. Nous faisions le plein de croissants chauds, de brioches à la crème, de gaufrettes croustillantes et de café au lait à la mousse bouillonnante et épaisse.

Pendant la journée, nous ne faisions absolument rien et le faisions magnifiquement, c'était une sensation merveilleuse, saisissant les variations du soleil et la lumière sur les géraniums et les plantes grimpantes de la terrasse. La nuit, nous nous aimions à la folie, nous caressant sans relâche jusqu'à sombrer dans le plus beau des sommeils : celui sans rêves qui préfigure le repos éternel (j'ai peur d'avoir déjà écrit cela). Qui n'a pas vécu ainsi, comme si le lendemain n'allait jamais arriver, avec une conscience claire et une confiance illimitée, ignorera toujours la félicité qu'on en tire. Nous

1. C'est ce qu'elle m'avait raconté mais, la connaissant bien, je ne doute pas une seconde qu'il s'agît d'une pure invention.

nous sentions prêts à affronter toutes sortes de folies. Une échelle de secours menait sous les toits : indifférents au vertige, nous nous lancions dans des prouesses gymniques stupides qui, au moindre faux pas, eussent pu nous écraser au sol, trente ou quarante mètres plus bas. Qu'est-ce que ça pouvait faire, du moment que nous étions heureux ? Si, de temps en temps, Francesca me mettait en colère – ah, les escarmouches d'une jeunesse lointaine et folle ! –, je lui récitais des passages entiers des *Sept contre Thèbes*, jusqu'à ce qu'elle vacille sous cette charge d'Eschyle et se réfugie à nouveau dans mes bras. Le soir, avec les dernières piécettes que je trouvais au fond de mes poches, j'engageais des musiciens qui se prétendaient réfugiés politiques de pays aux noms imprononçables, lesquels n'existaient sans doute pas. Ils jouaient inlassablement, à en avoir les jointures et le bout des doigts sanguinolents, *Besame mucho*, notre hymne nuptial, sous les persiennes blanchies de lune, tandis que des chats se battaient au loin, jusqu'au Ghetto et au Forum.

J'aurais voulu la couvrir de cadeaux impossibles : coffres débordant de pierres précieuses venues des palais d'Orient, chargés sur le dos de chameaux pensifs qui auraient traîné leurs pas dans l'agonie pour s'effondrer devant elle… Flamboyants caftans turcs et persans, colliers volés au trésor des Louis de France et breloques aztèques échappées à la cupidité des *conquistadores*, somptueuses soies chinoises tissées d'or, savoureuses cannes à sucre du Pendjab, diamants gras comme des truffes, extraits des mines souterraines de Sibérie ou du Botswana… J'appris que, dans une banlieue qui m'était inconnue – je n'en connaissais aucune d'ailleurs, que serais-je allé y faire ? –, un cirque en faillite vendait les animaux dont il devait se débarrasser, condamnés à être abattus. En un rien de temps, nous louâmes une camionnette équipée de tout le confort animal et nous nous rendîmes sur les lieux, au milieu de cabanes délabrées et de tentes rapiécées, sous une triste enseigne au néon qui s'allumait par intermittence : C… QUE KL… BLUM ! C… QUE KL… BLUM ! Dans les enclos, des employés en salopette, aux gueules patibulaires, jetaient des seaux de nourriture mélangée à du sable aux singes savants qui les regardaient avec dégoût. Francesca riait et pleurait en même temps, elle aurait voulu partir avec toutes ces pauvres bêtes, des pythons édentés à l'aigle royal rachitique, qui glapissaient de terreur, pressentant le sort qui les attendait. Ce n'était techniquement pas possible et nous dûmes nous contenter de Grog, un ours prétendument de Transylvanie, en réalité originaire des Abruzzes, peu importe. Il était végétarien et très doux, au point que je fis retirer par un cambrioleur de Regina Coeli l'anneau de fer qui lui perçait la langue et les naseaux. Ses affectueux coups de patte menaçaient de nous arracher un bras ou une jambe. Il fallut nous en séparer et le confier, à grands frais, à une troupe de comédiens ambulants qui jurèrent de nous donner régulièrement de ses nouvelles, ce qu'ils ne firent jamais, peut-être parce qu'ils étaient analphabètes. Des années plus tard, à la télévision, j'ai vu par hasard un ours dressé contraint de sauter dans un cercle de feu, lors d'une fête populaire dans les Balkans. J'ai aussitôt éteint le poste, la gorge serrée.

Jusqu'à ce que, vers la fin de la deuxième année, nous nous trouvâmes sans l'ombre d'une lire, fût-elle dévaluée, pas même de quoi payer l'eau, le gaz et la taxe sur les ordures qui, de toute façon, ne disparaissaient jamais devant notre porte : sur ce point, au moins, Rome a peu changé. Le concierge, qui ôtait sa casquette à chaque pourboire, nous regardait maintenant d'un air insolent et je devais me retenir pour ne pas le gifler comme il le méritait (je me retins facilement, il était bien baraqué, le double de ma carrure). Nous étions follement amoureux – on l'aura amplement compris – et donc enviés et menacés par le monde malpropre qui entoure les amoureux pour les conduire à leur perte.

Aucune déesse de l'Olympe ne veillait sur nous et, dans l'ombre, les ennemis de notre extase complotaient, nous sachant sur le point de céder. Oui, c'était trop beau pour durer et cela ne dura pas. Au début, je songeai à étrangler la marchande de journaux pour lui voler sa recette de la journée. L'idée n'était pas mauvaise mais Dostoïevski m'avait devancé. Un raid armé sur la boulangerie eût pu nous nourrir de croissants et de brioches pendant quelques semaines : mais ensuite ? L'inspecteur Oronte nous aurait débusqués, après une fouille méthodique, maison par maison. Notre train de vie ne m'avait jamais paru excessif, et pourtant… Le concierge susdit, le gérant de l'immeuble, le tailleur, le bijoutier (plusieurs bijoutiers), le relieur, l'encadreur, l'horloger, l'antiquaire, l'ébéniste, le rétameur ou le plombier, le Cercle des joueurs de dames auquel je ne cotisais plus, la femme de ménage que nous ne payions plus depuis des mois (elle n'avait de toute façon jamais rien nettoyé) nous eussent dénoncés à la force publique pour insolvabilité. Je me voyais déjà aux fers, Francesca écrouée dans un cachot féminin sans plaid ni croissants, soumise à un traitement infâme et vicieux par ses codétenues. Il ne restait plus que la reddition qui, dans certaines conditions, garde une forme de dignité. La mienne en fut complètement dépourvue.

Rufilio m'accueillit hilare et en sueur. Francesca était sa dernière fille, sa « poulette », destinée à le rester en raison non seulement de la mort de sa femme mais surtout d'une *impotentia generandi* que ni ses innombrables maîtresses ni les techniques de coûteuses cliniques suisses et suédoises ne réussirent à résoudre par la suite. Bref, la prunelle de ses yeux, la reine de son échiquier : il eût voulu la marier à un prince romain ou à un requin de haute mer, encore plus requin que lui si possible, pour couronner sa propre ascension sociale triomphale. Au lieu de cela, il se retrouvait avec un gendre, « bon petit soldat » de l'existence, sans l'ombre d'un travail ni une once de salaire. Il avait snobé notre modeste mariage, refusé à sa fille une dot qui nous eût été bien utile, la conduisant à l'autel de mauvaise grâce et s'éclipsant dès la sortie de l'église sous prétexte d'un engagement urgent. Insouciants, Francesca et moi en fûmes soulagés, ne pouvant imaginer que nous allions bientôt capituler.

*

Le travail que me donna, ou plutôt m'imposa, Rufilio fut d'emblée celui que j'allais occuper pendant de longues années à ses côtés, enfin… sous sa botte. Pour faire ronflant, appelons cela : consultant pour les affaires internationales de la CUMASEL, qui avait développé un vaste réseau de contacts à l'étranger. Rufilio pensa même à m'attribuer le titre d'« ambassadeur », ce qui me sembla de très mauvais goût, et je le suppliai de laisser tomber. Comment une telle réussite a-t-elle été possible, et en relativement peu de temps, il m'est difficile de le dire. Les enquêtes auxquelles je faisais allusion ont suggéré des liens possibles entre Rufilio et la mafia italo-américaine[1] d'abord, puis avec de douteux oligarques russes et chinois ; mais, jusqu'ici, rien n'a été prouvé. J'ai été interrogé moi aussi par quelques zélés magistrats de choc et, sans déroger à ma conscience, je n'ai pas été en mesure de fournir le moindre indice utile.

Comprenons-nous bien : j'ai croisé des personnages controversés, pour ne pas dire louches, au cours des voyages que nous avons pu faire ensemble dans le monde entier, pas très souvent, tout au plus deux ou trois fois par an parce que, loin de « ses terres », Rufilio, qui connaissait tout au plus cinq cents mots d'un italien argotique et ignorait toutes les autres langues, se sentait mal à l'aise. Mais je n'ai jamais été impliqué dans des conversations ou des négociations confidentielles. Au moment voulu, il me fermait la porte de sa suite au nez ou bien me laissait à l'hôtel s'il devait se rendre à un rendez-vous, d'autant que l'autre partie lui fournissait toujours un interprète ou un médiateur

1. Selon des sources jamais confirmées, le caïd Surabaya-Johnny Scalise lui aurait adressé, lors d'une rencontre à Brooklyn, le salut rituel : « *Hi, brovve', wat a cazz'you nidda ?* » (« Déballe, frère, de quoi f… qu't'as b'soin ? »). Scalise, condamné par la suite à 142 ans et 6 mois fermes dans une prison fédérale de haute sécurité, mourra accidentellement en glissant, alors qu'il servait la messe, sur un ciseau acéré qui pénétra, toujours accidentellement, de trois pouces dans son cœur.

pour faciliter les échanges. Je ne le remercierai jamais assez de ce manque de confiance.

Par conséquent, surtout depuis que j'ai pris, à sa mort, la direction (provisoire) du conseil d'administration, je devrais en conclure que la légende noire entourant les affaires de mon beau-père était grandement exagérée. C'était un entrepreneur sans scrupules ni états d'âme, cela ne fait aucun doute ; extraordinairement habile à danser sur la corde raide des règles et des lois, assisté d'une batterie d'avocats et de comptables aguerris, que dirigeait son âme damnée, le notaire Tetra-Lanugine[1]. De cette manière, il a gagné la plupart des procès intentés contre lui et, quand il lui est arrivé d'en perdre, il a payé des pénalités de plusieurs millions sans sourciller, presque amusé. Comment la bosse des affaires – ses courtisans et ses thuriféraires (il en avait beaucoup et il les payait bien) allèrent naturellement jusqu'à le qualifier de « génie » – a pu se loger dans le crâne comprimé à l'extrême d'un descendant de pâtres et de porchers du bas Latium, arrivé péniblement au certificat d'études, est un mystère auquel, moi le premier, je serais incapable de répondre. Et pourtant, « Il nous faudrait un La Toppa ici ! », « Y a plus qu'à espérer La Toppa ! » ou encore « Mettons-y un La Toppa ! »[2]... Combien de fois ai-je entendu ces jeux de mots ironiques mais, dans le fond, flatteurs ?

Je me rends compte que j'écris tout cela pour défendre non pas sa réputation mais la mienne. Pourquoi n'ai-je

---

1. En français : Sombre-Duvet.

2. *Toppa*, en italien : raccommodage, rafistolage, reprise. Par extension : « Il nous faudrait / mettons-y une pièce ! »

jamais été capable de prendre mes distances et de rompre nos relations, au moins sur le plan professionnel ? Les opportunités d'emplois décemment rémunérés ne m'ont pas manqué. Alors, était-ce pour garder la famille unie ? C'est plutôt le contraire, vu les reproches muets de Francesca sur lesquels je vais revenir, et la détestable influence de mon beau-père sur mon propre fils. Étais-je un homme doux, peu combatif, comme j'aime à me considérer, ou simplement un lâche ? Combien de fois (mentalement) ai-je rêvé de jeter Rufilio dans l'abîme du haut d'une échelle de secours, comme celle sur laquelle je voltigeais autrefois avec Francesca ! Je ne l'ai pas fait, mais je ne supporterais pas l'idée d'avoir gaspillé ma vie au service d'un délinquant. Je préfère croire que Rufilio était l'exemple d'une époque et d'une société où tout semblait permis à ceux qui « voyaient grand », c'est-à-dire qui prospéraient en dépit et aux dépens de tout et de tous, foulant aux pieds les principes éthiques élémentaires, même si à Noël, à Pâques ou le jour de son anniversaire il faisait mine de se racheter en distribuant de gros chèques à des associations caritatives. Succès, ruse et chance mis à part, c'était un individu assez banal et c'est l'excuse que je trouvais pour rester à ses côtés, sans (trop) sacrifier mon amour-propre. Peut-être cette banalité a-t-elle été le moteur de son ascension et la clé de ses triomphes : ce que tant d'autres comme lui, en Italie et à l'étranger, auraient *voulu* être en croyant *pouvoir* le devenir. Il suffisait de voir les visages extasiés de l'assistance à chacune de ses apparitions publiques, bien mises en scène : un sentiment auquel se mêlait une pointe d'incrédulité, et je suis sûr que nombre de ses émules et admirateurs devaient se dire : « Si un type comme *lui* a réussi, il ferait beau voir que *moi*, je n'y arrive pas… » Certains de ses collaborateurs lui suggéraient de se lancer en politique et, à plusieurs reprises, il s'en est approché. Mais il savait dompter sa vanité et préférait agir en coulisse, par le biais de prête-noms et d'hommes de paille recrutés dans tous les partis. Il faut avouer qu'il se connaissait et se jaugeait comme personne.

Je pourrais m'arrêter là, vu l'évidence du personnage et la réaction que j'espère avoir suscitée chez ceux qui me lisent… à défaut de la mienne, qui n'est jamais venue. Ah oui, je voudrais raconter encore un épisode, je ne sais s'il est très significatif. Au début des années 1980, à l'apogée de sa fortune, Rufilio traversa une crise mystique. Cela peut arriver à tout le monde et cela lui arriva.

Nous étions à Toronto, terrés dans notre habituelle suite de luxe dans un gratte-ciel, isolés par une tempête de neige qui empêchait les clients que nous devions rencontrer de nous rejoindre. Même les *babes* dont Rufilio aimait se pourvoir en voyage avaient disparu. La ville était paralysée, les routes bloquées, l'aéroport fermé, les contacts avec la lointaine CUMASEL reposaient sur un téléphone souvent en dérangement, ce qui le rendait fou. Il tournait littéralement comme un lion en cage car, en dehors des affaires et des femmes, de plus en plus jeunes et de plus en plus chères, il n'avait ni loisir ni passe-temps en ce bas monde, pas même un inoffensif solitaire aux cartes. Faute de mieux, il s'asseyait devant la télé qu'il haïssait, zappant furieusement pendant que je lui servais et resservais à boire. Il n'y avait pas de programmes animaliers, rien que des jeux-concours et des feuilletons policiers. Soudain, sur une chaîne privée, apparut un individu maigre, à la peau sombre, portant des lunettes de soleil. On aurait dit un trafiquant du Bronx, sauf qu'il était enveloppé jusqu'aux pieds dans une simarre de chaman, avec une sorte de sceptre à la main et une couronne d'épines sur son crâne chauve. Nous éclatâmes de rire à l'unisson, ce qui se produisait rarement. Les caméras cadraient devant lui une salle, un hangar peut-être ou un garage, invraisemblablement bourrée d'ex-voto, d'images religieuses naïves et d'objets hétéroclites : un télescope avec trépied, des caisses de légumes, des canettes de bière et de Coca, une machine à laver et, plus inquiétant encore, je crus voir, dans un coin, un bazooka – mais peut-être mon imagination s'emballait-elle. Au milieu, quatre ou cinq rangées de disciples à l'air benêt et béat se tenaient par la main, se balançant au rythme de ses paroles, le visage strié de larmes. Ce n'étaient pas des hippies, junkies ou autres parias des provinces américaines ou canadiennes, mais des citoyens ordinaires, hommes et femmes d'âge moyen, grassouillets et convenables, qui payaient sans doute leurs impôts et la taxe fédérale sur les ordures ménagères. « Ces dingues sont partout… on change ? » ai-je dit en saisissant la télécommande. « Touche pas, beau brun, ça m'intéresse ! » ordonna Rufilio, soudainement attiré par la scène : « Allez, va, traduis ! » La tâche n'était pas facile. Le chaman parlait à toute allure dans un charabia anglo-caribéen, dont je saisissais à peine un mot sur quatre ou cinq. Je compris péniblement qu'il était question de paraboles bibliques, entrecoupées d'avertissements sur l'imminente fin du monde.

Rufilio, lui, était de plus en plus excité et buvait littéralement sur mes lèvres tout ce que je répétais et, dans le doute, inventais. « 'Tends 'tends, il a vraiment dit qu'au jour du Jugement dernier, quatre angelots, trompette à la bouche, vont se mettre à sonner, un par quartier, puis, d'une voix forte, vous les entendrez crier : Êtres de ce bas monde, allons, sortez ? » Il avait l'air bouleversé, au point d'en renverser son verre de bourbon sur le tapis. « Et après, hein ? accouche ! » « Alors surgira de la terre une procession de squelettes contrefaits, à califourchon, qui reprendront semblance de vivants, poussins autour de la mère poule, gémissants. Et cette poule c'est Dieu compatissant, qui en fera deux groupes, noirs et blancs. L'un ira à la cave, l'autre sur le toit. » « Dans la cave, sur le toit, y dit ça ? Et après, après ? » Le visage de Rufilio se contracta en une grimace d'effroi que je ne lui connaissais pas, ses grosses mains agrippaient les bras du fauteuil qui grinçait sous la prise. « Après, rien : en dernier, viendra le carillon des anges qui nous bercent à l'infini, on éteindra les lampes et : bonne nuit[1]. » Le chaman prit congé lui aussi, après avoir aspergé son auditoire d'encens ou équivalent, grâce à une petite pompe dissimulée dans son sceptre. Suivit une publicité pour une boisson qui, dans ce contexte, me parut très rafraîchissante.

Je dois avouer que cette agitation inédite de la part de Rufilio me donna d'abord un malin plaisir. De toute évidence, il prenait au sérieux cette performance grotesque.

---

1. Libre interprétation d'un des plus célèbres sonnets en *romanesco* de Giuseppe Gioachino Belli, *Er giorno der giudizzio* (25 novembre 1831).

Cloué sur son fauteuil, les yeux rivés sur le poste, sans même s'apercevoir que j'avais fini par l'éteindre, il se répétait : « Cave… toit… bonne nuit… » Il me demanda par gestes presque suppliants, au lieu de me commander comme d'habitude, de lui prendre une petite bouteille d'eau minérale dans le minibar et il l'avala, respirant péniblement, tandis qu'il s'arrachait presque les vêtements, en proie à une crise de suffocation. Trempé de sueur, il parlait avec difficulté, la chemise déboutonnée jusqu'au nombril sur son torse poilu, la ceinture desserrée, la braguette béante. Étaient-ce les signes d'une attaque ? « Je vais te chercher un anxiolytique dans ma chambre », lui ai-je dit. Il m'agrippa par le bras pour me redemander de rester avec lui. Dehors, la tempête de neige faisait rage et je me suis soudain rappelé l'agonie de ma mère, des années plus tôt, dans l'hôtel de Cortina. La scène allait-elle se répéter ? Le départ de mon beau-père n'aurait certainement pas suscité en moi les mêmes sentiments de contrition filiale, au contraire… Néanmoins, l'idée que cela puisse se passer ainsi, et qui plus est sans témoins, m'embêtait. Et si j'étais suspecté ? La police m'aurait retenu pour des vérifications et, après, les rumeurs malveillantes circulent vite. Mon honorabilité en aurait été salie, par exemple au Cercle des joueurs de dames, où j'avais été réadmis peu de temps auparavant, après avoir payé tous mes arriérés. Peut-être que même mes amis du *Roman Vintage Cars* me tourneraient le dos. Non, Rufilio devait vivre : encore un peu, il m'en cuit de le dire, pour le bien de tous.

Et il vécut. Le médecin de l'hôtel lui fit une injection de tranquillisants et nous arrivâmes laborieusement à le coucher. La nuit se passa paisiblement pour lui, moins pour moi qui dus m'installer sur le canapé du petit salon, craignant que l'écran de la télé ne s'allume d'un coup sur le chaman (par prudence, je tournai même le poste vers le mur). Le lendemain matin, tout semblait oublié. Après sa douche, vêtu d'un peignoir qui enveloppait à peine son imposante circonférence, Rufilio dévora son petit déjeuner avec son appétit habituel, s'emparant même du mien, sans me le demander évidemment. Il était redevenu celui de toujours, du moins en apparence : jusqu'à ce que brusquement, tout en mâchouillant ses œufs au bacon, il me fixe et déglutisse, péremptoire : « Beau brun, tu vas me le dégoter ! » « Pardon, mais de qui parles-tu ? » répondis-je, espérant avoir mal compris. « Comment qui ? Mais t'es con ou quoi ? Le cureton, là, qui tu veux que ce soit ? » Quelle tuile me tombait sur la tête ! « Mais réfléchis, comment veux-tu que je fasse ? Je ne peux quand même pas mettre une annonce dans le journal. D'ailleurs, l'aéroport est sur le point de rouvrir, demain, après-demain au plus tard ; dès qu'on aura vu les clients, on pourra partir. » « Ah non, bon sang[1] ! rugit-il. Tant que j'l'ai pas vu, je me barre pas d'ici ! Démerde-toi, appelle la télé, les journaux, les flics. Mais tu me le ramènes ! » Il se leva et, pour un peu, il me crachait dessus le reste de sa bouchée tant il était furieux.

Le plus beau, c'est que je le retrouvai, et que ce ne fut pas si difficile. Le directeur et le médecin, devant mon insistance, finirent par me présenter au détective de l'hôtel :

1. « Bon sang » est ici pudiquement employé à la place d'un autre terme plus corsé que Rufilio glissait tous les deux ou trois mots.

un type franc du collier, originaire du sud de la Botte, avec qui je sympathisai aussitôt, à l'italienne. Il me fit entrer dans son bureau et sortit un dossier d'un classeur métallique : « Il se fait appeler Father Angus, premier, seul et, espérons-le, dernier prêtre d'une autoproclamée *Church of the Blessed Incarnation*. La secte est née il y a une dizaine d'années à Kingston, en Jamaïque, où elle a été interdite par les autorités. Alors, il l'a transférée ici, avec les subventions de quelques entrepreneurs locaux, de braves gens qui se sont fait avoir par ce charlatan. Avec leur argent, il est devenu un personnage public et il se paie des spectacles au théâtre et à la télévision, *he knows how to squeeze money out of God, mark my words*… Apparemment, il n'a commis aucun crime au Canada ni ici en Ontario, la police fédérale le surveille mais jusqu'à présent, rien. Si j'étais vous, je ne le toucherais pas avec une perche à barge… » L'anglicisme me fit sourire, le bref tableau beaucoup moins : il ne faisait que confirmer ce que je craignais déjà. Rufilio devait avoir ressenti une affinité secrète avec le chaman ; il était donc inutile d'essayer de le mettre en garde. Je ne pouvais qu'espérer que son instinct de caïman lui ferait renifler un caïman aussi gros que lui.

J'avais également obtenu l'adresse de l'« Église » ; il ne restait plus qu'à organiser une rencontre. Nul doute que le chaman saisirait l'occasion d'ajouter un riche homme d'affaires romain à la liste de ses victimes. Le temps s'était amélioré, je l'ai dit, mais si Father Angus avait pénétré dans le hall de l'hôtel, le détective l'aurait fichu dehors à coups de pied aux fesses. « Eh ben, c'est quoi le problème (bon sang) ? s'exclama Rufilio. C'est même mieux : on y va, comme ça, je me fais un topo de l'endroit. Allez, bouge ton cul, appelle-les ! » Je m'exécutai, contactant la secrétaire du chaman, une certaine Sister Amaranta. Elle avait la voix traînante d'une maîtresse de bordel d'autrefois, je dirais même avec une cigarette au bec parce que j'avais l'impression de sentir la fumée au téléphone et j'en avais le tournis. Bref, vu l'urgence, le rendez-vous fut fixé pour l'après-midi même, à 17 heures. Rufilio exultait, comme un enfant qui aurait fait l'école buissonnière. « Bon, qu'est-ce qu'on lui amène ? Une bonne boutanche de bourbon ? Dis, faut pas lésiner, hein… » « Hum, peut-être qu'en tant qu'ecclésiastique, il ne boit pas, ai-je répondu, dubitatif. Pourquoi pas des chocolats ? » « Des bonbons, c'est ça qu'il faut (bon sang), des bonbons au miel, fondants ou pas, on s'en fout, mais au miel. Y a pas mieux pour la constipation, j'en sais quelque chose. »

Nous montâmes à quatre heures précises, par moins vingt degrés, dans le taxi appelé par l'hôtel. Je portais comme un trophée un énorme bocal de bonbons enrubanné, le plus somptueux que j'avais pu me procurer : Rufilio ne regardait pas à la dépense quand il jugeait pouvoir en tirer profit. Je donnai l'adresse au chauffeur. Manifestement perplexe, il me demanda de répéter puis se tourna pour nous dévisager. « On vous a fait une blague ? » « Pourquoi ? C'est loin ? » « Ah, ça, heureusement, parce que c'est le quartier le plus mal famé de la ville. Même la police réfléchit à deux fois avant d'y entrer. Et maintenant que la nuit tombe, moi, si j'étais vous, j'irais pas. » « Mais qu'est-ce qu'il dit (bon sang) ? » trépigna Rufilio, sur les charbons ardents. « Il nous déconseille un déplacement trop pénible par ce temps, surtout pour toi qui as été… (non, ça, il valait mieux éviter). On pourrait être pris dans une autre tempête. Il vaudrait mieux reporter. On peut revenir au printemps. »

La bordée d'injures que je reçus en retour, assortie d'un coup de coude dans les côtes, impressionna même le chauffeur de taxi. De toute évidence, nous étions des durs, il décida donc de prendre des précautions : « OK, mais je vous déposerai au dernier carrefour *safe*. Et meilleurs vœux pour le retour. » Nous partîmes à l'aventure et, par la vitre, je vis disparaître avec un pincement au cœur les lumières de l'hôtel et la carrure rassurante du détective originaire du sud de la botte.

En fin de compte, tout se passa mieux que prévu. L'endroit était en effet sordide ; quelques disciples peu rassurants, les gorilles du chaman j'imagine, montaient la garde. En tant qu'invités de marque, nous eûmes droit à tous les égards, y compris un café infect, et nous fûmes raccompagnés, à la fin de la réunion, dans la camionnette utilisée par la communauté pour s'approvisionner en fruits, légumes et poulets vivants dont quelques crottes restaient sur mon siège. Father Angus nous reçut, comme je m'y attendais, avec une grande cordialité, sans simarre, sceptre ni couronne, pieds nus. Il exhibait une bague en diamant au gros orteil gauche, cadeau de quelque bienfaiteur de la secte, et fumait un havane qui me fit aussitôt tourner la tête. Il prit Rufilio dans ses bras comme un amoureux et le mena vers son bureau, au fond du hangar de tournage télé : je peux confirmer que le bazooka aperçu à l'écran était bien réel, même s'il ne semblait pas fonctionner. Ici, je peux abréger car l'essentiel de la conversation se déroula, une fois encore, entre quatre z'yeux, ceux du chaman étant toujours protégés par des lunettes noires. J'attendis patiemment, assis sur un sofa défoncé au milieu du hangar. De loin, j'aperçus Sister Amaranta qui passait en combinaison, porte-jarretelles et talons aiguilles ; il ne lui manquait plus que la cravache : je ne m'étais pas trompé sur l'ancienne profession, qu'elle exerçait peut-être encore pour les nobles desseins de la secte.

Lorsque Rufilio revint, environ une heure plus tard, il était visiblement secoué. Je ne comprenais pas en quelle langue ils avaient bien pu se parler, ni ce qu'ils s'étaient dit ; peut-être que, retrouvant le parlage des peuples primitifs, ils avaient communiqué par regards et par gestes. « Ce gars est une force de la nature, murmura-t-il pendant que les gardes du corps nous conduisaient vers la sortie. J'sais pas si c'est un saint, ou non. Mais il n'a qu'à te fixer au fond des yeux pour te tirer tout ce qui est en toi… » Il rabâcha *ad abundantiam* ces grandes idées pendant le jour et demi que nous passâmes encore à Toronto, puis pendant le vol de retour, où il ne ferma pas l'œil, m'obligeant à faire de même. On aurait pu espérer que, revenu chez lui, avec des affaires urgentes à traiter, il n'aurait plus pensé au chaman. Pas du tout. La crise mystique – appelons-la ainsi – dura plus de deux ans, au fil de séjours trimestriels à Rome de Father Angus, Sister Amaranta et d'au moins un garde du corps, moyennant à chaque fois un chèque conséquent couvrant le voyage en première classe, la nourriture et le logement. Il fut même question d'ouvrir dans la capitale une filiale de la secte mais, faute d'adhésions, le projet tomba à l'eau. Parents, actionnaires, collaborateurs de Rufilio, nous

nous interrogions, perplexes, ne sachant plus à quel (vrai) saint nous vouer.

Puis, comme par magie, c'est bien le mot, tout se termina ainsi que cela avait commencé. Un matin, au bureau, alors que je lui remettais le bordereau des billets et l'autorisation pour les dépenses de la prochaine mission du Trio Chamanique, comme je l'avais surnommé, Rufilio prit le stylo plume – instrument qu'il maniait toujours avec une certaine révérence, peut-être parce que, jusqu'à ses trente ans, il en ignorait l'existence – non pas pour signer mais pour tracer une grande croix sur la feuille. « Qu'on m'en parle plus (bon sang) ! Circulez (bon sang), y a rien à voir ! » ordonna-t-il, non sans une certaine solennité. Nous avons tous poussé un soupir de soulagement. Je passe pour un expert ou, du moins, un interprète de la personnalité de Rufilio, je n'ose pas dire de sa psyché. C'est me faire un honneur, si c'est bien le mot, que je ne mérite pas. Pourtant, je ne saisis toujours pas, près de vingt ans plus tard, ce qui lui a pris, avant, pendant et après ces événements. La terreur de l'au-delà ? Mystère. Je dois donc me contenter de décrire ce qui s'est passé, le plus fidèlement possible, et je laisse au lecteur, s'il y parvient, et s'il a connu des histoires semblables, le soin de comprendre.

*

Je me rappelle très bien – comment pourrais-je oublier le jour le plus douloureux de sa vie, et donc de la mienne ? – quand Francesca est tombée malade. Notre fils avait douze ans et affichait déjà des instincts délinquants prometteurs, notre fillette presque dix et le chat Paparazzo, recueilli dans la rue, six mois environ selon le vétérinaire. Avec le double instinct d'un félin et d'un survivant, il fut peut-être le premier à s'apercevoir de ce qui se passait.

Après la fuite peu glorieuse de notre nid d'amour, nous avions déménagé dans un quartier au nord de la capitale, alors en plein essor, dans un grand appartement avec jardin, évidemment offert par Rufilio car nous n'avions plus un rond. Francesca, comme je l'ai dit, aimait beaucoup les animaux et la nature et cette maison aux portes de Rome, avec une circulation encore fluide à l'époque, nous permit de reprendre une vie assez paisible, malgré la présence toujours oppressante du patriarche. Ce fut dans ce climat (relativement) propice que nous donnâmes naissance aux enfants. Nous nous consolions en nous disant que, libres ou pas, nous avions tout de même droit à notre part de bonheur. J'ajoute que l'appartement était équipé du confort le plus moderne, dont un réfrigérateur de dernière génération qui occupait presque un mur entier de la cuisine, destiné à jouer un rôle tout à fait inattendu dans notre existence.

Ce réfrigérateur fut l'objet, le refuge ou le symbole par excellence des premiers troubles de Francesca : non pas parce qu'elle le vidait mais, au contraire, parce qu'elle le remplissait. Jusque-là, rien de mal, me direz-vous ; sauf qu'un réfrigérateur contient normalement des aliments, des boissons, parfois des médicaments à conserver à basse température. Méthodique et ordonnée, Francesca y empilait les conserves, les bouteilles, les sacs de denrées périssables, les fruits et légumes et les surgelés dans le compartiment spécial, comme toute bonne ménagère. Seulement, je m'aperçus avec consternation – non d'ailleurs, ce sont les enfants et la femme de chambre qui s'en rendirent compte, parce que je me rendais rarement à la cuisine – que l'un, puis l'autre et, à la fin, tous ces récipients étaient *vides* : vides et soigneusement lavés les pots de yaourt ou de glace, vides les boîtes de sauce tomate ou les tubes de mayonnaise. Puis, Francesca se mit à y cacher des objets, des bas nylon, par exemple, ou un stylo plume, que je cherchais partout dans la maison et que je trouvais le lendemain matin à côté de la bouteille d'eau minérale (rigoureusement vide). Un autre jour, ce pouvait être un étui à cigarettes en argent, un livre de poche, une montre-bracelet, qui évidemment cessa de fonctionner, une paire de mes chaussures, ou plutôt une seule[1]. À chaque fois, elle se justifiait en disant qu'elle « aimait l'ordre » et donc « mettait les choses à leur place », m'accusant, avec de plus en plus de véhémence, d'être celui qui engendrait la « confusion » dans sa tête.

Un soir d'été, par une chaleur mortelle, la femme de chambre m'appela en urgence à la maison. Je fus accueilli par une odeur nauséabonde et les cris des enfants. Je me précipitai à la cuisine : tout le contenu des courses avait été jeté à la poubelle et le réfrigérateur était parfaitement rangé, c'est-à-dire qu'en déplaçant habilement les étagères, Francesca avait réussi à y glisser les petits soldats de Francesco et trois poupées d'Anna Laëtitia. Je me retournai et vis le chat Paparazzo qui me regardait avec effroi, se

1. Le psychiatre me demanda plus tard de quelle chaussure il s'agissait. J'hésitais. « Concentrez-vous, c'est important. La droite sans doute ? » « Oui, il me semble... » « Évidemment ! » conclut-il, triomphant.

demandant s'il allait bientôt finir dans le congélateur. Je me précipitai dans la chambre, où je trouvai mon épouse au lit, tranquille, devant la télévision. Je lui demandai des explications. Elle m'avoua, avec un sourire complice et inquiétant, qu'elle voulait « vider la maison et la mettre dans le frigo, pour qu'on puisse vivre plus confortablement ». Ce soir-là, je pris la décision d'appeler un médecin.

Un ? Nous en consultâmes des dizaines dans les semaines, les mois et les années qui suivirent, en Italie, en Europe et outre-Atlantique, chacun avec sa belle théorie, ses beaux remèdes qui ne remédiaient à rien et, bien sûr, sa belle clinique où accueillir la nouvelle patiente, à prix d'or. Pendant ce temps, l'état de Francesca s'installait dans une sorte de douce atonie, comme si elle se déconnectait de la réalité. Je ne peux décrire les dix années que dura cette épreuve, jusqu'à ce que la maladie disparût comme elle était venue, grâce aux traitements ou à un miracle, je ne sais. Je suis encore trop bouleversé pour en parler ou pour l'écrire, trop de choses m'échappent, Francesca semble ne se souvenir de rien et, bien entendu, j'évite d'aborder le sujet. Je ne l'ai pas quittée, alors qu'on me le conseillait. De temps en temps, je me souvenais de l'épouse d'Elfröd, lointaine et inaccessible. Pendant les périodes où on ne pouvait faire autrement que l'hospitaliser, je dormais dans la même chambre qu'elle ou juste à côté : et, là encore, me revenait l'exilé de la *costiera* par le biais d'un vase de fleurs en porcelaine blanche filetée de bleu sur le rebord de la fenêtre. Je réduisis au minimum mes voyages d'affaires pour ne pas la quitter plus de quelques jours.

En revanche, je me dis qu'il valait mieux retirer les enfants, qui étaient à l'âge critique, de cette atmosphère trop oppressante. Je les envoyai dans un internat de luxe en Suisse où ils restèrent jusqu'à leur majorité. Ce choix fut assez heureux dans le cas d'Anna Laëtitia, beaucoup moins dans celui de Francesco (pardon, Francesco Rufilio), qui s'éloigna encore plus de nous. Il refusa de rentrer après le bac et voulut poursuivre ses études de finance en Angleterre, loin de l'influence que je pouvais encore exercer mais pas de celle de Rufilio, qui lui préparait déjà le terrain comme héritier présomptif. Je dois préciser ici, peut-être aurais-je dû le faire avant, que, dès la naissance de Francesco, le patriarche avait reporté sur lui toute l'affection qu'il vouait avant à sa fille. Les années passant, le gamin, puis le jeune homme, qui lui ressemblait tellement, était devenu la prunelle de ses yeux. Quant à notre fille, elle s'est essayée, comme moi, au droit, sans grand succès. Elle s'est amourachée d'un pseudo-peintre d'avant-garde sans le sou, un certain Apache, avec qui elle est allée vivre au Trastevere grâce aux mensualités que je lui verse. Au moins sommes-nous restés très proches et j'espère que, tôt ou tard, cet engouement prendra fin.

Non, je ne peux pas continuer, ces souvenirs sont destinés à s'interrompre ici. Je me demande encore pourquoi j'ai commencé à les écrire, je n'ai pas découvert comme je l'espérais quoi que ce soit de significatif, le chaînon manquant de ma modeste existence de « bon petit soldat ». Ah, un dernier épisode, si désagréable soit-il, mérite d'être mentionné…

Plusieurs années s'étaient écoulées depuis le début de la mystérieuse maladie et je continuais à me démener en tous sens. Des amis obtinrent pour moi un rendez-vous avec Lazare Mises, l'élève attitré de l'illustre psychanalyste de Trieste, Edoardo Weiss, l'ami-ennemi d'Italo Svevo. C'était un homme corpulent, avec un rire tonitruant et une barbe rouge feu qui semblait rayonner dans toutes les directions. Je le soupçonnais d'avoir des pouvoirs hypnotiques semblables à ceux du chaman jamaïcain. Après nous avoir posé quelques questions que je jugeai assez banales, il me fit sortir dans le couloir pour soumettre Francesca à un examen qui se révéla long et très, très coûteux. Il me fit revenir dans la pièce, tandis que les infirmières accompagnaient ma femme dans une salle adjacente. Ces jeux de scène m'avaient mis de mauvaise humeur, sans compter que j'étais inquiet : il semble que les cliniciens ont un flair particulier lorsque le patient (ou un proche) ne veut pas céder. Lazare Mises passa immédiatement à l'attaque. « Un mauvais épuisement, sans aucun doute… » Il marmonnait pour lui-même, ignorant ostensiblement ma présence. « Mais Edoardo, mon vénéré maître, le répétait souvent : tous les épuisements sont mauvais, c'est logique. » Après ces prémices, destinées sans doute à m'intimider ou m'irriter encore plus, il fit mine de remarquer que j'étais assis en face de lui, de l'autre côté du bureau. Il me dévisagea longuement, d'abord avec sévérité puis avec condescendance, ce qui fit resurgir, après tant d'années, l'image de l'inspecteur Oronte, que j'avais enfouie dans ma mémoire.

« Il y a toujours un déclencheur », reprit-il sur un ton impatient, comme si je lui avais posé une question évidente, alors que je n'avais pas ouvert la bouche. Il se mit à tripoter un coupe-papier, voguant sur son autosatisfaction, tandis que la barbe rousse semblait répandre mille feux, comme si elle disposait d'une existence indépendante. Nouvelle pause menaçante. « Et vous, vous savez quel est le déclencheur, n'est-ce pas ? Une relation mal engagée, dès le début… »

Lazare Mises me devint soudain sympathique, je sentais que nous arrivions à quelque chose de concluant, peut-être au cœur du problème. Les manquements de Rufilio allaient enfin être mis à nu par l'éminent scientifique : mauvais père, mauvais exemple, mauvais employeur (en vérité, cela me concernait plus que Francesca), autocrate phallique (ce qui cadrait bien, a priori, avec la psychanalyse), j'en passe et des meilleures… « Cette prise de conscience vous honore », observa mon interlocuteur en me regardant pour la première fois avec une pointe de considération. « Notre thérapie doit partir de là. » « Bien sûr ! » ai-je répondu avec conviction. Lazare Mises décrivit un large geste dans l'air avec le coupe-papier. « L'homme qui prétendait être fort est en fait faible… L'homme que la femme croyait promis à la victoire s'est révélé être un perdant… Celui qui était censé la protéger l'a abandonnée à son sort… » Et ainsi de suite. J'opinais vigoureusement, au fur et à mesure que l'identité du coupable se précisait, presque sous mes yeux. « Eh bien, si, comme il semble, vous avez compris, nous n'avons plus qu'à unir nos forces. » « Il n'y a aucun doute, docteur, mon beau-père a commis de nombreuses fautes et doit assumer ses responsabilités… » « Votre beau-père ? » La barbe ardente dardait maintenant ses menaces dans ma direction. « Qui a parlé de votre beau-père ? Je vous parle de *vous* ! »

« De moi ? Qu'est-ce que j'ai à y voir, moi ? » « Comment ça, qu'est-ce que j'ai à y voir ? N'avons-nous pas convenu que le héros intrépide que Laëtitia pensait avoir épousé était en fait… *vous* ? » « Mais je me considère comme un homme très normal, dans la moyenne, peut-être même un peu en dessous. Je ne l'ai jamais caché à Francesca ! » « Trop facile, cher monsieur, trop facile ! reprit l'implacable sommité. *Vous* n'êtes pas l'homme que Francesca a choisi d'épouser précisément pour qu'il l'emmène loin de son père, comme le fait tout mari qui se respecte. Je ne doute pas que c'était votre intention initiale, mais ensuite ? Vous avez capitulé, oui, cher monsieur, *vous* avez capitulé et c'est donc à *vous* de prendre maintenant vos responsabilités et d'essayer de regagner un peu de crédit aux yeux de votre femme. Si vous réussissez, nous serons sur la bonne voie pour la guérison. Mais si vous faites machine arrière ou si vous échouez… »

Le ton était si menaçant, si agressif que je lui aurais volontiers cassé la figure, ou en tout cas je serais parti entraînant Francesca avec moi. Mais n'ai-je pas avoué à plusieurs reprises que la docilité est le premier trait de mon caractère ? Je finis par me dire qu'il avait peut-être raison et que je devais avouer lesdites responsabilités et me soumetttre également à une thérapie. De guerre lasse, je pris mon chéquier, ce qui suscita chez mon interlocuteur un large sourire victorieux.

Peut-être aurais-je dû omettre ces pages sur lesquelles je clos mon bref récit, d'autant qu'elles n'eurent pas de conséquences immédiates. Au bout de quelque temps, Lazare Mises, pour lequel nous n'étions que du menu fretin, se borna à nous confier à l'un de ses brillants assistants, Nicholas P., qui a suivi Francesca avec un dévouement extraordinaire et, ce qui ne gâte rien, m'a laissé tranquille, sans chercher à m'identifier comme un vainqueur ou un raté. Ainsi ai-je poursuivi le chemin que quelqu'un avait peut-être tracé pour moi, traversant la proverbiale « zone grise » de l'existence avec la docilité, la timidité et, malgré tout, la ténacité de ma nature, en « bon petit soldat » à qui on peut tout demander, sauf ce qu'il ne peut pas donner. Au cours de ce voyage, je n'ai jamais cessé de tenir la main d'oiseau blessé de Francesca dans la mienne, jour et nuit, physiquement et idéalement, pour puiser en elle tout ce que j'avais de force et de détermination. Oui, elle seule pourrait tout me demander, même si je n'ai pas pu le lui donner quand elle en avait le plus besoin.

Le cauchemar est désormais terminé et j'ose espérer qu'il ne reviendra jamais ; le bon docteur Nicholas P., quoique circonspect par habitude professionnelle, me l'assure. Certes, Francesca n'est pas la même qu'avant et il serait absurde d'y prétendre. Comme l'épouse d'Elfröd, si elle a vraiment existé (ce que je crois), elle est revenue d'un pays trop lointain pour être restée la même. Mais, au moins, je l'ai retrouvée, et peut-être l'ai-je fait aussi au nom de l'exilé de la *costiera*, pour lui rendre un modeste service symbolique, n'ayant pu faire jadis rien d'autre pour lui. Je devrais en tirer une conclusion, mais laquelle ? Une morale, mais comment ? Il vaut mieux revisser le stylo, sécher la feuille et fermer ce cahier.

Aujourd'hui et demain

Papa est parti trop tôt. Il n'aurait pas dû nous quitter, et surtout me quitter alors que j'avais encore besoin de lui. Les regrets sont un sentiment futile, voire un peu lâche, qui sait. Peut-être que c'était mieux ainsi. Je ne pense pas que nous aurions pu être plus proches que nous l'étions quand j'avais vingt ans ; tant de banalités et de mesquineries quotidiennes auraient pu nous éloigner l'un de l'autre. Ce qui nous unissait alors est un privilège que personne ne m'enlèvera ; lui seul aurait pu le faire, et il n'est plus là.

On peut dire qu'il est tombé au champ d'honneur de l'entreprise qu'il n'aimait pas. Mais de combien de paradoxes est faite la vie, même dans le cas d'hommes plus importants que lui ? En guise d'éphémère hommage posthume, on lui a dédié une hideuse plaque de formica, digne d'un hôpital, à l'entrée principale, après le parking des visiteurs, entre la cahute des gardiens et la réception : quand j'étais petite, cela s'appelait simplement la loge du concierge, qu'occupait le sourd et puant M. Arthur (ma mère disait, en riant, qu'il fallait l'obliger à changer de chaussettes et de chaussures au moins une fois par an) au lieu des hôtesses en uniformes griffés, qui me font penser aux surgelés d'un grand magasin. Avant de se glisser dans les vastes ascenseurs qui les mèneront aux étages supérieurs de notre empire industriel, employés et visiteurs doivent passer devant ce nom inconnu auquel ils n'accordent pas même un regard.

Ils sont, en revanche, aimantés par le buste en marbre de l'Ing. h.c. Rufilio La Toppa, dressé au milieu du hall dans un veston croisé à rayures reproduit dans les moindres détails, y compris le surpiquage du mouchoir à trois pointes qui sort de la poche poitrine. Le sculpteur a poussé le zèle jusqu'à modeler la mâchoire proéminente et mussolinienne de mon grand-père. Les petits yeux fourbes semblent refléter la détermination avec laquelle ce paysan, parti de rien pour retourner au rien, a réussi à se moquer de sa propre existence et de celle des autres. Il est difficile de ne pas ressentir une certaine admiration, d'autant que, sans lui, nous, ses héritiers, en serions probablement encore à biner la terre, comme des générations de La Toppa. Peut-être que ça aurait été mieux.

À la mort de Rufilio, gavé de langoustes, épuisé par le spectacle des caresses entre les *babes* dans la villa de Saint-Tropez (seule entreprise érotique à distance qu'il pouvait désormais se permettre), le sang épaissi comme de la mayonnaise et la prostate aussi gonflée qu'un ballon, se déclencha la guerre civile entre les membres de la famille, une quinzaine, et les partenaires minoritaires pour s'emparer de la CUMASEL. Le vieux, qui prévoyait tout, avait aussi prévu cela. Lorsque le testament fut ouvert dans l'étude de son âme damnée, le notaire Tetra-Lanugine – dépositaire de ses nombreux secrets, pas tous mais les plus importants –, il apparut que le patriarche avait désigné mon père pour lui succéder à la tête du conseil d'administration. La nouvelle surprit mais, au fond, rassura tout le monde. On savait que papa, qui ne possédait pas une seule action de l'entreprise (celles de maman étaient réservées pour être transmises à parts égales à mon frère et à moi), n'avait aucun intérêt personnel. Pendant près de trente ans, il n'avait été qu'un simple employé, fût-il de marque : un « bon petit soldat », comme on le surnommait avec une ironie facile. On pouvait s'attendre à ce qu'il gère l'entreprise de manière correcte et purement formelle, avant de passer la main à la nouvelle génération de roublards, à savoir mon frère Francesco (pardon, Francesco Rufilio) et les cousins Antonia, Alberto et Silvana, moins Sebastiano, qui vit à la Barbade où il a fondé un aéro-club, et Leo, mort d'une overdose de barbituriques mais il est interdit d'en parler. Moi, je m'étais déjà retirée, je n'ai jamais prétendu compter pour quoi que ce soit dans la famille. C'est comme cela que je me suis sauvée.

Papa ne s'y attendait pas et la nouvelle de sa nomination l'a beaucoup troublé. Arrivé à soixante ans, il était impatient de se retirer de la vie active pour s'occuper de ma mère, qui s'était remise de sa dépression mais avait encore besoin de soins, et pour cultiver tranquillement ses violons d'Ingres : les voitures de collection, les horloges Empire qu'il aimait réparer dans une remise au fond du jardin (il n'y arrivait presque jamais mais aimait les démonter, les huiler, les remonter et les contempler pendant des heures), un peu de jardinage et des randonnées en montagne où j'étais la seule de la famille à l'accompagner. Avec les membres du *Roman*

Vintage Cars, ses meilleurs amis peut-être, il planifiait une nouvelle course Paris-Michoumistan, réplique du célèbre raid de 1912. Je le vois encore, mon père adoré, penché sur des cartes, au milieu de piles de croquis et de dépliants, à calculer les distances, les pentes et l'équipement nécessaire à l'entreprise, car il n'était pas du genre à laisser quoi que ce soit au hasard.

J'étais, pour ma part, une petite fille romantique, et je pense que je le suis encore un peu aujourd'hui. Je rêvais de l'accompagner et je lui avais arraché une demi-promesse : il m'emmènerait si je terminais l'année scolaire avec des notes correctes (je n'ai jamais été une très bonne élève). Je me voyais déjà le protéger des assauts des pillards et des cimeterres de féroces Bédouins. Nous aurions allumé des feux de camp dans les nuits glaciales des cimes de l'Atlas pour nous protéger du froid, des serpents lovés sous les rochers et des hyènes qui hurlent à la lune. Épuisés par la chaleur et la soif, nous aurions atteint une oasis dans le désert pour remplir d'eau boueuse nos gourdes et les radiateurs des *Roman Vintage Cars*. Certains membres de l'expédition (je sélectionnais dans ma tête ceux d'entre eux qui m'étaient antipathiques) seraient tombés dans une embuscade et pris en otage. Nous les aurions libérés à la tête d'un détachement de lanciers du Bengale, juste à temps pour leur éviter d'avoir leur langue fourchue coupée selon les coutumes locales. En dehors du raid, papa nourrissait d'autres projets que je voulais partager avec lui ; la charge d'« ambassadeur » de la société, qu'il assurait depuis si longtemps, avec assiduité mais sans conviction, devenait trop lourde pour lui. Il essaya d'échapper à la tâche inattendue et encore plus exigeante de président du conseil d'administration, mais ce fut impossible. On pensait que la fonction ne durerait pas plus longtemps que le strict nécessaire, comme le règne de certains souverains qui montent sur le trône à un âge avancé, sans autre ambition que de servir la dynastie *pro tempore*.

Il y passa pourtant toute une période orageuse, ainsi que l'était la situation italienne et internationale des années 1990. Ce n'était plus l'époque des grèves sauvages et de l'inflation galopante. Mais les règles du jeu entre le monde des affaires et de la finance étaient en train de changer, et un homme discret comme lui n'était ni préparé ni adapté pour y faire face. Il dut naviguer entre des groupes hostiles – parmi lesquels, nous l'avons appris plus tard, plusieurs actionnaires de la société, qui se réunissaient à la nuit tombée dans l'étude Tetra-Lanugine – et des appétits politiques, nouveaux venus mais non moins rapaces. Pour tenir le cap sur cette houle, il fallait le tempérament, la ruse et l'absence de scrupules du grand Rufilio (si tant est que grand soit un adjectif mérité dans son cas, on peut évidemment en douter) : tout ce dont il était dépourvu. Il travaillait trop, il détestait fumer mais, le soir, il s'autorisait un whisky ou deux, peut-être trois. Quant à ses passe-temps, n'en parlons pas : il ne regardait même plus ses horloges Empire dont le tic-tac ne lui tenait plus compagnie. Ses amis amateurs de voitures anciennes l'appelaient en vain, puis ils se lassèrent. La réplique de la course Paris-Michoumistan s'est faite sans lui et je sais qu'il en a éprouvé une double déception, sportive et d'amour-propre. Le dimanche, j'essayais de l'emmener faire un tour dans les environs de Rome, mais pas moyen. Plus d'une fois, il fut sur le point de jeter l'éponge ; le conseil d'administration lui réitéra, sournoisement, sa pleine confiance car personne dans la famille, ni de l'ancienne ni de la nouvelle génération, ne voulait courir ce risque. Francesco, qui aurait dû l'aider, restait à Londres, jouait en bourse et se limitait à vérifier ses dividendes de loin, en attendant de réintégrer l'entreprise dans le rôle de dauphin qui lui revenait en tant qu'aîné des petits-enfants et par la prédilection affichée du patriarche. Mon frère a toujours été un égoïste et un calculateur, je ne lui ai jamais pardonné sa conduite et depuis, même si on s'aime malgré tout, nos rapports sont restés distants.

Papa commit des erreurs parfois graves, comme de ne pas fusionner avec une société luxembourgeoise ; il s'en sortit finalement avec honneur et la CUMASEL, qui sembla sur le point de couler à plusieurs reprises, repartit toutes voiles dehors. Mais sans son capitaine, abattu par une crise cardiaque un soir de printemps alors qu'il prenait le thé avec maman, dans un rare moment de détente. Elle ne s'en aperçut pas, ou peut-être ne voulait-elle pas voir, qui sait ? Ce fut la domestique philippine qui me prévint et quand j'accourus, une heure plus tard, il avait déjà cessé de respirer, affalé dans un fauteuil en osier, toujours aussi convenable quoique mort ; seule la cravate, dont il avait tenté de desserrer le nœud dans l'agonie, était de travers, et les mots croisés avaient glissé à ses pieds. Personne dans l'entreprise ne lui fut reconnaissant ni ne le regretta, derrière les comportements et les phrases de circonstance. Antonia était à présent en âge de lui succéder en tant que présidente et Francesco en tant qu'administrateur délégué – postes qu'ils tiennent toujours d'une main de fer que qualifier de stalinienne serait un euphémisme. Seuls ses amis du *Roman Vintage Cars* lui ont dédié un circuit annuel en Toscane et, à chaque départ, ils allument leurs feux et leurs moteurs pendant une minute en sa mémoire. Du moins, ils l'ont fait dans les premiers temps, puis ils l'oublieront eux aussi, c'est fatal.

À l'époque, je vivais au Trastevere avec Apache. Papa, toujours prudent dans ses jugements, toujours attentif à ne pas me blesser, évitait d'aborder le sujet. Il n'en fallait pas beaucoup pour deviner que cette relation ne l'enchantait guère, pas plus que moi du reste. J'étais jeune et inexpérimentée, mais j'avais déjà assez les pieds sur terre pour sentir que mon compagnon n'était ni un véritable artiste ni un partenaire fiable. Au début, son charme venait de ce qu'il tranchait avec le milieu auquel j'étais habituée. J'avais été élue et réélue chaque été, de seize à vingt ans, reine de beauté de tous les clubs sportifs entre le Tibre et l'Aniene. Oui, j'ai omis de dire qu'à un âge respectable, je suis encore une belle femme et même des jeunes garçons se retournent dans la rue quand je passe : pas très grande mais souple et mince, une silhouette ferme sans Botox, une ombre de surpoids aux hanches (dû à un excès d'acide lactique parce que, pour le reste, je me nourris comme un moineau bio), une chevelure brun cendré avec quelques cheveux blancs, savamment méchés par le coiffeur qui me coûte une fortune, des yeux verts, un visage menu et un peu suranné, bref, un mèlange de maman et de ma légendaire grand-mère Laëtitia…

Or, je m'ennuyais terriblement parmi des prétendants interchangeables, Porsche, Maserati, Ferrari et tout le barda. Apache (c'est drôle, mais j'ai du mal à me souvenir de son vrai prénom si banal, Rino ou Lino) avait sur eux tous l'avantage insinuant de l'imprévu ; mais le problème de l'imprévu, c'est qu'il devient vite prévisible. En quelques mois, un an tout au plus, j'avais compris que mon compagnon était un esbroufeur, comme l'école de peinture cérébraliste dont il s'était proclamé le chef, comme tout ce qu'il suscitait en moi. Mais je suis têtue, digne fille de mon père, et je ne voulais pas l'admettre. Bref, j'ai continué longtemps, y perdant ma santé – à la fin, entre insomnie et anorexie, je pesais autour des quarante kilos –, ma réputation, dont je me fichais éperdument, et aussi pas mal d'argent pour financer ses initiatives volcaniques et acheter secrètement les tableaux (appelons-les tableaux) qu'il n'arrivait pas à vendre. Je m'étais persuadée, en lisant les poètes russes acméistes, notamment Anna Akhmatova, qui reste ma préférée, que celui qui ne descend pas dans les abîmes de l'humiliation est incapable d'aimer. Alors je mis dans mon lit le célèbre critique Citto Curatella pour obtenir un papier favorable sur l'exposition d'Apache, qui ne parut même pas dans l'édition nationale de son journal, mais dans la chronique locale. Par chance, Citto était porcin, obèse et impuissant, mais je ne peux toujours pas regarder une *porchetta*[1] à la devanture d'une rôtisserie sans éprouver un haut-le-cœur.

---

1. Cochon farci et épicé, une des gloires de la cuisine populaire romaine, aujourd'hui contestée par les gardiens du cholestérol mais néanmoins délicieuse.

La mort de papa m'a libérée de ce cauchemar : je me suis dit que je devais faire un geste digne de lui. Le jour de l'enterrement, je suis retournée au Trastevere pour remplir deux valises et résilier le bail.

Je n'ai jamais revu Apache et je n'ai jamais répondu à ses messages, d'abord frénétiques, puis erratiques, puis de plus en plus rares au fil du temps, signe qu'il avait trouvé d'autres proies : il avait dans ce domaine un vrai talent, c'était bien le seul d'ailleurs. Il y a deux ou trois ans, mon amie Luisella est venue à Rome ; nous ne nous étions pas vues depuis longtemps. Nous étions inséparables dans l'enfance : ses parents avaient une belle villa en Ombrie, à Città di Castello, dont Adriano Desutti, alors champion de Formule 2, était l'hôte régulier (qui n'a pas rêvé dans ma jeunesse d'avoir une histoire avec lui ?). Puis elle s'est installée à Londres où elle a rencontré Alastair, un avocat de la City un peu ennuyeux et plus âgé qu'elle. Ils ont été très heureux jusqu'à ce qu'il tombe gravement malade. Ils ont alors emménagé sur le lac de Genève, optant pour la mort assistée : une histoire poignante, qui sait si quelqu'un la racontera un jour…

Luisella, les yeux brillants, me demanda avec insistance de lui servir un vodka martini, ce qui me mit dans l'embarras parce que je ne bois pas et que je ne garde pas d'alcool à la maison, mais j'ai fini par dénicher quelque chose. Elle arborait, elle toujours si discrète, une paire de boucles d'oreilles voyantes et naïves. Je lui ai demandé de les essayer, je me suis approchée du miroir et j'ai ressenti une curieuse sensation. Je n'ai pas douté une seconde qu'elles avaient été faites par Apache, qui est un bon bricoleur.

Des années plus tôt, il m'avait offert un pendentif avec le même motif : ses cadeaux étaient rares et je les gardais dans une boîte à chaussures. « Où les as-tu achetées ? » ai-je demandé. Luisella ne se souvenait pas, peut-être à Nyon, où elle avait découvert une boutique de bijoux ethniques. Oui, ce devait être à Nyon, près de la galerie qui vendait des dessins de Diego Giacometti. Elle se mit à pleurer avec de petits sanglots ; j'étais gênée mais la curiosité m'a poussée à insister. C'était une boutique sans prétention, avec une enseigne rouillée de Fabricius Zwingzwenger, autrefois célèbre bijoutier de Walpurgis. J'ai pensé, allez savoir pourquoi, que c'était la nouvelle identité d'Apache. Je me trompais probablement : il est facile de se tromper quand la vie ressemble à un roman. Et, bon ou mauvais, la postérité seule en décidera.

*

Je n'ai pas grand-chose à dire sur ce qui s'est passé ensuite. Beaucoup de femmes comme moi pourraient mieux le raconter à ma place, avec plus de finesse ou de sensibilité. Célibataire, aisée, sans enfant, j'ai continué à voguer sur mon époque, agréablement je ne le nie pas, persuadée que la vie, la vraie, était au coin de la rue et apparaîtrait un jour à l'horizon ; jusqu'à ce que l'horizon se courbe et finisse par disparaître sur la ligne de la mer ou de terres inaccessibles, et tant pis pour ceux qui y avaient cru. « *Comme si j'écoutais une voix lointaine et autour / il n'y avait rien, personne* », écrit Akhmatova dans *Poème sans héros*. En voilà une qui avait tout compris. Il y a une pièce, au bout du couloir, où mes nièces vont joyeusement pêcher et partager, en piaillant, les vêtements et accessoires que je ne porte plus, mes chaussures, mes robes, mes écharpes, dans lesquels je ne me retrouve plus. Je ne sais pas si cela aussi tient du symbole.

Je renonçai à un rôle de direction au sein de la CUMASEL, au grand soulagement de mon frère et de ma famille, tous dûment machos (Antonia, la pire, quand les femmes n'aiment pas les autres femmes...), qui ont vu leur part des bénéfices augmenter proportionnellement. Ce n'est pas tout à fait vrai. J'ai déjà dit que j'avais peu d'aptitudes pour les études. Je me suis inscrite à la faculté de droit uniquement pour faire plaisir à mon père et j'ai arrêté après les premiers partiels : j'en pinçais pour l'assistant de relations internationales, très strict, follement sexy. Au lycée, j'avais pourtant suivi l'option langues avec profit et je suis la seule de la famille, après papa, à parler couramment anglais, français et espagnol, rien de stratosphérique mais je me débrouille. L'entreprise m'a confié quelques missions de relations publiques auprès d'importants clients étrangers, un peu ce qu'il faisait, à un niveau plus modeste. J'ai refusé la cour et les diamants d'un émir et j'ai peut-être eu tort, je parle des diamants bien sûr.

Pour le reste, j'ai consciencieusement fait ce qu'on pouvait attendre de quelqu'un comme moi. J'ai ouvert deux boutiques au centre-ville, avec des amies, l'une d'antiquités (la moitié des meubles étaient faux, mais je l'ignorais, cette garce d'Ornella me l'avait caché) et l'autre de vêtements pour enfants VIP, avec succursales à Capri et Gstaad. Je n'ai pas gagné d'argent, je n'en ai pas perdu : quelle importance ? Je m'investis dans diverses associations de volontariat pour le tiers-monde et d'aide aux migrants et aux handicapés : les pauvres, personne n'imagine ce que peut être leur vie… Je figure parmi les mécènes d'un hôpital dans la jungle. Je verse également une forte somme pour préserver plusieurs espèces en voie de disparition. J'aime aussi les animaux domestiques, mais de loin : les chiens puent, les chats un peu moins, mais ils font leurs griffes sur les meubles et les rideaux. Chez moi, je n'ai eu qu'un couple de tortues qui me rendaient triste, alors je les ai données. J'ai subventionné la restauration d'églises alpines et les initiatives de jeunes artistes destinés à rester inconnus toute leur vie et même après. Je suis marraine de deux ou trois prix littéraires mineurs, dont l'un, lié à une fête de la mozzarella de bufflonne, est parrainé par le ministère de la Culture. Si vous êtes bibliophile et que vous tombez un jour sur les volumes filigranés des éditions de l'Ornithorynque Pensant, sachez qu'elles auraient mis depuis longtemps la clé sous la porte si je ne leur adressais pas chaque mois un chèque généreux. Il paraît qu'ils ont récemment vendu deux cents exemplaires d'un recueil de nouveaux poètes guatémaltèques. Une chaîne de télévision en a parlé à trois heures du matin, réalisant une part d'audience non négligeable chez les insomniaques. Mais peut-être était-ce dû au fait qu'immédiatement après était diffusé le 200e épisode du programme de téléréalité érotique, *Trois vierges dans la savane*, dans lequel Lola, ancienne Miss Monde 1976, devait enfin enlever son string sous la douche avec le gymnaste Frico, notoirement gay, révélant aux téléspectateurs les breloques décharnées de sa face B.

Ma vie privée ? Apache disparu, je me suis réfugiée dans le rôle de la princesse de glace dans *Turandot*, qui, soit dit en passant, était l'opéra préféré de mon père. Je me souviens avoir assisté enfant, avec mes parents, à une représentation éblouissante à Covent Garden. Après le spectacle, papa et moi, submergés par l'émotion, nous tenions par la main dans le trafic londonien, chantant « *Tu che di gel sei cinta, l'amerai anche tu…* » Maman, qui était encore en bonne santé, derrière nous, un peu aigrie comme elle l'était parfois, nous a taquinés tout le long du retour à l'hôtel : « Regardez-moi ces deux amoureux ! » À propos : je ne suis plus aussi courtisée qu'avant. Les Romains se lassent vite et notre monde vitaminé est ravitaillé constamment de jeunes et très jeunes beautés. Mes lauriers de reine des clubs sportifs ne sont plus qu'un agréable souvenir à accrocher dans le salon à côté de la photo du Saint-Père en visite (rapide) dans notre paroisse. Je reçois des amis et des connaissances le vendredi ou le samedi soir dans l'appartement que j'ai hérité de mes parents au nord de la ville, entièrement rénové par un *interior designer* new-yorkais qui a facturé le double de ce qui était convenu. Après chaque cocktail ou dîner, je découvre l'hommage d'un invité anonyme : un étui à cigarettes manquant, une tache de vin rouge sur un canapé, un trou de cigarette dans les rideaux. Inconvénients négligeables de la vie mondaine ; de toute façon, à qui vais-je laisser mon argent ? Mes neveux et nièces sont déjà bien trop riches et avares au point de m'offrir, dans le meilleur des cas, un panettone à Noël et un œuf en chocolat à Pâques, achetés lors des ventes promotionnelles des grands magasins parce qu'ils ont précocement hérité du patriarche le goût d'embobiner autrui, en l'occurrence tatie.

Évidemment, c'est moi qui m'occupe de maman. Elle vit avec son infirmière à domicile, dans une dépendance, un peu à l'étroit mais elles sont toutes les deux menues et, en été, elles ont tout le jardin pour elles. Francesco et sa femme, une ex-hôtesse de l'air lituanienne sculpturale, qui travaillait dans une compagnie que les petits malins qualifient de *very low cost* (elle a des hanches deux fois plus larges que les miennes, l'acide lactique je suppose), ont été bien contents de me la refiler. Quant à leurs quatre mâles carnivores (l'aîné s'appelle évidemment Rufilio jr., pas de Pierlorenzo parmi ceux qui sont venus ensuite, oublier mes parents est pour eux un devoir). Aujourd'hui, maman est une nonagénaire doucement sénile qui ne se souvient de rien et engloutit des glaces dont l'infirmière la gave dans mon dos pour qu'elle se tienne tranquille. Elle raffole du parfum crème à la noisette et cela me fait mal au cœur de devoir rationner ce dernier plaisir d'une existence qui n'en a pas eu beaucoup. Si on parle de papa devant elle, elle devient toute rouge, tire la langue et accompagne sa mimique d'un petit rot irrespectueux. Voilà tout ce qui reste d'un demi-siècle passé ensemble, à s'aimer, en harmonie. Pour le reste, elle ne pose aucun problème et il est facile de s'en occuper : certes, les protections à triple épaisseur contre l'incontinence à vingt euros pièce, c'est du vol ; il faut bien pourtant la changer plusieurs fois par jour. Il n'y a que lorsqu'elle passe devant un frigo qu'elle amorce une crise d'angoisse. C'est pourquoi nous verrouillons soigneusement la porte de la cuisine.

Maman fut indirectement à l'origine de ma deuxième liaison : ne comptons pas les hommes qui ont été entre les deux, qui ne le méritent pas et que j'ai oubliés. Pendant et après son hospitalisation, le grand clinicien Lazare Mises l'avait confiée aux soins d'un assistant promis à un brillant avenir, Nicholas P. : je ne révèle pas son nom, aujourd'hui célèbre, ce qui d'ailleurs est tout à fait justifié. Il était maladroit, mal habillé, sérieux, susceptible, d'origine méridionale modeste, quelque part dans les montagnes de Molise ou de Basilicate, bref, le parfait péquenot. À côté de Lazare Mises, imposant et dominateur, qui lui mettait la main sur l'épaule avec bienveillance, Nicholas semblait encore plus désemparé et insignifiant. Je suis immédiatement tombée amoureuse de lui, allez savoir pourquoi. Ou plutôt, je le sais très bien. Je suis la fille de mon père, je le répète : les perdants – comme Nicholas me semblait l'être à l'époque, alors qu'il ne l'était déjà pas – m'inspirent cette tendresse qui, chez une femme comme moi, suscite un besoin sensuel de protection. L'impossibilité inhérente à cette histoire n'a pas peu contribué à nourrir mon engouement. Nicholas, en plus d'être très pieux et catholique, était marié à Miuccia, la fille de Mises, de presque dix ans son aînée, laide, hystérique et stérile : ou peut-être d'abord stérile, ensuite hystérique, mais toujours laide. Autant de bonnes raisons pour lesquelles il ne la quitterait jamais, un peu par convictions religieuses, un peu par loyauté envers la sommité qui avait lancé sa carrière. Il faut dire que Nicholas s'est occupé de maman, comme de ses autres patients, avec compétence, désintéressement et quelque chose que l'on pourrait peut-être qualifier d'authentique esprit chrétien. Ce n'est pas pour rien que de nombreux témoignages de patients l'appellent l'« ange des psychiatres ». Peut-être qu'après sa mort on ouvrira un procès en béatification mais, heureusement pour lui, il jouit toujours d'une excellente santé.

Bref, il y avait de quoi susciter gratitude et estime chez une personne normale, certainement pas la passion que j'ai éprouvée. De toute évidence, je ne suis pas très normale, mais qu'est-ce que cela signifie ? J'étais attirée par l'ambition têtue que je sentais en lui, j'aimais les complexes qu'il essayait de cacher, jusqu'à l'accent de ses origines, qu'il s'efforçait de faire disparaître, alors que grand-père Rufilio avait toujours revendiqué son « blédisme ». Même les grains de beauté inesthétiques sur son front et son cou m'attiraient, je les trouvais pensifs. Un jour, il m'a avoué qu'il étudiait l'anglais pour lire dans le texte les écrits du cardinal Newman, en particulier *Grammaire de l'assentiment*, si je me souviens bien, qui lui semblait la plus grande tentative moderne de concilier la rationalité de la science avec le mystère de la foi. Je lui donnai quelques leçons, fière de ses succès au travail comme si j'y étais pour quelque chose. Je le soumis à une cour méthodique, savante, permanente. Je l'accompagnais à la messe, le dimanche, dans ses paroisses préférées du centre : les églises de la communauté éthiopienne, érythréenne, et des missions congolaises. Je ne ressentais pas grand-chose ; lui en ressortait transfiguré, ce qui m'excitait encore plus.

Au début, il essaya de me résister, et ses scrupules, qui me paraissaient sincères – j'en suis moins convaincue aujourd'hui –, augmentaient le désir de le conquérir que j'avais éprouvé dès le premier moment. Il fallut plusieurs mois d'attente énervante avant qu'il cède. L'occasion fut une cravate de marque, moins voyante que celles qu'il portait habituellement, achetées au hasard sur les marchés de quartier ; je la lui nouai autour du cou avec l'humilité d'une esclave pénitente. Et là, il se passa quelque chose que je n'avais pas prévu. Sans entrer dans les détails, j'imaginais que ses hésitations s'exprimeraient par une retenue instinctive et que ce serait à moi de le conduire sur les chemins inédits (pour lui) de la volupté. C'était un des plaisirs que j'attendais de notre intimité. Au lieu de cela, je me retrouvai face à un mâle doté non seulement d'un appétit vorace mais aussi d'une technique à faire pâlir le très expérimenté Apache de mes vingt ans. La culpabilité, c'est bien connu, donne des ailes aux pécheurs : mais, en l'occurrence, j'avais affaire à un aigle royal ! J'en fus surprise, physiquement subjuguée, humainement un peu déçue. J'ajoute que Nicholas semblait s'inspirer de réminiscences littéraires ou cinématographiques que je n'aurais pas soupçonnées chez lui. Aussi avons-nous mis en scène – je pense que c'est le mot juste – *La Prêtresse de Carthage en flammes* et *Les Aventures de Pippi (qui enlève lentement ses bas)*. Il adorait les westerns et, après être sortie épuisée de *La Dernière Charge du général Custer*, je décidai de reprendre les rênes, c'est le cas de le dire, avant d'arriver à *La Horde sauvage*, avec la participation extraordinaire de quelques autres de ses adoratrices et patientes.

C'était moi qui hésitais à présent face à la fièvre érotique de Nicholas, qui m'appelait à toute heure du jour et de la nuit de la clinique ou de chez lui et m'avouait même avoir tellement envie qu'il frottait le récepteur sur son… hommage qui me paraissait franchement déplacé. Si quelqu'un venait soudain le déranger – une infirmière, un collègue, sa femme qui arrivait, la voix forte de Lazare Mises dans le couloir –, il changeait de ton, me vouvoyait et épluchait en termes savants le dossier médical de maman et son analyse d'urine, dont je me souciais fort peu à cet instant, pas plus que lui j'espère. Bref, il ne me laissait aucun répit, et heureusement qu'il n'y avait pas de téléphones portables à l'époque. Nous nous rencontrions habituellement deux fois par semaine, lorsqu'il devait visiter les personnes âgées de la maison de retraite Sainte Vierge des Douleurs à Frascati. L'ennui, c'est qu'à l'ivresse de Pippi et de Custer s'ajoutaient maintenant les scrupules susmentionnés, peut-être un peu tardivement, si bien qu'il éclatait en larmes sur mon épaule, avouant entre deux sanglots, tout en me pelotant les seins : « Je suis un misérable, un homme perdu, je vais aller en enfer ! » Pour un peu, il m'en faisait porter la faute.

Je ne croyais guère à ces simagrées et je le soupçonnais d'en faire des vertes et des pas mûres dans mon dos. Je sais bien qu'existent, dans ce domaine, de véritables talents naturels. Ma cousine Silvana, par exemple, dont je ne supportais les confidences que par esprit de famille, m'assurait qu'elle avait trouvé (elle avait dix mois de plus que moi, mais je me garde bien de préciser son âge et le mien) un maître nageur d'Ostie de dix-neuf ans, capable de la faire « meugler » – le terme est peu ragoûtant et je le lui laisse – pendant des heures… Non, Nicholas ne me disait pas la vérité : de toute évidence, grâce au charme de la blouse blanche, l'ange des psychiatres à la virilité débordante s'était beaucoup démené et se démenait encore. Je fis alors l'une des rares choses dont j'ai honte et que papa aurait désapprouvée, plissant le front et hochant la tête, le plus grand reproche qu'il se soit jamais permis à mon égard. J'engageai un détective privé, contactant l'agence Serpico après bien des hésitations. C'était Silvana qui m'avait donné cette adresse, je lui avais dit que je voulais enquêter sur des petits vols que je constatais chez moi ; je doute qu'elle m'ait crue mais aucune importance. Après un mois de surveillance et un beau paquet d'argent, au noir cela va de soi, le directeur de l'agence, un ancien boxeur radié de la police qui ressemblait effectivement à Al Pacino (j'avoue y avoir pensé), me remit un dossier rempli de photos et de notes couvertes d'une maladroite écriture enfantine : « Le sujet se rend au travail », « le sujet rentre chez lui », et ainsi de suite. Il s'avéra que Nicholas était aussi pur que l'eau de source. À part moi, et Miuccia évidemment, il n'y avait aucune femme.

J'en fus troublée. Je ne suis pas jalouse de nature, mais j'avais espéré trouver une occasion, aussi futile et sordide fût-elle, de mettre fin à cette relation. Au lieu de cela, je me persuadai que Nicholas était vraiment amoureux et que seule cette maudite situation contraire nous empêchait de couronner une idylle digne de Roméo et Juliette – un peu sur le retour –, Othello et Desdémone, Judith et Holopherne (là, je confonds peut-être mes souvenirs d'école). Erreur impardonnable. Je restai liée à lui pendant des années, me contentant du peu de temps qu'il parvenait à soustraire aux petites vieilles de Sainte Vierge des Douleurs et aux matchs de foot et de basket entre Éthiopiens,

Érythréens, Congolais et je ne sais qui d'autre qu'il arbitrait le week-end au patronage. Je ne suis pas une femme profonde mais je ne suis pas mauvaise non plus ; je ne serais pas capable de faire du mal à une mouche, en dehors du mal que nous faisons tous inconsciemment, chaque jour, par le simple fait d'exister aux dépens des autres. Non, je ne souhaitais pas la disparition de Miuccia, ce qui ne m'empêchait pas d'espérer, jour après jour, nuit après nuit, qu'il restât veuf. Miuccia, cependant, consciente ou non du pouvoir qu'elle exerçait sur son mari, semblait avoir la santé de fer des pérennes candidats à une fin imminente. Nicholas m'annonçait de temps en temps, entre un sanglot et une étreinte, que « ses jours étaient désormais comptés ». Et puis, bingo ! Un pied dans la tombe, Miuccia ressuscitait et enterrait tout le monde : Lazare Mises, emporté par une thrombose après un contrôle fiscal dans ses cliniques, Silvana, dévorée par le cancer (elle réussit à laisser au maître nageur une rente conséquente ou, plutôt, il réussit à la lui arracher à temps) et tant d'autres, jusqu'à Serpico, tué dans une fusillade entre escrocs. Et puis je me rendis compte que Miuccia n'était qu'un prétexte : Nicholas était un de ces caractères qu'on appelle indécis sur tout, sauf dans son métier où il trouvait sa rédemption. Alors, trop tard et non sans souffrir, je rompis notre relation.

Pendant des années, je n'ai plus voulu avoir affaire à lui et j'ai soigneusement évité toute occasion de le revoir, même par hasard. Il l'avait compris du reste, et accepté, confiant ma mère aux soins d'une collaboratrice, l'énergique doctoresse C., qui la suit toujours avec autant de dévotion, même si elle lui accorde trop de glaces au parfum de crème à la noisette. Puis, un jour, je l'ai rencontré, alors que je me promenais dans le quartier cossu des Parioli, au coin d'une de ces horribles basiliques semblables à des casernes de pompiers, où la riche bourgeoisie des environs court expier les péchés qu'elle aurait aimé commettre. Il était, comme toujours, insignifiant, maladroit et mal habillé, à peine un peu vieilli. J'ai hésité, puis je suis allée vers lui. Nous nous sommes salués avec un soupçon d'embarras, comme toujours dans ces cas-là. « On prend un café ? » a-t-il proposé et nous nous sommes assis à une petite table. « J'ai trouvé la paix après toi », m'a-t-il avoué et, pendant un instant, j'ai pensé que la paix en question était dotée d'une meilleure carrosserie que la mienne, qui commence inévitablement à fatiguer. Mais il m'a expliqué qu'il était devenu le référent de l'Association des Cleptomanes Catholiques Repentis (ACCR), qui regroupe des centaines de membres de tous âges, sexes et conditions sociales, désireux de se racheter de l'envie incontrôlable de voler quelque chose, allant jusqu'à se perdre pour une cuillère à café dérobée lors de dîners chez des amis, une paire de chaussettes dans les magasins, une salière en plastique dans les motels d'autoroute. Il paraît que cela s'accompagne du plaisir, surtout chez les femmes, de tromper les préposés à l'ordre. Il les écoute pendant des heures, les soumet à des exercices spirituels et à des tests psychologiques, sans prendre un euro en échange. Les résultats qu'il obtient sont étonnants ; au fur et à mesure qu'il parlait, il reprenait confiance, comme si j'étais l'une de ses patientes. Il me dit, non sans rougir de satisfaction, qu'il faisait désormais autorité dans toute l'Europe : des autocars entiers de cleptomanes catholiques repentis venaient le consulter de l'autre côté de la frontière, d'Autriche, de Croatie, de Bavière. Quelques protestants, juifs ou musulmans se cachaient sans doute dans le lot ; mais ils étaient quand même acceptés, dans un esprit évangélique. Quoi d'autre ? Ah, bien sûr, le cardinal Newman, son idée fixe. « Il nous a appris, par la parole et par l'exemple, que vivre est une terrible souffrance et une terrible espérance. Si seulement Dieu n'existait pas, ce serait tellement plus simple… » L'ACCR a d'ailleurs publié pour ses membres une nouvelle version de *Grammaire de l'assentiment*, avec une préface de Nicholas bien sûr. Le tirage est élevé puisque chaque repenti doit en acheter plusieurs exemplaires.

Que dois-je en conclure ? J'ai ressenti de la pitié, de la rage, mais surtout de la tendresse, clé magique avec laquelle il m'avait conquise. Depuis, nous nous retrouvons pour un café ou un apéritif, toutes les deux ou trois semaines. Je l'écoute parler avec fougue de la thérapie contre la cleptomanie, des talk-shows télévisés où il est invité à l'expliquer, des cours qu'il prépare pour une université en ligne. Il dit qu'on se le dispute maintenant dans les salons de la capitale mais qu'il n'y va pas, il ne sait pas comment s'y comporter, il se sent mal à l'aise. Nous évitons le sujet Miuccia : il est clair qu'elle se porte très bien et qu'elle vivra centenaire, comme ma mère. Elle a gagné, pourquoi devrait-elle craquer au moment de son triomphe ? Nicholas ne demande jamais rien sur moi, c'est mieux comme ça. Si je lui disais que je couche avec un éléphant rose ou la fée Carabosse, il ferait semblant de ne pas comprendre. Il ne m'invite pas à déjeuner ou à dîner, il ne l'a d'ailleurs jamais fait. À chaque fois, je dois payer le café ou l'apéritif ; lui, il s'éloigne pour répondre à un appel urgent sur son portable, pile au moment où le serveur apporte l'addition. Mais même cette pingrerie, qui me dégoûterait chez un autre, me touche chez lui. Né pauvre et indifférent à l'argent, il n'a jamais été enclin à le dépenser et, pendant toutes ces années, il m'a offert encore moins de cadeaux qu'Apache, ce qui n'est pas peu dire. De mon côté, je lui avais constitué une nouvelle garde-robe, sans grand succès parce qu'il a toujours l'air de descendre d'un train de nuit en troisième classe, comme quand il était étudiant. Un jour, en rougissant comme d'habitude, il m'a demandé si je voulais bien financer ses recherches et je le ferai probablement. Hélas, je l'aimerai toujours, allez savoir pourquoi. Serait-il devenu un homme meilleur, ou du moins plus résolu, s'il ne m'avait pas rencontrée ? Ou moi, à l'inverse ? Ce sont des questions trop compliquées et, au bout du compte, sans intérêt.

*

Par un dimanche pluvieux et maussade, je me trouvais chez Francesco et son épouse lituanienne aux hanches désormais aussi titianesques que sa teinture de cheveux, dans leur villa de campagne pour l'un de ces repas qui réunissaient la famille une fois par mois. Je m'en serais volontiers passée : depuis la mort de Silvana, qui était une bécasse mais avait du cœur, et l'effacement de Leo emporté dans la fumée de ses joints, les autres me sont indifférents ou pire. Nous n'avons rien à nous dire que les banalités les plus creuses. Je n'ai rien à leur reprocher : ils me versent chaque mois ce qui m'est dû (probablement moins) et c'est très bien ainsi. Ce sont des reptiles de la classe moyenne italienne – et pas seulement italienne – d'aujourd'hui, ignorants, mesquins et arrivistes, des clones de Rufilio, moins rustres mais plus obtus que lui. Politiquement, ils estiment que « le pays est à la dérive » : une dérive sur laquelle ils continuent d'accumuler des millions. Papa était d'une autre trempe, c'est pourquoi ils l'ont toujours détesté en secret, n'ayant pas les moyens de le mépriser. Mais j'aime la paix par-dessus tout, comme lui l'aimait, et je me soumets de guerre lasse : je n'ai pas dit un mot quand Francesco a fait disparaître pour quelques sous les montres Empire dont le tic-tac l'agaçait.

Je ne place aucun espoir dans ma génération, mais je cherche dans le visage des plus jeunes, lorsqu'ils sortent échauffés et bruyants de la piscine ou du court de tennis pour se précipiter sur le plat de maccheroni que le cuisinier leur sert avec des graines de caviar, avant de repartir sur des motos et des voitures de sport vrombissantes, une lueur d'exigence, quelque chose qui les projette au-delà de l'échéance de jours tous identiques. Jusqu'à présent, je n'ai rien trouvé, par ma faute sans doute. Peut-être Giulia, la fille d'Antonia, si elle s'éloignait à temps du troupeau... Et puis, qui suis-je pour faire la morale ? Est-ce que je ne puise pas pour vivre, et fort bien vivre, dans le sac familial, sans presque plus travailler, alors qu'eux, au moins, vont à l'usine ou sur les chantiers tous les matins ?

Ce jour-là, Francesco me prit à part. « J'ai invité pour le café Marco, un ami diplomate, ou plutôt ex-diplomate, qui va devenir le nouvel ambassadeur de la société. Essaie d'être gentille avec lui. » Sur le moment, cela m'a vexée : j'occupais jusque-là le rôle de chargée des relations publiques, dernièrement encore avec l'émir susmentionné qui avait fini par passer un marché important avec l'entreprise. Si la famille m'avait trouvé un remplaçant, elle aurait au moins pu me prévenir ; mais mon frère est un autocrate sans aucune sensibilité, qui déteste les confrontations et les contourne. La porte s'est ouverte et un monsieur aussi distingué que son pedigree le laissait prévoir, entra, grisonnant et affable, vêtu d'un bon tweed anglais avec – seules fausses notes mais voyantes – un foulard de soie bordeaux autour du cou (je ne supporte pas les hommes enfoulardés, j'en ai des démangeaisons à leur place) et une chevalière un peu trop voyante à l'auriculaire gauche. Au début, il ne me fit pas grande impression : il ressemblait tellement à ce qu'il était censé être qu'il me laissait indifférente. Il s'assit à côté de moi (j'ai appris plus tard que ma belle-sœur lituanienne et Antonia avaient tout arrangé) et se mit à m'entretenir avec entrain et cordialité. Je restais sur la réserve mais je l'écoutais par politesse. En quelques phrases, il me raconta son histoire : il avait fait une carrière « modeste » – l'adjectif, qui ne manquait pas d'élégance, me le rendit soudain sympathique – en Asie, Afrique et Amérique latine, où il avait rencontré mon frère, jusqu'à sa retraite, quelques mois plus tôt. Il n'avait pas atteint le rang le plus élevé, aussi le titre d'ambassadeur était-il de courtoisie, à ne pas mettre officiellement sur sa carte de visite. Mais quelle importance ? Il ajouta, dans un phrasé chantant de Vénétie : « Je suis reconnaissant à la profession, et si elle ne m'a pas donné plus, c'est certainement à cause de moi. »

Il n'était peut-être pas un « vrai » ambassadeur mais, exception faite du foulard et de la chevalière voyante dont il aurait pu se passer, c'était un vrai gentleman. Il l'était par l'ironie et la gentillesse avec lesquelles, après avoir sorti une cigarette qu'il m'avait demandé la permission d'allumer, il contemplait avec indulgence ces paysans parvenus qui portaient gravée au front et sur les pommettes la volonté prédatrice de réussite de leur ancêtre. Une affinité instinctive était née entre Francesco et lui parce que mon frère, en tant que capitaine d'industrie fruste mais expérimenté, savait reconnaître chez les autres ce qui lui manquait et qu'il pouvait demander sans crainte. Plus tard, Marco m'avoua qu'il était reconnaissant à mon frère de lui avoir offert ce travail alors que, pour arrondir la maigre pension que lui versait l'État, il était sur le point d'accepter l'offre de retourner en Afrique pour gérer un hôtel réservé à la nomenklatura locale, *avec une roulette*... Oui, Marco ressemblait à papa : moins par le physique que par le caractère, comme je m'en rendis vite compte. Il avait ce même respect pour autrui qui traduit le respect de soi. Le même manque d'ambition, le même excès de scrupules ; l'un et l'autre obéissaient à un code de conduite aux valeurs fortes sans être capables de les imposer autour d'eux, ni même essayer de le faire. Marco correspondait donc parfaitement à la tâche que l'entreprise lui confiait à présent, en échange d'un salaire peu mirobolant.

Nous nous retrouvâmes pour dîner la semaine suivante, au fameux Cercle des joueurs de dames dont il était un habitué, avec une satisfaction d'amour-propre qu'il s'efforçait de ne pas trop montrer. Cette fois, il revêtait un costume croisé de couleur sombre : le tailleur avait excellé à cacher les plis lui boudinant le ventre et les fesses. « Un petit champagne pour commencer ? » a-t-il suggéré avec désinvolture. « Avec plaisir ! » Je n'ai pas l'habitude de boire mais l'occasion semblait le mériter. Il se fit apporter la carte des vins, l'étudia avec une attention légèrement excessive et finit par opter, à ma grande surprise, pour un prosecco assez ordinaire. Quoi qu'il en soit, il avait du gentleman la tendance à écouter plutôt qu'à parler de lui, peut-être parce qu'il n'avait pas grand-chose à dire. Mise à mon aise, je lui racontai beaucoup de choses, jusqu'à l'histoire d'Apache qui suscita, pour seul commentaire, l'adjectif « amusant » que je jugeai un peu insultant. J'omis de mentionner Nicholas P., et bien m'en prit. Je me disais, et sans doute n'avais-je pas tort, qu'il ne pouvait y avoir de terrain d'entente entre eux. L'ange des psychiatres (et des cleptomanes), tel que je l'avais connu, était une nature craintive et incertaine dans les choses accessoires de la vie, les broderies de l'existence, mais obstinément dévouée à l'essentiel, dont moi, sa maîtresse-esclave, je n'avais jamais vraiment fait partie. Un jour, Lazare Mises m'avait confié : « Ce garçon a en lui un feu sacré qui me fait peur. J'ai parfois l'impression de voir Edoardo réincarné. » Pour Marco, en revanche, il semblait que seules les broderies comptaient : ingrates ou agréables, selon les circonstances, mais toujours des broderies. Le reste ne semblait pas fait pour lui, et encore moins l'intéresser. Il l'ignorait, tout simplement.

Je l'interrogeais à mon tour, avec tact, et appris l'essentiel. Marco Tullio Delabrea, c'est son nom complet, était veuf avec deux fils, adultes et indépendants, dans la finance, l'un à Milan, l'autre à Zurich. D'instinct, ils me furent antipathiques et la suite confirma mon intuition. La révélation de son état civil, qui eût dû constituer un sauf-conduit libérateur, suscita en moi le sentiment inverse : autant j'avais souhaité que Nicholas fût veuf pour pouvoir m'unir durablement à lui, autant j'eusse préféré que Marco ne le fût pas pour éviter une relation dont je ne ressentais pas le besoin. Je ne peux nier qu'il avait de nombreuses flèches à son arc, notamment la patience dont il fit preuve pendant les longs mois où je me laissai courtiser sans rien lui donner ni lui laisser espérer. Cela montre qu'il était un homme du monde et pas seulement un gentleman. J'acceptai quelques cadeaux sans extravagance, signe de discrétion et de discernement dans les dépenses. J'aimais qu'il continuât à me vouvoyer, répétant avec son phrasé vénitien : « Ah, Laëtitia, pardon Anna Laëtitia, je peux vous appeler *Laeticia*, n'est-ce pas ? Vous n'imaginez pas à quel point notre complicité m'est chère… » Ou parfois, avec une pointe d'emphase : « Ah, *Laeticia*, comment aurais-je pu espérer, à mon âge, rencontrer une Damoiselle élue (il dit élue, vraiment) comme vous ? » La référence à son âge me tapait sur les nerfs parce que, tout compte fait, il ne devait avoir que trois ou quatre ans de plus que moi ; seulement, lui, il les affichait, alors que moi, désolée, surtout de dos – les garçons en scooter, je l'ai dit, me sifflent, un peu moins quand ils arrivent à ma hauteur –, j'en parais huit ou dix de moins.

Au fil de notre fréquentation, Marco se lança dans le panégyrique du château de ses ancêtres près de Vérone, où l'arrogance des cousins « de la branche cadette » ne lui permettait plus de mettre les pieds : ce qui excluait une demande de visite que, du reste, je ne formulai pas. C'était le cœur de la fortune familiale, inexorablement disparue, dans lequel il avait grandi : vignobles séculaires de Soave et de Valpolicella, campagnes fertiles animées au coucher du soleil par les danses des paysans heureux de partager l'aisance de leurs maîtres, même s'ils votaient autrefois pour les communistes, aujourd'hui pour la Ligue, nul n'est parfait. D'âpres conflits d'héritage qu'il n'avait pas voulus (on pouvait en être sûr) l'avaient arraché à ses origines et poussé à entreprendre une carrière diplomatique, sans vulgaire désir d'avancement (on l'avait également compris), dernier refuge d'un gentilhomme de son rang. « Que voulez-vous, *Laeticia*, je suis né Delabrea et je mourrai *Délabré* ! » Qui sait combien de fois il a pu répéter cette phrase qui devait lui sembler très drôle mais qui ne me faisait pas rire du tout. Il se mit à parler de tomates, de chicorée, d'épinards et même d'« oignon fragrant » (oui, il dit fragrant) comme des arômes chers à son enfance. Il décrivit avec force détails architecturaux les tombes de ses ancêtres et évoqua un manuscrit que leur avait légué Pétrarque, avant de s'acheminer vers la Provence : ce n'était pas la route la plus courte mais bon. L'histoire devait lui plaire, car il me la raconta plusieurs fois, avec des détails différents. « Au fond, *Laeticia*, vous êtes ma Laure, ma Béatrice ! » Je le remerciai et coupai court, avant qu'il ne commence à me lire les cantiques que, je le crains, il composait en rimes embrassées.

Il m'avait invitée à dîner « à la bonne franquette » chez lui, dans *my little abode*, un appartement qui n'était pas si petit que ça, au premier étage d'une copropriété tristounette pour fonctionnaires. J'avais décliné plusieurs fois ses invitations, avant de juger ces refus impolis, d'autant que Francesco, ma belle-sœur lituanienne et Antonia me pressaient d'accepter. Comme c'était prévisible, je tenais le rôle de maîtresse de maison, en bout de table, en face de lui, assise avec trois autres couples, des gens polis, raffinés et très, très âgés. Ils passaient d'une langue à l'autre en roulant sur les râteliers, et il n'était pas facile de suivre le fil de la conversation, si tant est qu'il y en eût un. À la fin de la soirée, je savais tout du couronnement de la reine Élisabeth et du soulèvement des Mau-Mau au Kenya. Quand les invités furent partis, Marco me demanda de rester encore un peu. Je ne sais toujours pas pourquoi j'ai accepté, mon éternelle soumission peut-être. « *Laeticia*, ma chère, allons faire le tour du propriétaire », proposa-t-il, c'est-à-dire le tour de l'appartement dont chaque pièce était le sceau d'une phase de sa carrière. Il y avait la salle africaine, avec les masques, les tambours, les éléphants en ivoire et les peaux de tigre qu'on ne peut plus exporter ; la salle vietnamienne, avec les paniers en osier, les gongs, les lances en bambou qui avaient écorché vifs les envahisseurs français et américains et, dans une vitrine, des *two-step snakes* embaumés, « très dangereux », ajouta Marco en frissonnant comme s'il avait manqué d'être mordu, espérant peut-être que je demanderais des détails, ce dont je me suis bien gardée. Enfin, la salle péruvienne où, parmi les ex-voto en bois et les céramiques andines, il effleura mes cheveux d'une chaste caresse. Cela ne me parut pas trop compromettant et je le laissai faire ; mais j'écourtai la visite en apercevant, au bout du couloir, les lumières tamisées d'une chambre à coucher.

Il me prit la main (je la lui accordai aussi, il avait une poigne forte et douce à la fois) et me ramena sur la terrasse où avait été servi l'habituel petit champagne ou prosecco, avant de passer à table. « Vous êtes une âme sensible, *Laeticia*, me dit-il en actionnant la télécommande de la chaîne stéréo, je suis sûr que vous aimez Frank Sinatra… » J'opinai, que pouvais-je faire ? Aussitôt retentirent les premières notes d'une chanson célèbre. Avec horreur, je me rendis compte que Marco en accompagnait l'air, me faisant asseoir sur le canapé d'angle, approchant dangereusement son visage du mien. « *Strangers in the night…*, fredonnait-il en portant ma main sur son cœur. Vous sentez comme il bat ? Ah, les soirées du cercle diplomatique à Nairobi et à Dar es Salam, quand mes collègues, qui sont tous devenus mes fans, je l'avoue, me poussaient vers le micro sous les applaudissements… Savez-vous que l'on m'a surnommé *Ambassador The Voice* ? Et je terminais toujours sur le fleuron de mon répertoire… »

Il se leva, écarta les bras et lança, écarlate : « *And more, much more than this, / I did it my way !* » Après quoi, il s'effondra sur moi, cherchant le baiser que rien ne lui permettait d'exiger. Je me retirai avec délicatesse : je ne voulais pas l'offenser, c'était vraiment quelqu'un de bien. Sa mortification fut couronnée par un claquement de volets des voisins, suivi de l'invitation péremptoire : « Hé, Caruso, va te coucher ! » Sans se soucier de cette interpellation discourtoise, l'air de marcher à la guillotine entre une double rangée de sans-culottes, Marco sortit un peigne de sa poche et le passa dans sa chevelure en bataille (ça aussi, il aurait pu l'éviter). Il se borna à couiner : « Ah, *Laeticia*, je ne vous mérite pas ! » La phrase était suffisamment mélodramatique pour que je lui demande d'appeler un taxi, de préférence le 3570 car j'ai l'abonnement avec une réduction. Brisons là cette histoire ridicule, pensais-je, et j'étais déterminée à le faire le lendemain même. Mais il se passa quelque chose que seule l'imagination d'un poète acméiste ou surréaliste aurait pu prévoir. Marco sentait lui aussi que c'était fini. Alors, il poussa un cri de désespoir en désignant le jardin en contrebas : « Songez, *Laeticia*, que nous avons même la piscine ! »

J'éclatai de rire, je pense n'avoir jamais autant ri de ma vie. Et, en riant, je me mis à pleurer, peut-être parce qu'un jour, alors que je me tordais devant un dessin animé à la télévision, papa, lui si pudique, était entré par hasard dans la salle à manger et m'avait prise dans ses bras en disant : « Mon rayon de soleil, ton bonheur me rend si heureux, je ne peux espérer plus de la vie. » Cette étreinte d'un père, parfumée d'eau de toilette, est peut-être la chose la plus belle et noble que j'emporterai avec moi dans la tombe. Alors, j'ai embrassé Marco – l'eau de toilette était presque la même, à peine un peu plus épicée – en riant et en pleurant. Il m'a doucement menée dans le couloir, jusqu'à la chambre (à l'éclairage tamisé) où il m'a bercée toute la nuit, ne demandant pas grand-chose, voire presque rien, en retour. Il a été parfait : s'il avait exigé davantage, je le lui aurais probablement accordé dans ces circonstances, mais je ne l'aurais jamais revu. Au lieu de cela…

Nous nous sommes mariés peu après, à la grande satisfaction de ma famille qui redoutait que je laisse mon argent aux éditions de l'Ornithorynque Pensant ou à l'hôpital de la jungle, ce que je ferai quand même. Les enfants de Marco ne se sont pas présentés, craignant de perdre l'appartement en copropriété, les bijoux de leur mère (deux beaux diamants sertis, le reste ne valait pas grand-chose), le mobilier ethnique et la part restante sur la campagne véronaise : toutes choses auxquelles j'ai renoncé par acte privé établi par le toujours vif notaire Tetra-Lanugine. J'ai évité de porter du blanc, que je trouvais de très mauvais goût. Lui, en revanche, a tenu au *tight*, l'imposant aussi à son témoin, Francesco, qui a engraissé ces dernières années, devenant de plus en plus Rufilio, de nom et de fait, une sorte de chimpanzé, sans plus rien des traits fins de nos parents : s'il en avait hérité quelque chose dans l'enfance, il l'a complètement perdu désormais. La belle-sœur lituanienne portait le diadème d'une prétendue grand-tante, dame d'honneur de la reine du Monténégro, acheté au mont-de-piété. La demoiselle d'honneur était ma nièce préférée, Giulia, la seule qui, je l'espère, échappera à l'hérédité familiale, raison pour laquelle j'ai décidé de ne rien lui laisser : elle se débrouillera toute seule, si elle en a la volonté. Maman, au bras de l'énergique doctoresse C., était la plus radieuse. Elle ne comprenait rien mais elle était heureuse dans cette ambiance festive, se gavant de glaces au parfum de crème à la noisette en toute impunité.

Je suis assez satisfaite du choix que j'ai fait et je pense que Marco l'est aussi. Ce que je pressentais à son sujet s'est confirmé par la suite, car c'est un homme sans surprise : raisonnable, prudent, attentif, il tient dans ces quelques mots. Dans l'intimité ? Là encore, j'éviterai les détails. Oh, bien sûr, les assauts torrides d'Apache et de Nicholas ne sont plus que des souvenirs qui m'arrachent, de temps en temps, un sourire reconnaissant. Il parvient à jouer son rôle, avec l'aide du Viagra recommandé par son médecin traitant, qui mesure sa tension artérielle au lendemain de chaque prestation. J'ai réussi à le convaincre d'enlever son foulard lorsque, deux fois par mois, rarement plus, il toque discrètement à ma porte, puisque nous faisons chambre à part, et se présente en peignoir et pyjama de soie. Je me passerais bien aussi de la soie, mais je ne le lui dis pas : j'ai peur qu'il interprète cela comme une invitation à apparaître nu comme un crabe sous le peignoir. J'en éclaterais de rire à nouveau. Mais cette fois, je pense qu'il le prendrait mal.

Au fil des années, il s'est révélé un compagnon attentionné, honnête et bon, avec la valeur ajoutée (pour utiliser ses propres termes) de ne pas être trop intelligent. L'intelligence de Nicholas avait une composante destructrice, la vie ne lui suffisait pas pour ce qu'il voulait réaliser, elle le prenait à chaque fois à la gorge, l'obligeant à se battre de toutes ses forces : un défi perpétuel dans lequel je ne dis pas le bonheur, mais la simple satisfaction de chaque jour devait lui apparaître comme un bien dérisoire. Il a guéri maman mais il a failli m'envoyer à l'asile. Cette fois, aucun risque. La saison préférée de Marco est l'automne, comme si l'hiver ne devait jamais venir. Je ne lui en serai jamais assez reconnaissante. L'estime qu'il mérite, la douceur de ses manières, ses mille attentions m'épargnent le risque de l'aimer. Je m'ennuie un peu, bien sûr. Mais, de toute façon, je vais maintenant vers l'ennui rassurant du grand âge et c'est bien comme ça.

Notre vie sociale est intense. Aujourd'hui, comme doivent l'admettre Francesco et Antonia en serrant les dents, nous sommes devenus plus que les ambassadeurs, les ministres des Affaires étrangères de la CUMASEL. Nous voyageons beaucoup et rencontrons des personnes influentes dans le monde entier qui souvent, grâce à nous, établissent des relations commerciales avec l'entreprise. Les photos dédicacées dans des cadres argentés se bousculent sur les commodes du salon. Beaucoup de collègues, ambassadeurs « de rang » qui, autrefois, snobaient Marco, le courtisent maintenant avec une jalousie mal dissimulée ; il fait mine de rien, en vrai gentleman. Nous recevons fréquemment et volontiers chez moi car, dès le premier jour, j'ai renoncé à emménager chez lui. Ce sont des soirées plaisantes, avec une cohorte d'amis aussi inévitable, à Rome, que les feuilles mortes en automne. En revanche, j'ai rayé tous les centenaires survivants, même s'ils ont reçu les confidences du général de Gaulle ou de Pie XII. J'oubliais : pour notre mariage, j'ai offert à Marco un ensemble complet de karaoké. S'il est en veine, comme tous les artistes, il se produit en fin de soirée, sous les applaudissements, dans les tubes d'*Ambassador The Voice*, interprétés dans un agréable registre baryton. Ces derniers temps, il a élargi son répertoire à la chanson napolitaine, mais la cadence de Vénétie n'est pas du meilleur effet.

Je voudrais terminer par un épisode peut-être révélateur – ou pas. Marco n'aime pas conduire, tandis que moi, je conduis très bien, comme papa. Lorsque Francesco a décidé de répartir entre nous la petite écurie de voitures anciennes, j'ai insisté pour obtenir l'Alfa Duetto modèle os de seiche, que papa affectionnait, après la mythique Lancia Sport de sa jeunesse. À son bord, Marco et moi avons fait de nombreuses excursions qui ont consolidé notre relation. Nous avons également pris part à plusieurs rallyes du *Roman Vintage Cars.* Mais venons-en au fait.

Un jour, je feuilletais au salon un livre que mon amie Luisella m'avait envoyé de Genève. Il s'intitulait *L'Exilé de la costiera* et racontait l'histoire d'un certain Elfröd, un écrivain qui avait séjourné dans l'arrière-pays amalfitain dans les années 1950, avant de connaître une fin tragique. Je me souviens que papa le mentionnait parfois avec admiration, sans jamais me donner d'autres détails. J'avais déjà lu plusieurs de ses romans, devenus célèbres dans toute l'Europe par le jeu bizarre des modes éditoriales (ils seront à nouveau oubliés demain). Cette bio me permettrait-elle d'en apprendre davantage ? L'auteur démentait notamment, preuves à l'appui, la rumeur selon laquelle Elfröd n'était autre qu'un aventurier international, un certain Thomas Krull, disparu à la même époque, pas au même endroit mais à Naples, où il s'était enfui avec les bijoux d'une héritière. Marco est arrivé à ce moment-là et m'a vue plongée dans la lecture. « Qu'est-ce que tu lis, *Laeticia* ? » m'a-t-il demandé avec curiosité. Je lui ai montré le livre : « Ah ! a-t-il répondu en souriant. Je ne sais pas qui est le personnage en question, mais je connais bien l'auteur. Tall, figure-toi qu'on l'appelait comme ça à cause de Talleyrand. Nous avons passé les concours ensemble, il était déjà présomptueux à l'époque, et tu sais que je ne dis jamais de mal d'un collègue. Qui sait ce qu'il est devenu depuis… »

Je n'ai pas réagi car j'aimais l'histoire, celle d'un grand amour incompatible avec notre époque, peut-être même avec toutes les époques. Le lendemain, j'ai mis Marco dans la voiture tôt le matin et je me suis dirigée vers la côte amalfitaine. Le temps de ce début mai était splendide, le ciel à peine voilé, le trafic étrangement réduit. Je n'ai pas trop sollicité l'Alfa et pourtant, à quatorze heures, nous avions atteint l'endroit présumé où Elfröd disparaît, emporté par les flots. Marco me suppliait : « *Laeticia*, ma chérie, et si on allait manger un morceau dans le bistrot d'en face (il ne dit jamais *trattoria*) ? Ça a l'air un peu rustique mais je me contenterais d'un sandwich… » (il ne dit jamais *panino*, encore moins *tramezzino*). Il avait une faim de loup, le pauvre, après le yaourt aux myrtilles, excellent pour sa vue qui baisse, et le café décaféiné, à l'aube, quand je l'avais sorti du lit ; une petite diète ne fait pas de mal, le mariage lui a apporté en dot quelques kilos superflus et j'ai décidé qu'il devait les perdre. Je lui ai demandé encore un peu de patience : je cherchais l'endroit exact et je ne le trouvais pas. Il apparut soudain, après un tournant serré, j'en étais certaine même si le livre ne le précise pas. J'ai arrêté brusquement la voiture. « Enfin ! s'est exclamé Marco. *It's wonferful*, mais je jure que je ne comprends toujours pas, *Laeticia*, pourquoi tu m'as amené jusqu'ici… » Alors je l'ai fait descendre pour lui indiquer parmi les anfractuosités des nuages, aussi loin que la vue porte, la crête des monts.

II

TERMINUS PHNOM PENH ?

Para Jorge Edwards, maestro y amigo.

I

Milan suffoquait, écrasé par la canicule, comme la mozzarella dans laquelle le couteau s'enfonçait avec un bruit flasque de caoutchouc. Les feuilles de salade le regardaient contrites, s'excusant d'être si peu appétissantes. Les anchois de l'Atlantique pantelaient dans l'assiette en rêvant d'en remonter le cours jusqu'à l'océan, au lieu de finir d'ici peu dans une poubelle aux effluences tenaces parmi d'autres déchets de la soirée. La climatisation ne marchait pas, ou peut-être l'avait-on éteinte pour réduire les frais ; un ventilateur de plafond essayait de remettre en circuit l'air dont il arrivait à s'emparer, qui n'était pas grand-chose. Piero était le dernier client en salle. À la table d'en face, l'avocat méridional du cabinet au fond de la rue venait de se lever, tout habillé de lin blanc, de la pochette au pli du pantalon, chaussé de mocassins d'un noir aussi brillant que ses cheveux cosmétiqués. En général, les hommes de petite taille le mettaient mal à l'aise, peut-être à cause des récits, dans les nuits africaines, qui en magnifiaient les prouesses sexuelles. Mais l'avocat, avec lequel il n'avait pas échangé deux mots au cours de ces années de proximité involontaire, lui inspirait une certaine sympathie. Il était accompagné de l'Angoissée, sa nouvelle assistante ou secrétaire au fort accent tudesque, grande, vibrante, nibelungienne, nostalgique des flots du Rhin. Qui sait si cette fois il arriverait enfin à la mettre dans son lit : Piero, subodorant que cet événement capital ne s'était pas encore produit, suivait les rebondissements de l'idylle avec une participation complice. Il lui décocha, au moment où le couple sortait, un sourire encourageant, du genre « bonne chance, vieux ! ». L'autre, pris de court, lui répondit en effectuant une demi-courbette, digne d'un danseur de tango *porteño* égaré à six cents mètres de la Scala. Il ne souffrait évidemment pas de cors aux pieds, l'heureux homme…

La caissière aux formes robustes mais non méprisables était également partie. Acculée à une vie décolorée, elle confiait sa riposte aux faux ongles couleur mûre de ronce, betterave ou bleu saphir, qu'elle changeait frénétiquement, selon l'humeur et les fiancés. Vingt-deux heures et vingt minutes. Le bouchon, où il avait son rond de serviette les soirs d'été, s'apprêtait à fermer pour le pont du 15 août, comme le *drugstore* dans l'aquarelle d'Edward Hopper achetée à New York avec ses premières économies, qui lui avait été volée peu après, sans doute grâce à un tuyau du galeriste. *Welcome to the Big Apple.* Il n'avait pas pris la chose au tragique ; dès ses premiers pas de collectionneur, il était convaincu que les objets nous sont confiés pour un laps de temps éphémère, avant de regagner le réceptacle tourbillonnant du monde. Depuis lors, il avait assisté à la destruction d'un si grand nombre d'œuvres d'art dans toute la planète, pilonnées, bombardées, saccagées, bulldozées, réduites en cendre, en fumée, en poussière par la furie des éléments ou plus souvent la folie des hommes, que tout sentiment de possession lui paraissait illusoire. Les paléontologues et zoologues de l'ère de la Pléiade Mérope s'attendriraient peut-être, dans quelques millions d'années, devant ces vestiges de la prétendue civilisation humaine…

Le garçon qui faisait le guet à l'entrée, au cas où un touriste poussé par le désespoir se serait réfugié dans la *trattoria*, chassait les mouches d'une main apathique, les yeux battus, rêvant d'un meilleur destin. Piero, dégustant son café, se répéta pour la énième fois que le propriétaire aurait dû faire décaper les murs et rafraîchir le décor. Pourquoi un esthète comme lui (titre que les femmes lui décernaient volontiers, quand elles n'étaient plus très jeunes) se plaisait-il dans des lieux aussi moches ? Car c'est bien dans des endroits semblables qu'il aimait engranger sa solitude. Il s'interrogeait toujours sur cet appel téléphonique en fin de matinée, auquel il avait eu la faiblesse, ou peut-être l'audace de répondre. Le garçon, agacé, lui apporta l'addition, avant qu'il l'eût demandée. Offusqué par un tel sans-gêne, il la régla sans laisser de pourboire, ce qui lui valut un juron mollement dissimulé derrière son dos.

Vingt-deux heures trente. La température était un peu descendue mais non l'humidité, l'asphalte exhalait son dernier soupir, collé aux semelles. Jadis, l'été en ville ne lui déplaisait pas, on étouffait aussi mais sans en faire tout un plat, les théories sur le réchauffement climatique n'étant pas encore à la mode. Il est vrai qu'il supportait la chaleur beaucoup mieux qu'aujourd'hui ; entre-temps il y avait eu un début de paludisme, les infections, les doses excessives de quinine dont l'organisme ne se remet pas tout à fait. Avec les autres étudiants de la faculté, il passait des nuits gaillardement insomniaques à patrouiller les rues, une fiasque de chianti ou une bouteille de Johnny Walker à la main, en projetant de démolir les immeubles ravalés à la hâte dans l'après-guerre, qu'ils se montraient en ricanant, pour les remplacer par d'autres encore plus laids dans leurs scintillantes carrières de génies de l'architecture. Certains y étaient parvenus, lui aussi, jamais au top ; la plupart s'étaient perdus en cours de route, qui n'étaient pas nécessairement les moins doués. La vie est ainsi faite. De temps à autre, ils se cherchaient entre anciens camarades, échangeaient informations et contacts, organisaient des repas ou des rencontres auxquels il évitait généralement de se rendre, peu enclin aux commémorations et aux messes funèbres. Dans la jeunesse, le temps est un bien illimité qu'on peut gaspiller en grand seigneur. À son âge, il ne pouvait plus en perdre à regarder derrière lui, un sport qui, d'ailleurs, ne l'avait jamais attiré.

Un crissement de freins. Il fit demi-tour juste à temps pour reconnaître au volant l'Angoissée, seule. Elle avait démarré en seconde, éraflant les pneus de la BMW contre le rebord du trottoir et le dépassa en rugissant, le visage nibelungien rayé de larmes. Piero élabora rapidement trois scénarios possibles : 1) *romantique* : l'avocat est impuissant, comme Rossano Brazzi dans *La Comtesse aux pieds nus*, revu récemment en DVD et passable (variante : il vient de lui avouer qu'il a perdu la tête pour le serveur du bar, le petit brun au nez cassé qui apporte au bureau le café et les sandwichs à midi) ; 2) *mélodramatique* : l'avocat ne peut pas quitter Carmela, qui menace de se jeter par la fenêtre avec leurs trois marmots (variante : le serveur s'apprête à le décapiter, avant de s'ouvrir le ventre dans le *seppuku* rituel, car c'est un fana des arts martiaux et skinhead néo-nazi sur les bords) ; 3) *élégiaque* : l'avocat va plier bagage pour Melbourne, mais sans elle (variante : il n'a plus un sou et se prépare à rentrer en Calabre avec Carmela et les marmots, ou bien avec le serveur du bar). Probablement aucun des trois scénarios, ou tous les trois, mélangés et malaxés comme la vie.

Il avança vers la Galleria, écartant avec irritation le corps d'un handicapé, pendu à un platane avec ses braves béquilles. Encore un, on n'en pouvait plus, ils exagèrent ! « Marie-Praline, r'garde pas, c'est trop vilain ! » intima une (jeune ?) femme, dont la lèvre lippue, ravagée par les soins de beauté, pendait vers sa fillette, comme un soufflet d'aspirateur. « Mais qu'est-ce qu'elles ont toutes à s'appeler Marie-Praline, Biscottine, Macaronnette, Mozzarelline ? se demandait Piero, au paroxysme d'une fureur impuissante. Où sont passées les Jeanne, Françoise, Anne, Marguerite d'antan ? Je suis fini, mon monde est fini… »

Chaque nuit, des Escadrons d'Apôtres de la Mort (EAM), rigoureusement formés de bénévoles, entraient en action dans les principales villes de l'Occident pour supprimer les invalides, minorés, éclopés, culs-de-jatte, demeurés, bossus, tordus, goitreux, scrofuleux, gibbeux et autres spécimens inférieurs, afin de préserver la pureté d'une Race Élue menacée par le métissage, les tares héréditaires et les pathologies génétiques. À l'aube, on recueillait des cadavres par dizaines, que les éboueurs évacuaient avec les ordures ménagères, en dignes successeurs des médecins victoriens qui étranglaient les nouveau-nés contrefaits. Mais ils en oubliaient toujours quelques-uns, ces poltrons ! Avec ce qu'on nous impose comme taxe communale sur les déchets, ils pourraient s'activer un peu plus, quand même… Piero se demandait parfois s'il n'était pas victime d'hallucinations, nées de la solitude et de son horreur phobique pour les infinies humiliations et violences que l'homme fait subir à son semblable. Mais non : ce croc de boucher était bien réel, comme la puanteur de fèces, lorsque la victime s'était oubliée au moment du trépas. Et ce regard pétrifié n'avait même pas eu le temps d'exprimer un reproche…

Il s'arrêta chez le Sri-Lankais du coin où, en revanche, la clim en crescendo rossinien lui coupa le souffle. Il devait faire attention. Les brusques changements de température étaient préjudiciables à son cœur, plus capricieux que la bayadère viennoise courtisée dans la nuit des temps. Quel était son nom, déjà ? Mizzi, Frizzi… Désormais, sans doute, elle s'empiffrait de souvenirs et de tranches de *Sachertorte* dans quelque riant Ehpad, les varices en bouillie, tandis que les chevaux lipizzans à la retraite étaient dépecés, mis en boîte et revendus à une chaîne de restovite. Il choisit rapidement dans les rayons six canettes de chinotto, un filet de fruits, des yaourts nature, du beurre de cacahuète, des mueslis, un paquet de *wasabi flavoured peanuts* (bourrés d'antioxydants) et, seule concession à la gourmandise, un pot de glace à la vanille qui allait lui dégouliner entre les pattes s'il ne rentrait pas à toute vitesse chez lui. Il remarqua, au passage, que les prix avaient grimpé de deux ou trois euros en quelques jours, un vol de saison… Heureusement, il avait préparé à temps sa provision d'eau bicarbonatée pour insuffisance hépatique : Oxana ne comprenait pas que les personnes âgées – catégorie dans laquelle il venait de faire une malencontreuse entrée statistique, le jour de ses soixante-cinq ans – doivent boire beaucoup, surtout dans les périodes de canicule. Avant de partir en vacances dans sa Moldavie natale, le laissant aux mains d'une remplaçante encore plus balourde, qui ne parlait pas un traître mot d'une langue civilisée (l'italien de préférence), elle aurait dû stocker une centaine de bouteilles dans le placard de la cuisine pour lui éviter le risque d'une déshydratation, peut-être mortelle. « Allons donc, m'sieur ! clamait-elle pour se justifier. C'tte soif ! Vous devez quand m'me pas traverser l'désert de Goubbi ! » Qu'en savait-elle du Gobi ? Mystère…, ah oui, une carte postale qu'il lui avait envoyée des monts Altaj ou de Mongolie-Intérieure, pendant les travaux de restauration d'un fragment de la Grande Muraille. À une lointaine époque, sa famille recrutait des gens venus d'une vallée bergamasque, les femmes de chambre, la cuisinière, le chauffeur, tous assez illettrés, bons travailleurs, cent pour cent fiables. Leurs descendants, encore plus illettrés grâce à l'école pour tous, roulent aujourd'hui en Porsche ou Maserati. Mais qui regrette est cocu : proverbe des îles Fidji du troisième millénaire avant Osiris, qu'il affectionnait.

Lorsqu'elle ne se prélassait pas en congé (il fallait lui payer également le voyage prévu dans le contrat, sinon les syndicats gueulent…), Oxana labourait comme le bœuf auquel elle ressemblait, Darwin oblige. Autrement, malgré l'entreprise de nettoyage qu'il convoquait mal volontiers tous les quinze jours, comment assurer l'entretien de ces six cents mètres carrés ? Comment s'occuper autrement du mobilier, des livres, des plantes, de sa garde-robe ? Oxana maugréait qu'en vieillissant elle avait besoin d'aide. Elle avait surtout besoin d'argent et en redemandait tout le temps, son avidité augmentant avec l'âge et l'athérosclérose. Peut-être, au fond, n'avait-elle pas tort. Mais qui pouvait se permettre des dépenses inutiles, avec le déluge d'impôts destinés à nourrir les bureaucrates de Rome, de Bruxelles et autres sangsues ? (Il se rendit compte tout à coup qu'il parlait comme Amilcare…) Pas lui, en tout cas. Et puis, bon sang, elle exagérait : les goûts de son maître étaient de plus en plus sobres, il déjeunait au bureau d'une pomme ou d'un œuf dur, ne rentrait jamais dîner à la maison et préférait s'attabler à des bistrots comme celui où nous l'avons rencontré, sa parcimonie s'accommodant d'une nourriture quelconque. Il ne recevait pas, ne fréquentait presque personne et ne changeait de chemise et de linge de corps que deux fois par jour, rarement trois.

Le Tveuxpayé à tronche bengali lui rendit la monnaie (presque) exacte, en lui souhaitant bonne nuit dans un dialecte serré, digne d'un Milanais de plusieurs générations. Son acolyte, Jveuxdormi, lui adressa un ciao de la main, allongé sur la paillasse qu'il avait tirée devant la porte, s'apprêtant à rêver de Calcutta, Chittagong, Yangon ou autre Mecque bien de chez eux. Rien à faire : ces immigrés, ce sont eux qui commandent désormais ; mais peut-être est-ce juste ainsi, après tout, nous les avons exploités pendant des siècles. Piero en savait quelque chose, avec toute la misère qu'il avait côtoyée en Afrique, en Asie, en Amérique latine. Évidemment, ils sont trop nombreux, les illégaux surtout. Selon des sources fiables, dix à quinze millions de clandestins ont débarqué sur nos côtes rien que la semaine dernière, et ont déjà violé plusieurs milliers de nos concitoyennes, vierges de préférence, de 7 à 77 ans (où auront-ils trouvé des vierges ? Mystère). Et l'Europe qui bavasse et ne f… rien pour nous aider ! Si, par pure hypothèse, son grand-père bien-aimé l'avait croisé dans la rue, alors qu'armé d'un filet à provisions il s'entretenait avec deux extracommunautaires en short et sandales, le monocle lui en serait tombé dans le risotto. Mais Piero avait appris qu'il faut vivre le plus possible en accord avec son époque, du moins en apparence. Et il y avait bien pire au monde car au pire il n'y a pas de fin.

Il ne rencontra plus personne jusqu'à la maison, à part le bijoutier pédéraste du magasin derrière le Dôme, où il n'avait jamais mis les pieds : un type glacé et résolu, le profil incisif et les mains soignées de ceux qui dans la vie commettent peu d'erreurs. Tireur d'élite, il avait descendu, il y a quelques années, d'une seule balle au cœur Pasqualino *u ficu d'Innia*, le « figuier de Barbarie », caïd du quartier populaire de la Bovisa, qui le menaçait avec un canif. L'affaire avait été étouffée, grâce à des appuis haut placés. Depuis, les petits truands et même les professionnels du hold-up se tenaient à l'écart de ses vitrines cossues. Il était donc très exactement vingt-trois heures : on aurait pu régler sa montre sur les promenades du bijoutier, qui assignait une case précise à chaque moment de la journée. Il traînait à une laisse tressée de fils d'or un boxer nonchalant ; comme lui, indifférents au climat tels des templiers, l'homme et le chien, été comme hiver. Ils échangèrent de loin un regard poli, sans intimité. Le bijoutier passait pour connaisseur de l'art khmer, ce qui, pour des raisons sentimentales, intriguait Piero. Ils n'étaient jamais entrés en relations d'affaires, à peine quelques propos esquissés entre un *buongiorno* et un *buonasera*. Récemment, il lui avait conseillé un dentiste, trop cher mais compétent. À son tour, Piero lui avait présenté ses condoléances, à la mort du boxer qui avait précédé l'actuel. Le bijoutier l'avait remercié à peine, un sourire d'adolescent décrépit dessiné fugacement sur ses lèvres, révélant des incisives blanchies au fluor.

*

L'immeuble, situé aux numéros 48 et 48 bis du corso, conservait une belle tenue patinée par l'âge et les outrages. Des palais historiques du centre-ville, frileux, impassionnés, inentamables dans leur goût sec du mélodrame, où l'Arrigo Beyle *milanese* avait connu le bonheur, sans en pénétrer les mystères[1], l'édifice partageait l'opulence sans excès et un synchrétisme audacieux pour l'époque : motifs à colombages, arcs austro-hispaniques en accolade, colonnes cannelées et cariatides noircies par les polluants atmosphériques, qui

1. Stendhal fut trop heureux en Italie pour comprendre où il se trouvait : l'extase brouille les pistes.

semblaient souffrir de la goutte dans l'effort d'arrimer la façade. Du solide, en tout cas, bâti en 1881, l'année de la première exposition de l'Italie unifiée, « modernisé » après la Grande Guerre et la découverte des wc centralisés double flux, à peine écorné par les bombardements alliés lors de la suivante. Sa famille en occupait dès le début le premier étage, dit noble ou d'apparat, qui faisait le tour de la construction, avec douze larges portes-fenêtres encadrées de meneaux en pierre de taille, donnant sur l'avenue principale et les rues latérales. Combien de fois Piero s'était-il dit que sa vie aurait été meilleure – *peut-être* – s'il n'avait pas été élevé entre ces murs, arrosé jusqu'à ses vingt-trois ans comme les bégonias et les camélias de sa mère, courant le même risque de se faner avant l'heure... Non, soyons sérieux, ce fils mutiné n'avait jamais existé que dans ses fantaisies : autant l'oublier. La porte cochère, cloutée de fer forgé, imposait toujours le même respect ; la grille résistait aux attaques des clochards, qui se vengeaient en l'aspergeant du flot de leurs urines et d'une mousse de vomissures qu'il fallait nettoyer le matin, à un coût dément. Des imbéciles, protégés par l'anonymat et les doctes psychologues des troubles caractériels, la couvraient de sprays et de graffitis. Une fois où un veilleur de nuit avait pris sur le fait deux de ces malpropres, au lieu de les fusiller pour l'exemple, on les relâcha avec mille excuses et c'est le brave gendarme qui faillit subir les conséquences de son zèle.

L'entrée n'avait pas subi de changements notables, Dieu sait jusqu'à quand elle résisterait : lambris d'acajou, marqueteries, frises, cuivres, faux marbres à profusion, miroirs dépolis dans leur cadre Art nouveau, gravures de scènes de chasse (dès son plus jeune âge, Piero militait crânement du côté du sanglier ou du renard). Bref, le style *gentlemen's club* qui faisait fureur jadis dans les milieux anglophiles d'une finance lombarde qui avait investi sagacement dans les comptoirs britanniques des Indes et du Levant. Au pied de l'escalier, dont le tapis montrait la trame par endroits, trônait la loge du concierge : longtemps le gîte d'*el sciur Carlett*, le p'tit M'sieur Charles, qui avait laissé en héritage la casquette et la veste galonnée en or que ses successeurs, affiliés à la section locale de l'ACGT (Association des Concierges et Gardiens Trotskistes), avaient jetées à la poubelle comme signes de condition servile.

L'ascenseur ne fonctionnait toujours pas, à cause d'une vengeance du gérant contre des locataires réputés trop riches et trop avares. Pourtant, ce n'étaient plus les gens comme il faut, « ceux qu'on connaît », comme disait grand-père, qui lui avait appris, avec force taloches, à ôter son béret d'écolier en les saluant bien bas et *basta*, car les confidences entre voisins, rien de pire pour alimenter les médisances. Cette attitude austère servait à cacher la fréquentation assidue, par grand-père et le notaire Peretti du troisième étage, des maisons closes réputées de la rue dei Fiori Chiari. La boîte aux lettres n'arborait maintenant que des noms étrangers, slaves ou ostrogoths de préférence, agglutination de consonnes et de chuintantes qu'on n'arrivait ni à lire ni à prononcer ; et quelques plaques de professions libérales, excepté la sienne, car il détestait confondre l'habitation avec le travail. Le neveu et héritier dudit notaire Peretti, rentré de la réserve sioux où tout le monde espérait qu'il finirait ses jours à vendre de la verroterie, y avait implanté un laboratoire de teinture indigène, dont les exhalaisons d'œuf couvi empuantissaient l'immeuble. On avait dû le traîner en justice et finir, pour s'en débarrasser, par lui payer la généreuse indemnité que ce fainéant visait, sans doute, dès le début.

Les travaux de l'ascenseur allaient enfin commencer en septembre ; pour l'instant tous les locataires étaient en vacances. Ne restait sur place, à part lui, que la veuve du général Gruttu des Grenadiers de Sardaigne au dernier étage, morte de faim peut-être dans l'attente, réduite à mordre les médailles de son époux, à dévorer les mites de ses uniformes, à sucer des boules de naphtaline dans le noir. Elle ne payait plus les charges locatives ni les factures qui s'empilaient devant sa porte, en invoquant la fin qui n'arrivait pas. Oxana lui apportait de quoi prolonger l'agonie, la nourrissait au biberon, la frictionnait, lui injectait des vitamines dans les fesses : les femmes moldaves, c'est connu, ont un cœur grand comme ça. Quand elle s'absentait, à lui de jouer, noblesse oblige : après tout, il s'agissait d'une ancienne amie de maman, presque aussi méchante qu'elle. Mais si jamais il la trouvait défunte, un jour ou l'autre ? Les journaux n'y vont pas avec le dos de la cuillère pour s'inventer le monstre de l'été : « *Architecte, en proie à un raptus sexuel, agresse une centenaire, avant de l'étouffer avec son (à elle) cache-sexe en satin noir !* » Tabassé par les enquêteurs, il aurait tout avoué, seule l'intervention de la police aurait pu le sauver de l'indignation de la foule ; pour la première fois, il aurait connu cette célébrité qui l'avait toujours fui…

Pour lui, l'ascenseur ne représentait pas un problème, il n'avait qu'une soixantaine de marches à gravir, à peu près comme son âge, méthodiquement, posément, un pas après l'autre, sans s'essouffler. Une gymnastique bienfaisante, et tant pis, ou tant mieux, si le pot de glace fondait : moins de calories en excès. Il ouvrit la porte, alluma les appliques, coupa l'alarme (il avait hérité de grand-père la phobie de Jveuxtcambriolé), remplit le frigo, s'enferma dans la salle de bains où, après avoir pissé avec quelque difficulté, il se lava rapidement, dans l'ordre, les mains, le visage, les oreilles et les dents. Il avait appris au fil des ans à ne gaspiller ni un geste ni une émotion. Peut-être, à vouloir vivre mieux, en hygiéniste des sensations, avait-il moins vécu, comme ces inconditionnels de la forme physique, terrassés précocement par un infarctus sans avoir connu Bacchus, Tabacus et Vénus[1], le regrettant pour l'éternité.

L'appartement repeint en couleurs claires, accueillant et aéré, des plantes partout dans les vases pansus, n'avait exigé, malgré sa vastitude et sa vétusté, ni gros travaux ni grandes dépenses quand on est du métier : faux plafond, spots, revêtements en stuc, parquets cirés, rideaux en mousseline de soie, à la place des courtines rigides comme des suaires, qui le plongeaient jadis dans un crépuscule permanent. Grand-père était convaincu que le soleil et l'air pur nuisaient à la santé et affaiblissaient l'organisme. Il n'avait vu la mer de près que deux ou trois fois, d'un

1. Expression idiomatique italienne pour désigner les plaisirs du vin, du tabac et de l'amour.

air méfiant, comme on inspecte la ligne du front… C'était la revanche tardive de Piero sur une enfance-adolescence fuligineuse et craintive, sur l'inconfort élevé au niveau d'une vertu, sur ces conneries d'éducation à la spartiate (grand-père lui avait appris, à dix-sept ans, à se raser à l'eau froide) qui, cependant, lui avaient rendu service plus tard, lorsqu'il avait dû passer des semaines dans quelque chantier perdu, en compagnie d'un éclat de savon et d'un miroir rayé. Il avait restructuré l'aile principale de l'appartement, après d'infinies démarches administratives, en la séparant du « petit » logement de cent cinquante mètres carrés au fond du couloir, la « suite du colonel », qu'il avait louée (mal) à un cabinet de comptables. Entre les deux, s'étirait, descendant et remontant du sous-sol, un boyau de galeries, penderies, buanderies, dépôts, remises, celliers, dont il aurait pu tirer deux ou trois mini-logis de luxe, rien à voir avec les infectes chambres de bonne de sa bohème estudiantine. Il n'avait pas encore trouvé le temps et l'énergie pour le faire, et ne le ferait sans doute jamais. Au moins s'était-il délesté de l'ancien mobilier : tableaux, buffets, trumeaux, consoles, un siècle et demi d'accumulation et de stratification de rebuts bourgeois, ne gardant comme souvenirs d'antan qu'une gondole vénitienne dans sa boule de cristal sous la neige, une tour de Pise en boîtes d'allumettes qui penchait du mauvais côté et autres bricoles d'un mauvais goût attachant.

Suffit. Il devait se reposer après l'effort des dernières semaines, avec les assistants et les stagiaires de son bureau, pour terminer le projet de reconstruction d'un des innombrables ponts détruits pendant les guerres de l'ex-Yougoslavie. C'est la raison pour laquelle il était resté en ville ; de toute façon, il haïssait les vacances et ne partait plus en voyage que si c'était vraiment indispensable, donc presque jamais. Un cosmopolite casanier, c'est ça. Il était assez content du résultat, nourrissant une ancienne prédilection pour les ponts, dont il avait collectionné jadis des dizaines de dessins, plans, maquettes et reproductions, allant de Vitruve à Frank Lloyd Wright, avant de les balayer d'un revers de la main par découragement, comme tant d'autres choses dans sa vie. Les ponts le fascinaient à cause de leurs difficultés techniques mais surtout parce qu'ils étaient idéalement tendus vers l'avenir, vers ce qui reliait les hommes, au lieu de les séparer. D'un temple, d'un amphithéâtre, même d'une cathédrale de l'Antiquité, on pouvait penser que la foi y avait coexisté avec les massacres, que l'invocation au Tout-Puissant avait couvert les cris d'effroi des innocents qu'on sacrifiait. Des ponts aussi, on pouvait précipiter les victimes dans le vide : cela s'était passé récemment en Europe, sans doute dans d'autres contrées encore aujourd'hui. Pourtant, il s'obstinait à croire que là ne résidait ni leur fonction ni le symbolisme dont ils étaient porteurs.

Les divagations philosophiques durèrent peu, comme tous les palliatifs. Il revint à la cuisine, ouvrit le sachet de cacahuètes, but un chinotto, qui ne lui plaisait pas mais étanchait la soif. Il l'avait adopté depuis que son médecin lui avait imposé d'en finir avec l'alcool. Il n'en avait jamais abusé mais à partir d'un certain âge, le foie se venge. Puis, dans sa chambre, il enfila un pyjama (à peu près) convenablement repassé et se glissa entre les draps, mort de fatigue. Il savait pertinemment qu'au lieu de dormir, ses pensées allaient tourner autour de cet appel matutinal. Pourquoi répondre à ce numéro inconnu ? L'instinct l'avait averti trop tard, qu'il allait se compliquer la vie... Généralement, l'ineptie télévisée favorisait son sommeil. La mauvaise haleine d'un débat politique jaillit de l'écran. Sur l'autre principale chaîne publique (payée avec *mes* impôts !) trois concurrents, encouragés par les applaudissements de l'assistance, se démenaient comme des orangs-outangs autour d'un bidon rempli de monnaies (supposées) d'or. Dégoûté, il actionna la télécommande et tomba sur la dernière série culte, *Tous éventrés*, tournée dans une école maternelle. Des critiques calés, à grands coups de citations de Sade, Bataille et l'immanquable Pasolini, avaient loué la portée pédagogique de la séquence où les élèves jouent au ballon avec la tête d'un de leurs camarades, sectionnée à la tronçonneuse. Selon les données de l'audimat, la série, vendue dans le monde entier, avait été suivie, rien qu'en Italie, par 400 (quatre cents) millions de spectateurs. Quel dommage de ne pas être du nombre, quel regret de se sentir minoritaire face aux grands courants spirituels de son temps ! Autre chaîne : ah, *Boulevard du crépuscule*, parfait pour son état d'âme ; mais à la troisième interruption publicitaire d'un gel intime à la rhubarbe, il ne résista plus et éteignit.

Étendu sur le matelas ergonomique, hommage à son dos massacré par les lits de camp et les gîtes de fortune, il pouvait admirer de la fenêtre entrouverte un pan de l'église romane d'en face. À sa gauche, une étagère avec ses livres de chevet, dont la première édition en allemand du *Déclin de l'Occident* de Spengler : il en relisait quelques pages de temps en temps et pouvoir les déchiffrer sans dictionnaire lui causait une vive satisfaction. Il avait changé la disposition de la pièce, qui était jadis la chambre à coucher parentale, dominée par un immense lit deux places tourné vers le mur pour éviter toute tentation superflue, après l'acte de procréation de ses trois sœurs, suivies tardivement par l'héritier mâle, (trop) longtemps attendu. Il avait installé un socle sous le lit pour l'élever d'une vingtaine de centimètres et jouir, au coucher et au réveil, d'une vue à laquelle il n'aurait pas renoncé pour tout l'or du monde : ce qui était presque vrai à la lettre, lorsque Speratti, qui avait gagné des millions en bourse, s'était déclaré prêt à lui payer n'importe quelle somme pour l'appartement, en lui agitant le chéquier sous le nez. Heureusement qu'il n'avait pas lâché pied, car ce requin avait fait faillite peu après. Récemment, des reporters l'avaient déniché au Michoumistan, sur le yacht d'un oligarque d'une valeur présumée de 240 (deux cent quarante) millions de dollars, en bermuda et queue-de-cheval, une fille pendue à sa droite et une autre à sa gauche : chacun se fait fouetter par le sort à sa guise.

La nuit, parfois, un croissant de lune un peu surréaliste, surplombant la forêt de toits, de cheminées et d'antennes, illuminait l'église, ou plus précisément un pan de la façade latérale ; même enveloppée de ténèbres, elle demeurait une amie fidèle, comme un gros animal domestique qui l'attendait et veillait sur lui. Il n'y était presque jamais entré, une vague superstition sans doute. Un jour, à la suite des conseils qu'il leur avait donnés sur l'aménagement du mithraeum, les bons frères barbus l'avaient invité à partager une soupe aux fines herbes de leur potager. « Revenez quand vous voudrez, architecte, lui avaient-ils dit, à la fin du repas. Nous serons heureux de vous revoir ici, et peut-être, cela vous fera également du bien. » Il les avait remerciés, mais n'était pas revenu, toujours réticent lorsqu'on le sollicitait, ou peut-être s'agissait-il d'une hésitation dont il n'arrivait pas à comprendre l'origine. Il lui suffisait de contempler, de son lit, ce pan de mur intouchable, parfaite métaphore de son existence. Et de son amour pour Chanthou.

II

Son prénom complet, à la naissance, était Pietro Eufemio – en hommage à un arrière-grand-oncle sicilien, qui avait apporté dans le giron familial de fort rentables cultures d'agrumes –, dernier rejeton, en ligne droite ou courbe, des comtes Stecchi Presutti, ou *Presunti* comme il préférait les qualifier[1]. Le second nom, du côté maternel, avait été abusivement ajouté au premier à la fin du XIXe siècle, lorsque les Presutti avaient été menacés d'extinction, comme ils le méritaient sans doute. Ce fut l'origine d'une rivalité épique entre la branche des Stecchi non présuttés, et les Presutti survivants, pas encore *stecchiti*[2], qui traîne encore de nos jours car ce genre de querelles défie le temps et le ridicule. Soixante-cinq ans à peine entamés, comme nous venons de l'apprendre, un mètre quatre-vingt-deux, s'il se tenait droit sur ses jambes, ce qui était chaque jour plus hasardeux, quatre-vingts kilos sous le contrôle strict de la balance (et si elle les dépassait, laitue et tomates pendant une semaine),

1. *Presunto, presunti* = présumé(s) en italien.
2. *Stecchito, stecchiti* = défunt(s) en italien.

le crâne dégarni, quelques touffes d'un noir suspect qui s'acharnaient aux tempes, visage plaisant alourdi vers le bas, une vague allure d'acteur des années 1930. Toujours les femmes moins jeunes qui l'affirmaient : c'était énervant à la fin ! En revanche, une ancienne maîtresse lui avait dit un jour, en le quittant : « Tu ressembles à un parapluie, dégoulinant et mou. » Il avait oublié cette connasse mais jamais ces mots injurieux.

Dans l'ensemble, encore en forme passable. Piero était, mieux, avait été le premier globe-trotter d'une famille aisée, qui pendant trois ou quatre générations avait gravité entre le corso, le manège, les terres grasses de Lombardie, un peu de riz et de vigne en Piémont et lesdits orangers siciliens. Les siens n'avaient connu le vaste monde que par les concours hippiques, les foires agricoles, les gouvernantes helvétiques, très propres, très didactiques, censées leur apprendre les langues et les bonnes manières, et les guerres, où ils s'étaient dans l'ensemble décemment comportés, quelques-uns s'étant même payé le luxe de tomber au champ d'honneur. Maintenant, signe des temps, les garçons et filles de la dernière génération s'enthousiasmaient pour les programmes Erasmus et pour les flirts qu'ils y récoltaient. Le comble de l'exotisme, dont Piero gardait le souvenir, s'était produit le jour de ses quatorze ans, lorsque maman avait brûlé les crêpes Suzette, entourées dès lors d'un halo sinistre, comme le chaudron des sorcières de *Macbeth*. « Voilà ce qui arrive à se lancer dans des aventures… », avait grommelé grand-père, qui pendant des décennies s'était fait servir le même ossobuco et la même côtelette panée, à la maison ou au cercle, sans se demander si ces mets étaient vraiment de son goût. Le message était clair et menaçant : en dehors des habitudes et des traditions, tout est confusion, désordre, chaos. L'ennui, en revanche, ah l'ennui, si rassurant ! Savoir que chaque jour sera pareil à celui qui le précède et le suivra : un don des dieux. Et ne jamais avouer qu'on profite de cette monotonie, le destin se tient toujours aux aguets, prêt à se venger. Un homme averti en vaut deux.

L'admonestation avait produit chez lui l'effet opposé. Son enfance avait été relativement peu commune : fruit d'arrière-saison, né à dix-douze-quinze ans respectivement des trois ouistitis, Loredana-Adriana-Valerianna, vite mariées à des crétins comme il faut et mères comblées d'autres nombreux crétins et crétines. De plus, papa Emilio, évanescent et gâté, avait été foudroyé par un infarctus le jour où Piero, âgé de six ans, très fier de son blazer écussonné, entrait à une école Montessori huppée du centre-ville. Ce traumatisme, dont à la vérité il ne s'était pas rendu compte, avait provoqué, selon les grands pontes appelés à son chevet, un conflit avec l'autorité paternelle, destiné à s'accentuer dans la phase du développement psycho-sexuel du garçon. Va pour « psycho », qu'on ne comprenait pas, mais « sexuel » n'était vraiment pas de mise : on congédia les grands pontes et on liquida, en bougonnant, leurs factures onéreuses. Grand-mère mourut à son tour peu après, et dans l'immense appartement aux douze portes-fenêtres toujours fermées, tendues de courtines épaisses comme le crêpe, ils n'étaient plus que trois : par ordre d'importance, grand-père, maman et lui. Seul le patriarche avait le droit de manifester son autorité.

Maman préférait sortir pour l'apéritif ou le bridge version simplifiée. Lui ne comptait pas.

Les années qui suivirent ne furent pas heureuses, malheureuses non plus. Le problème d'ailleurs ne se posait pas ; personne ne lui demandait son avis car pour un bourgeois même en herbe, il vaut mieux ne pas en avoir. L'Italie passait du « miracle économique » de l'après-guerre à l'ouverture à gauche des années 1960, contre laquelle Pietro Eufemio Senior ne cessait de vitupérer, comme si la péninsule se trouvait à la veille de la révolution d'Octobre. Les « sous-gendres », qu'il appelait ainsi avec un mépris affecté, quasi des sous-traitants, s'étaient lancés dans des transactions au-dessus de leurs faibles capacités et l'entreprise familiale périclitait face aux concurrents étrangers, prêts à s'accaparer les clients, grâce à cet autre objet des invectives de grand-père, un mystérieux « marché commun ». À la maison, on avait toujours été attentif aux dépenses, en hommage à un style tenu pour sobre et patricien. Mais le jour arriva où il fallut donner un coup de canif dans le train de vie. À la veille de son renvoi, qui pour la première fois avait lieu sans remplaçant, Nello, le chauffeur, se vengea en le serrant de près dans un coin : « Tu sais c'qui s'passe entr'c's deux-là ? » L'allusion concernait évidemment grand-père et maman. Piero, très digne, ne broncha pas tandis que l'autre, riant de ses yeux de raton de campagne, tapotait ses deux index, geste que le garçon classifia instinctivement comme obscène sans savoir ce qu'il signifiait. Il y réfléchit froidement pendant quelques jours, recueillit preuves et indices, enquêta sur les comportements suspects et arriva à la conclusion que l'homme avait menti ; ce qui lui déplut peut-être, car, si le sort de cette mère sans chaleur l'indifférait, il aurait souhaité que Senior (comme il l'avait surnommé en secret) pût « refaire sa vie » : expression qu'il avait glanée dans un magazine au sujet de Soraya, l'épouse du Shah d'Iran, répudiée en l'absence d'un héritier.

Oui, ils étaient différents, il le percevait déjà mais cela ne diminuait en rien l'attachement qu'il éprouvait pour ce vieillard si peu communicatif. Plus tard seulement, il aurait compris qu'avoir le sens des limites est une manifestation de force, sinon, toujours, de vertu. Senior, sans renoncer à sa brusquerie naturelle, ne faisait plus mystère de le préférer, et de loin, à ses autres sept ou huit petits-enfants du côté des ouistitis, qui s'étaient multipliés avec ardeur catholique ; d'ailleurs, ils ne portaient pas son nom et ne vivaient pas sous le même toit. Senior passait plus de temps avec lui, au fur et à mesure qu'il s'éloignait des affaires ; en quelque sorte, il le désignait déjà comme son successeur en faisant écumer de rage les sous-gendres. Maman était soulagée que le vieux prît la relève d'un rapport problématique avec son seul garçon, qu'elle aimait bien sûr, mais sans éprouver la moindre affinité avec lui, ce en quoi elle avait parfaitement raison.

Au retour du collège (il entrait en sixième, avec des résultats médiocres, comme dans toute sa scolarité), surtout l'hiver, lorsque le tramway après l'avoir déposé repartait en bringuebalant dans le brouillard, Piero traversait ces vastes pièces sans joie, que seuls les courants d'air semblaient animer. Le salon, comme tout l'appartement, était faiblement éclairé, dans un souci d'économie, et puis parce que personne n'avait pris l'initiative de rénover l'installation électrique (aujourd'hui c'est devenu obligatoire et ça vous coûte un prix fou...). Ces instants étaient restés gravés dans son cœur : adulte, il évita de se demander si c'était juste ainsi, ou si la nostalgie lui jouait un coup tordu. Son caractère prématurément introverti se formait ou se déformait au cours de ces après-midi en tête à tête avec grand-père, sans aucune confidence, sans pouvoir rien partager réellement de ce qu'ils avaient pourtant en commun. Il aimait le geste complice de Senior lui faisant signe de ne rien dire à maman, lorsqu'il se versait en cachette un doigt de vermouth ou d'une liqueur anisée encore plus infâme. Ce grand taiseux n'avait pas grand-chose à lui apprendre, hormis des préceptes, dont Piero pressentait déjà toute la platitude. Après quoi, il plongeait dans son journal, parcourant les faits divers avec une excitation satisfaite si les victimes étaient au nombre de « ceux qu'on connaît ». De là, il passait aux faire-part de naissance, de fiançailles, de mariage, en se délectant des annonces de décès, surtout si elles concernaient de plus jeunes que lui. Il ne lisait rien d'autre, sauf le programme des courses de San Siro en souvenir de Colibri et de Noisette, les pur-sang de sa saison de cavalier entre les deux guerres, peut-être les seuls véritables amours de sa vie. Quand, à la fin de la journée, Piero devait prendre un bain, avaler son repas à la cuisine, plonger dans son lit après une prière déjà peu convaincue, il aurait souhaité que Senior vînt le border, le rassurer, l'écouter pour une fois. Maman arrivait à sa place, ce n'était pas la même chose. Il l'embrassait vite et se tournait vers le mur, en éteignant la veilleuse.

Grand-père avait conservé la loge de famille à la Scala par convention sociale, la partageant avec le notaire Peretti, sourd comme un pot mais snob, pour en réduire les prix devenus extravagants à ses yeux. Il y allait rarement car il s'endormait après dix minutes de cette barbe de Mozart,

Verdi ou, pire, Wagner. Le scandale éclata à une matinée de *Così fan tutte*. Ses ronflements avaient atteint le pavillon auriculaire hypersensible du célèbre chef autrichien au pupitre, lequel, renouant avec un passé nazi habilement occulté, se tourna vers l'assistance pour l'avertir qu'il allait procéder à la décimation des spectateurs, si l'impie ne quittait pas la salle… Grand-père veillait un peu plus à son âme, avec laquelle il n'avait jamais entretenu d'étroit commerce, en subventionnant avec modération les missionnaires comboniens en Afrique, du moment que l'Éternel nourrissait une étrange prédilection pour les Noirs, à en croire le concile de Vatican II (ces prêtres, tous des bolcheviks…).

À l'approche des quatre-vingts printemps, c'était encore un bel homme, la mâle prestance des Stecchi s'accompagnant de la rondeur campagnarde des Presutti, les cheveux en brosse, les yeux d'un azur aqueux très lac lombard, la moustache d'un blanc jaunâtre, une sorte de docteur Schweitzer sans casque ni jungle. L'ensemble lui conférait l'autorité méditative de quelqu'un qui, en réalité, s'était toujours méfié des volutes de la pensée. Parfois, lorsqu'il se tournait vers Piero, qui, allongé sur le tapis, disposait ses petits soldats pour les conduire à la victoire, son regard se voilait d'un présage : la séparation était proche, ils espéraient inconsciemment, tous deux, qu'elle fût au moins subite. Massif et courroucé dans ses laines anglaises un peu usées, Senior jouait, pour garder fière allure, avec la chaîne de sa montre de gousset, ou le lorgnon qui avait remplacé le monocle. Mais tout effort de concentration le fatiguait. S'il devait vérifier les comptes de l'usine et des campagnes ou la feuille d'impôts, il restait le crayon en l'air, sans avancer ; et quand l'administrateur essayait d'attirer son attention en toussotant, il somnolait déjà. Il s'agissait des symptômes – dûment négligés, parce que les médecins coûtent la peau des fesses et s'inventent toutes sortes de maladies – de l'AVC qui allait le frapper quelques mois plus tard, le clouant à un fauteuil roulant pour le reste de ses jours.

Piero était désormais un adolescent élancé, anguleux comme les Stecchi, le visage agréable, un peu mou des Presutti, sans rien de marquant, sauf peut-être le regard qui s'attardait sur les êtres et les choses pour en saisir le ressort intime, indice révélateur de qui veut se compliquer inutilement la vie. Il ressemblait beaucoup plus à Senior qu'à papa Emilio dans le physique, le maintien, les gestes, comme si l'affinité entre eux avait sauté une génération. Il s'attendait, en passant l'épreuve initiatique des pantalons longs, à renforcer l'intimité avec le vieillard, et même à le protéger romantiquement des injures de l'âge. Hélas, grand-père n'arrivait plus à trouver la paix : les manifestations de l'« automne chaud » 1969, l'inflation galopante, la peur des enlèvements, les grèves dans les usines, une lettre désobligeante du collège héraldique, exprimant des réserves (non infondées) sur l'authenticité de son titre de noblesse… La goutte qui fit déborder le vase fut l'insistance avec laquelle les sous-gendres le sommaient de vendre tout et transférer sa fortune au Canada ou en Australie, avant l'arrivée des communistes au pouvoir. Le vieux fit une scène terrible devant la famille au garde-à-vous, retrouvant la trempe des aïeux du Risorgimento, lorsque, vers 1848, une vertueuse dame Stecchi (ou Presutti ?) avait refusé la cour d'un galant officier autrichien pour rester auprès de son cacochyme mari Presutti (ou Stecchi ?). Malheureusement, l'édifiant épisode, véritable contre-*Senso*, n'ayant trouvé ni la plume de Boito ni l'art de Visconti pour le servir, demeure inconnu à la postérité.

« Jamais, jamais, vous entendez ? Je ne partirai d'ici que les pieds devant ! » Il y arriva presque, mais ne mourut pas dans son moment de gloire et survécut quelques années, dans un état indéterminé entre l'homme et le légume. Il parvint au moins à éviter la clinique que les sous-gendres avaient déjà prévue pour se partager avant l'heure les restes encore substantiels du patrimoine.

*

Rien à signaler dans la vie de Piero, devenu un jeune homme rangé, si ce n'est la calvitie débutante et le penchant pour l'onanisme qui lui tiendrait compagnie jusqu'au bout. Une vocation, dont il était le premier à douter, le poussa à s'inscrire à la faculté d'architecture, dédaignant les études de l'agronomie conformes à la tradition familiale. Personne ne s'y opposa. Le seul qui aurait pu protester n'était plus en état de le faire. Cramponné à son fauteuil roulant, armé de sa bouillotte, Senior le dévisageait de ses yeux chassieux, en jouant machinalement avec la chaîne de la montre et le lorgnon, sans plus savoir ce qu'il faisait. Maman ne distinguait pas une fac d'une centrale atomique et les sous-gendres, ou beaux-frères pour lui, se frottaient les mains dans l'attente de lui soutirer sa part de la galette, ce qui arriva inexorablement un peu plus tard. Ce fut son seul défi, le reste une page blanche. Là s'arrêtaient les choix de Piero, son refus des conventions établies, comme si l'effort avait drainé toutes ses poches de rébellion. Il séchait ses cours, passait les nuits à boire et à se dissiper, menait une vie de patachon, bossait le moins possible, s'ennuyait ferme. Il songea plus d'une fois à rebrousser chemin et à s'engager comme commissaire de bord dans la marine marchande, pour voir enfin ce vaste monde qui suscitait, à la maison, une incuriosité tenace. Ce n'était pas le talent – dans la moyenne bien sûr – qui lui faisait défaut ni la discipline, s'il avait su s'en servir. Mais il n'arrivait pas à trouver de but à poursuivre. Quelle satisfaction aurait-il pu tirer, comme certains de ses camarades, à l'idée de consteller la péninsule de supermarchés, stations-service, HLM et centres de loisirs ? Des projets plus ambitieux ne semblaient malheureusement pas à sa portée.

C'est alors qu'une petite révolution, la seule qu'il était destiné à connaître, vint bousculer son existence incolore. Lors d'un séminaire d'été à Venise, auquel il s'était inscrit in extremis parce que la ballerine viennoise l'avait quitté à la veille des vacances, il rencontra le guide, le modèle qu'il cherchait inconsciemment, depuis que grand-père avait glissé dans l'atonie : un Chilien vivace et rondouillard d'origine galloise, Waldo Bimas, qui, à quarante ans, s'était déjà taillé une brillante renommée par ses idées innovantes sur la protection et la restauration du patrimoine dans les zones de guerre et de calamités naturelles. Rien d'exceptionnel dans l'apparence du bonhomme ; mais peu à peu, une onde d'énergie et de volonté gagnait ses interlocuteurs et ne les quittait plus. Regard coupant sous des paupières lourdes, lèvres étroites, teint laiteux qui s'accordait avec la tignasse et les rouflaquettes d'un blond cuivré, la pipe vissée au bec, il aurait pu figurer dans une aventure de Sherlock Holmes ou de Tintin. Mais sa corpulence, sa bonhomie, son flegme, sa capacité d'abattre un travail énorme sans hausser la voix ni esquisser un geste d'irritation, lui avaient valu le surnom de Bouddha, qu'il feignait complaisamment d'ignorer. Les semaines passées auprès de cette pointure déterminèrent l'avenir de Piero, et pas seulement sur le plan professionnel. À la fin d'un cours où il n'avait pourtant pas brillé parmi les plus méritoires, Bimas lui proposa, à sa grande surprise, de s'unir au petit groupe de collaborateurs qui le suivaient sur les lieux dévastés de la planète. Sans rétribution en un premier temps ; les beaux-frères lui accordèrent volontiers une avance sur sa part d'héritage, dont ils falsifièrent le montant, de mèche avec le notaire.

Ainsi Piero, qui n'avait vu jusque-là que la tour Eiffel et Big Ben en voyage scolaire, se retrouva parachuté dans la Corne de l'Afrique, au Vietnam, en Colombie et ailleurs, ne rentrant à Milan que pour passer ses examens et terminer ses études avec un acharnement dont il ne se serait jamais cru capable. Le Bouddha était une divinité avec les pieds plombés au sol. Il saignait ses assistants, qu'il employait également à des besognes alimentaires : telle raffinerie dans le Golfe, tel port de plaisance en Californie, telle pinacothèque d'un milliardaire fou, qui n'empilait que des faux. Il gagnait ainsi beaucoup d'argent pour cultiver ses utopies, sans avoir froid aux yeux ni s'embarrasser de scrupules excessifs. Piero obtint peu à peu de passer à des tâches plus nobles ; le rythme de travail demeurait écrasant mais il ne s'en plaignait pas, ayant l'impression d'apprendre chaque jour quelque chose de nouveau et d'excitant.

Quatre ou cinq ans s'écoulèrent ainsi, dans cet esclavage heureux. Il avait rarement l'occasion de croiser le Bouddha, encore moins de s'entretenir avec lui car Bimas, affable comme le sont si souvent les vrais tyrans, sensible aux hommages et aux mondanités, fringant dans un smoking sur mesure, traitant tout le monde, des mécènes aux ministres, des *tycoons* aux cardinaux, avec un savoir-vivre consommé, s'éclipsait immédiatement après un symposium, la signature d'un contrat, un discours officiel. On se retournait pour le chercher et il n'était plus là, en route pour l'hôtel ou l'aéroport, ou peut-être déjà arrivé à quelque destination secrète. En revanche, on voyait de temps en temps surgir sa femme, tout de noir vêtue, qui tricotait dans un coin ou reprisait le talon des chaussettes, entourée de trois ou quatre filles adolescentes, adipeuses, huilées et banales. Cette ménagerie féminine semblait résignée au style feutré et à la mobilité d'un chef de famille adoré en silence, dont il s'avérait impossible de partager le délire intime. Une fois, après une affaire qui avait échoué, Piero eut le toupet de lui demander : « Maître, pourquoi m'avez-vous accepté dans l'équipe ? Je ne suis pas à la hauteur… » L'autocritique, un peu servile, cachait mal le désir de forcer la réserve de l'architecte. Le Bouddha sourit un peu plus que d'habitude, la fausse innocence l'attendrissait, surtout chez les jeunes. « La question est plutôt si toi, tu penses être à la hauteur ou pas. Le reste, crois-moi, n'a aucune importance. » Il lui effleura la joue du bout des doigts et partit assister à un match de rugby.

À l'étranger, où il passait le plus clair de son temps, courant d'un chantier à l'autre, Piero serait resté longtemps, pour toujours peut-être. Cette existence vagabonde, à laquelle son éducation l'avait peu prédisposé, l'excitait, l'enivrait. Son physique très résistant lui permettait de s'adapter aux rigueurs des différents climats. Il aimait retrouver les résidences provisoires qu'il avait quittées une semaine ou un mois plus tôt : les chaînes de motels du Nouveau Monde avec le distributeur de préservatifs à l'entrée, le ketchup sur la table ripolinée et la Bible dans un tiroir, les chambres inconfortables sentant le désinfectant et le suicide, les tentes et les baraques ou, à l'opposé, les villas, les paquebots, les casinos, où les femmes gardent toujours un accent exotique, même si elles débarquent de Saint-Ouen ; et encore les palaces à la lisière de la jungle, surveillés par des gardiens pieds nus, aux larges orteils roses, le gourdin à la main, qui imitaient, la nuit venue, les cris des chacals rôdeurs. Il achetait de tout, sans discernement, tableaux, lampes, statuettes, et les fameuses reproductions de ponts, qu'il expédiait à un garde-meuble en Suisse, terre d'élection des biens qu'on oublie. Il revenait à Milan mal volontiers, pour revoir sa mère à qui il n'avait toujours rien à dire, et Senior, auquel il racontait pendant des heures des aventures souvent inventées que le vieillard, emmitouflé dans ses laines anglaises, le regard éteint comme des allumettes sans phosphore, ne pourrait plus lui reprocher. Quand il mourut, Piero était en mer au large de Madagascar, et il ne ressentit véritablement le choc que plus tard.

Un jour, le Bouddha le convoqua dans son bureau à Zurich. Il l'installa cérémonieusement dans un fauteuil de design finlandais, cadeau de son confrère Alvar Aalto, et prépara devant lui son cocktail préféré : une tasse d'*orange pekoe tea* ébouillanté, parfumé avec une goutte d'angostura et de gentiane, un zeste de citron et une dose généreuse de whisky de malt qu'il versait lentement, larme après larme, de la flasque à capuchon d'argent qui ne le quittait jamais. « Là réside le secret. Si tu l'ajoutes trop vite, les liquides ne se mélangent pas et tu en détruis la saveur. » C'était, comme dans l'étiquette de cour du Grand Siècle, le traitement qui laissait présager le meilleur ou le pire. Bimas lui fit comprendre en quelques mots, sans se départir de son sourire meurtrier, que le moment était arrivé pour Piero de se débrouiller tout seul, il avait désormais assez d'expérience pour tenter sa chance. En d'autres termes, il le mettait à la porte. Sur le coup, l'air lui manqua, il se sentit idiot, sa tasse à la main. Certains disciples avaient poussé la flagornerie jusqu'à en redemander. Le breuvage lui donnait la nausée et une pensée un peu sotte lui vint à l'esprit : « À l'avenir, s'il me l'offre encore, je pourrai au moins lui dire que ça m'écœure. » Maigre satisfaction. Dans l'immédiat, il ne restait qu'à remercier et obéir. Le Bouddha décrocha du mur une gouache assez quelconque qui représentait, par une ironie sans doute non involontaire, un pont de Venise, la ville où ils s'étaient rencontrés, et l'embrassa sans trop d'épanchement en lui souhaitant la *buena suerte*. Plus concrètement, il lui procura les financements qui lui permirent de démarrer à Lugano une petite boîte indépendante dans laquelle Piero investit l'argent que les beaux-frères ne lui avaient pas encore volé. Privé de son héritage, il renonça à toute participation dans l'entreprise familiale. Les cultures agricoles sortirent définitivement de sa vie. Il s'en réjouit.

Le Bouddha avait vu juste, comme d'habitude. Les responsabilités le firent mûrir. D'autres années passèrent. Conscient de ses limites, il s'engagea à fond dans sa nouvelle affaire, avec l'efficience lombarde qui circulait dans ses veines. Les clients étaient attirés par son sérieux, sa discipline, sa précision, qualités qui lui permirent de se tailler une place honorable dans un milieu très compétitif. Il parlait couramment trois ou quatre langues et disposait d'un vaste réseau de connaissances, tout en évitant de se lier à tel groupe ou à telle école. Des personnages d'influence lui avaient confié des tâches confidentielles dont il s'était acquitté, sans qu'un sou illicite restât dans ses poches qu'il ne voulait pas souiller. Le travail ne lui manquait pas, hélas pourrait-on ajouter : car la liste des catastrophes, des guerres insensées, des urgences humanitaires s'allongeait chaque jour. Cela lui répugnait parfois de gagner sa vie sur la douleur et les drames d'autrui ; mais, après tout, un chirurgien doit également réparer les dégâts et les dévastations du corps humain. Certes, il ne pouvait briguer la succession de Bimas qui avait pris sa retraite du jour au lendemain, au faîte du succès, sans donner d'explication ni laisser d'héritier. Renfermé, malhabile dans les rapports privés, réfractaire à la vie sociale, peu doué pour la communication et encore moins pour la publicité, Piero n'avait ni l'ambition ni, avouons-le, les dons nécessaires pour devenir un chef de file. En plus du charisme, il lui manquait quelque chose dans la vision, dans la perspective, dans l'enchaînement conceptuel, le *quid* ineffable qui distingue un talent supérieur du professionnel honnête qu'il était. C'est surtout la confiance en soi qui lui faisait défaut, impossible de la greffer comme une seconde peau sur sa véritable nature. Quant aux collègues nimbés d'un plus grand prestige, peut-être avaient-ils eu plus de chance et de pistons ou peut-être étaient-ils tout simplement meilleurs ; et tous les ans, de nouveaux concurrents pointaient à l'horizon. Il devait éviter de baisser sa garde. Il avait mis des lustres à créer sa réputation, maintenant il combattait pour rester en selle.

À la mort de maman, il y avait de cela une quinzaine d'années, il se trouva seul maître de l'appartement milanais, qui donnait le cafard au reste de la parenté. Qu'allait-il en faire ? Le louer en l'état était impossible, le vendre à un prix raisonnable, aussi. Finalement il prit la résolution que nous connaissons déjà, un après-midi où il traversait ces vastes pièces sans joie ne sachant que faire, en attendant le train qui devait le ramener à Lugano. Aucune madeleine ne vint tremper dans son cappuccino, mais l'image de Senior lui apparut nettement, lorsqu'ils faisaient ensemble le tour du *piano nobile* jusqu'à la « suite du colonel », et le vieux répétait de sa voix cassante qui, avant l'AVC, ne tolérait aucune réplique : « Tout cela t'appartiendra. Tu resteras ici jusqu'à la fin de tes jours, comme moi et comme ta mère, comme mes parents et mes grands-parents avant moi. Tu y vivras avec ta famille. Tes enfants, en tout cas l'aîné, y vivront après toi. Et ainsi de suite. » Non merci, il constituait le maillon faible de la chaîne, qui se serait brisée après lui.

Puis, peu à peu, il se sentit investi d'une mission à laquelle il ne pouvait renoncer. Le vieux avait gagné.

Il liquida ses affaires à Lugano, s'activa à restructurer l'appartement de fond en comble, y emménagea ses collections, le bon et le moins bon, glanées un peu partout, au gré des voyages, des rencontres, de l'ennui et du hasard. Après sa mort, elles seraient dispersées par des neveux distraits parmi les antiquaires et les brocantes, sauf les pièces destinées à moisir dans les entrepôts de quelque musée de province, si on ne les volait pas auparavant. Sur le coup de la cinquantaine, il en avait marre de vagabonder, le corps réclamait d'autres rythmes. Retrouver ses racines est une preuve de force quand on sait en arracher la partie empoisonnée. Et puis, le sang n'est pas de l'eau, comme le veut le proverbe : cela sonnait vrai, et bien entendu, ne l'était pas. Sur le plan professionnel, l'idée n'avait pas été brillante : les avantages que la Suisse pouvait lui offrir fondirent au soleil de la bureaucratie italienne et communautaire et de ses mille régulations byzantines. Il arriva néanmoins à s'en tirer sans trop de mal.

Jamais marié. Il y avait songé une première fois, à vingt ans, avec une étudiante moche et pauvre, parce qu'il dévorait à l'époque les romans russes et s'était imprégné de fatalisme et de sens de la culpabilité envers l'humanité souffrante. Et puis, l'idée de faire sortir maman de ses gonds le tentait. Heureusement, il avait planté à temps la fiancée, Dostoïevski et sa mère. Une deuxième fois autour des quarante ans, à Miami, avec la fille pluri-divorcée d'Alois Harzvetter III, le banquier, qui en revanche était belle, alcoolique mais trop riche ; il l'avait donc également congédiée, ce qu'elle n'apprécia pas, au point d'agiter, au bord de la piscine, un revolver contre une partie précise de l'anatomie de Piero, en lui intimant : « *Time to make up your mind, boy, or no other woman will ever get you !* » Heureusement, le majordome malais put l'immobiliser à temps. Pour le reste, des aventures espacées, répétitives, sans envergure. Des enfants à lui, pas question d'en parler ; au maximum, sans trop d'enthousiasme, il avait accepté d'être le parrain des fils d'amis ou de collègues. Son préféré, un garçon très doux, était devenu un terroriste des « années de plomb », détenu dans un pénitencier de haute sécurité en Sardaigne, d'où il lui faisait parvenir des messages délirants sur l'avènement du surhomme qui purgera le monde de la « démosyphilis ploutocratique ». Il devait sortir bientôt et Piero se demandait s'ils auraient encore quelque chose à se dire.

Tempérament aride et peu sensuel, il aimait être seul, parfois il avait même l'impression de ne se sentir à l'aise que seul. Des gens bien intentionnés lui conseillaient de pianoter sur internet pour trouver des filles épatantes de toutes les races, à quatre ou cinq cents euros, frais de déplacement compris. Mais qu'aurait-il fait ? Cinq minutes, douche comprise, et le reste de la nuit, à leur serrer la main, ou à enfouir ses pleurs dans un sein refait par des bistouris secourables ? Parfois, il éprouvait, ou croyait éprouver de grands sentiments ; puis son esprit les décomposait en mille pièces minuscules d'un puzzle qu'il n'arrivait plus à recomposer. Alors il savait qu'il n'avait rien ressenti de durable ni de crédible, tout n'était que sciure et finirait en eau de boudin ; ayant vécu sans affects, il serait mort, au moins, sans rancœur. Il n'était pas très sympathique aux autres, il le savait et ne s'en troublait pas. Il aurait volontiers remplacé les hommes par un animal domestique, maintenant qu'il ne voyageait presque plus ; mais l'idée du retraité qui promène son chien ou nourrit les chats de gouttière lui apparaissait insupportable. Il se croyait un humaniste-individualiste, bien installé dans ses idiosyncrasies, protégé par l'égoïsme rodé des célibataires autosuffisants. Parcimonieux sinon pingre, il était prêt à tendre la main à qui avait besoin d'aide, mais une main seulement : « *¡ Siempre una y nunca dos, no lo olvides !* », lui avait appris Bimas. Et si le destinataire du bienfait la mordait, tant pis. Il haussait les épaules et tournait la page.

Il avait appris à tirer avantage de sa solitude en lisant beaucoup, avidement, hâtivement, sur toutes sortes de sujets, de préférence l'histoire, la civilisation, les mœurs et les religions des pays où il séjournait : une habitude née pendant les périples de sa jeunesse, qui ne l'avait plus quitté. Mais plus il lisait et se documentait, moins il avait l'impression de connaître le monde et de se connaître lui-même. Il se tenait en marge d'une vie qui n'avait pas grand-chose à lui offrir ; c'était bien ainsi, il l'acceptait. Pourtant, il aurait au moins souhaité comprendre pourquoi le déclic ne s'était pas produit, pourquoi il avait loupé sa chance. Alors, il se mettait à griffonner des impressions de voyages, des observations sur les pages des volumes qui lui tombaient entre les mains, des croquis de personnages et de lieux. Inconsciemment, il s'efforçait de fixer sur le papier ces réflexions dont Senior se méfiait. Mais lorsqu'un éditeur lui proposa de publier un choix de ces notes, il se rendit compte, en les relisant, qu'elles étaient d'une insipidité affligeante. Il renonça au projet, malgré les insistances de l'ami : « Bon, c'est entendu, tu n'es ni Confucius ni La Bruyère. Mais quelle importance ? Tu as une certaine notoriété dans un autre domaine, les gens sont intrigués par ça, les expériences, les rencontres, quelques amourettes… comment ? Pas d'amourettes, pas de sexe ? Tant pis, ça ferait vendre… » Excellentes raisons pour laisser tomber. Il avait réuni dans une chemise bordeaux, sa couleur préférée, ces dizaines de feuilles volantes, souvent jaunies ou froissées, à en-tête d'une compagnie aérienne, d'un restaurant ou d'un hôtel qui parfois n'existaient plus. Sur la couverture, il avait écrit en caractères soignés *Pensées inutiles*, et l'avait enfermée dans un tiroir. De temps en temps, il ajoutait une paperole ou deux, conscient de se répéter car ses méditations tournaient autour des mêmes thèmes, des mêmes phobies plutôt. Tôt ou tard, il aurait jeté ou brûlé ce fatras et la perspective suffisait à le rassurer. Mais pour quelque raison ou quelque désir inconnus, il ne s'était pas encore résolu à le faire.

III

Donc, il ne répondait jamais au portable s'il ne reconnaissait pas le numéro, sage précaution contre les emmerdeurs et les emmerdements. Il lui arrivait de ne pas répondre même s'il le reconnaissait, car il tolérait de moins en moins ces intrusions sonores, alors qu'il est si facile de laisser un sms ou un mms. Les attentats technologiques à la vie privée – bien entendu, il ignorait Facebook, Twitter, Skype, WhatsApp et autres instruments du diable – lui semblaient attester la décadence de notre civilisation. Et d'être à peu près le seul à le penser sur la planète le consolait des concessions que, pour survivre, il devait faire chaque jour à la pensée unique, annonciatrice du Règne de la Masse Embourbée du Troisième Postéozoïque.

Pourtant, à 9 h 45 ce mercredi 15 août, pris au dépourvu, alors qu'il nouait sa cravate pour sortir, il répondit à l'appel. La voix péremptoire d'une secrétaire qui avait vu trop de films américains le pria de rester en ligne, tandis qu'elle passait la communication à son chef. Et qui diantre était-ce ? La réponse ne tarda pas : « Mon p'tit Pierre, comment vas-tu ? À Milan avec cette canicule ? T'as toujours été un original… » Le ton ampoulé, la voix alanguie, le surnom d'un goût douteux entre sexagénaires, lui révélèrent l'identité de son interlocuteur, avant même que celui-ci n'ajoutât : « Tu ne me reconnais pas ? Allons, c'est moi, Tall ! » Oui, l'inoubliable Tall, comme Talleyrand, dont il avait découpé et épinglé un portrait au-dessus de son lit, le futur diplomate du dernier banc à droite, celui qui, à douze ans, avait entrepris la rédaction de ses Mémoires et voulait mettre en scène le congrès de Vienne pour le spectacle de fin d'année en faisant rigoler toute la classe, professeurs inclus. Tu parles d'une vocation… Mais il faut avouer qu'il lui était resté fidèle, la vie se simplifie lorsqu'on a le bonheur d'être plus tenace qu'intelligent. Au cours des ans, ils s'étaient retrouvés régulièrement aux quatre coins du monde, avec un enthousiasme mitigé de la part de Piero, pardon, p'tit Pierre. Il se souvenait vaguement que l'autre terminait à présent une carrière assez terne, auprès d'une organisation internationale à Genève.

Dans un torrent de mots entrecoupés de miaulements d'homme du monde, Tall lui confia qu'il avait un service à lui demander. « Volontiers, si je peux… », répondit-il, prêt à trouver d'excellentes raisons de ne pas le faire. « Je n'en doutais pas, vieux frère. Voilà de quoi il s'agit : samedi prochain, oui dans moins d'une semaine, la neuvième Conférence interrégionale sur la sauvegarde du patrimoine dans les zones de conflit s'ouvrira à Phnom Penh. Un sujet que tu maîtrises parfaitement, n'est-ce pas ? » Une nuance de doute vibrait dans le micro, ça doit être une seconde nature des diplomates. « L'Italie devait y être représentée par ton éminent confrère, le grand Frustelli. » À ce nom,

Piero dut faire un effort pour se contenir. Gianbenito Frustelli n'était pas un mauvais architecte, bien pire : l'un des plus redoutables requins en circulation, personnage fascinant à sa manière, dans sa triomphante malhonnêteté. Le seul patrimoine qui l'intéressait était le sien, et il s'était considérablement enrichi aux frais de gouvernements du tiers-monde, programmes de développement, fonds d'aide internationaux et ainsi de suite.

« Hélas, ajouta Tall, en baissant la voix avec componction, le grand Frustelli est malade, très malade… » « Vraiment ? J'en suis désolé », répondit Piero, en faisant appel à des sentiments chrétiens qu'il avait du mal à convoquer. « En effet, p'tit Pierre, en effet. Une personnalité controversée, avouons-le, mais d'une telle envergure ! Et il a tant souffert… les calomnies, les jalousies… La rançon de la gloire, n'est-ce pas ? » « Comme tu dis… » « Ah oui, vieux frère, je suis bien placé pour le savoir… – la voix baissa encore, Tall devait avoir subi des revers de carrière qui le rendaient plus sympathique, c'était un bon bougre au fond. Mais nous sommes là, p'tit Pierre, et nous devons reprendre le flambeau, continuer la bataille. Comme à Austerlitz, le soleil se lève. Te souviens-tu des vers chers à notre adolescence ? *La garde impériale entra dans la fournaise…* » Piero avait l'impression que ces vers concernaient Waterloo et non Austerlitz, mais à la longue, peut-être, victoires et défaites reviennent au même.

« Bon, où en étions-nous ? Ah oui, je te demande solennellement au nom de *nos* autorités de prendre la relève du grand Frustelli à cette conférence. Je sais ce que tu vas m'objecter : il est irremplaçable. C'est vrai, mais l'Italie ne peut pas être absente de cet événement. Tu as vu les dernières statistiques des agences du secteur ? C'est sidérant : nous avons 118 %, je dis bien cent dix-huit pour cent du patrimoine artistique mondial ! Heureusement, nous arrivons à en détruire tous les ans une bonne partie, sans même avoir recours aux conflits, aidés par des bénévoles du monde entier, touristes et autres, de sorte que d'ici quelques générations, il n'en restera plus pierre sur pierre. Nous aurons retrouvé notre liberté ! Les Italiens pourront enfin renoncer à un passé trop encombrant pour se prélasser sur les ruines du Colisée et du pont du Rialto, vêtus de peaux de bêtes et couverts de plumes, leur portable ou tablette à la main, comme le bon sauvage de Rousseau. Je suis d'ailleurs en train d'écrire le chapitre XII, et sans doute final, de mes Mémoires, *La Barbarie comme opportunité*, qui ne paraîtront qu'après mon départ à la retraite et sous pseudonyme. Il faut prendre des précautions, tu comprends, un diplomate est astreint à la réserve jusqu'à la tombe… »

Peut-être que Tall n'était pas si sot, après tout ? Avec l'âge, on s'améliore difficilement : mais s'il représentait une exception ? Le torrent de mots reprit de plus belle : « … Par conséquent, tu dois absolument te rendre à Phnom Penh, la patrie l'exige. Quel patrimoine est plus en danger que le nôtre ? Qui pourra nous contester cette primauté, que nous avons méritée haut la main ? Je regrette de t'avertir dans un délai si court. Mais tu connais tout le monde et tout le monde t'estime. Tout le monde sait que tu es le disciple du génie argentin Binmaz, le seul à la hauteur du grand Frustelli ! Bref, tu prends un avion pour Paris demain, je dois justement m'y rendre en mission également. Nous dînerons ensemble, comme au bon vieux temps (pas d'huîtres, hélas, en cette saison !), je te passe les dossiers, tu repars le lendemain pour Bangkok, et de là pour Phnom Penh, où tu arriveras samedi, en pleine forme, pour l'ouverture du congrès. Classe touristique et hôtel trois étoiles, malheureusement : nous avons subi d'affreuses coupes budgétaires. Mais Phnom Penh vaut bien une messe. Il paraît que l'endroit est superbe, avec des filles renversantes. Tu es toujours célibataire, non ? Moi aussi, remarque, mais sans ta veine avec les femmes. Ah ! Arrête ! Non, pas toi, Domino, mon chien, c'est l'heure de lui lire quelques pages de mes Mémoires... »

*

Oui, le Cambodge était un pays merveilleux. Il avait l'impression de le connaître et de l'aimer plus que mille autres lieux plus fréquentés, qui ne lui communiquaient pas la même sensation de paix et de sérénité. Depuis combien de temps n'y avait-il pas remis les pieds ? Et depuis combien de temps cherchait-il un prétexte pour y revenir ? Sa nature contournée avait besoin d'une sollicitation extérieure, et maintenant... Il s'était néanmoins accordé une pause de réflexion jusqu'au lendemain matin, sous prétexte d'achever un travail urgent. Tall dut accepter ce délai à contrecœur : les diplomates possèdent un sixième sens pour déceler une sortie de secours dans les réponses qui visent à gagner du temps. Or, il n'avait pas d'excuse crédible. Le projet du pont en Bosnie étant terminé, rien ne le retenait à Milan dans les semaines suivantes. Cet appel était peut-être un signe des dieux, même si l'idée de Tall en messager ailé prêtait à sourire. Oui, depuis *ce jour-là* il souhaitait revenir à Phnom Penh, et s'il ne l'avait pas encore fait, c'était effectivement à cause d'une jeune fille, ou plutôt d'une ex-jeune fille, la Chanthou de ses rêves, qui n'était sans doute plus celle de la réalité. Qu'importe ! Si nos désirs sont puissants et authentiques, rien ne peut les entraver. C'est en tout cas ce qu'il aurait voulu croire.

Piero avait passé la journée comme d'habitude, accaparé par des occupations diverses, en s'efforçant de faire semblant de rien. Mais il était un piètre menteur, doublé d'un mauvais comédien. Les assistants, habitués à son abord courtois, furent surpris de le découvrir nerveux, fuyant. Il signa la lettre de transmission du masterplan, sans la relire avec sa minutie bien connue. La stagiaire qui lui avait présenté la série d'annexes techniques fut déconcertée, lorsqu'il répondit à brûle-pourpoint : « Mais bon sang, enlevez ces paperasses, je les ai vérifiées mille fois ! » Le soir, au lit avec son fiancé, candidat prometteur du parti du Changement aux prochaines élections, elle lui avoua, déçue : « Il est vieux, ce sont des réactions de vieux… » « Ne t'en fais pas, lui répondit-il, nous ferons repartir ce pays ossifié. À nous de jouer désormais ! » Ils firent l'amour avec entrain mais elle pensait toujours à l'architecte qu'elle admirait de loin, en se demandant avec un instinct sûr si une femme n'était pas entrée ou réapparue dans sa vie.

Vers quinze heures, l'ami éditeur appela pour l'inviter à dîner le soir même avec un célèbre écrivain mexicain de passage. Piero s'inventa mille excuses pour ne pas accepter.

En d'autres circonstances, il aurait été ravi de rencontrer l'auteur, candidat au prix Nobel, de cet exceptionnel et déroutant chef-d'œuvre, *Los hermanos separados*, qui avait déjà vendu 30 (trente) millions d'exemplaires, dont les deux tiers, il est vrai, en édition de poche. Mais il ne voulait pas imposer à autrui son humeur exécrable. Il alla à la fenêtre. Dans le square, des prostituées nigériennes et ghanéennes, habillées de robes vivaces aux couleurs de leurs villages, étaient marquées au fer rouge comme du bétail, dans l'indifférence générale, par des souteneurs licenciés en droit humanitaire, avant d'être déposées en camion sur les boulevards de ceinture afin d'y exercer leurs talents jusqu'à l'aube. Encore une hallucination ? Mais non, la scène était bien réelle, comme les relents de chair brûlée qui montaient à ses narines. Il avait assisté à un spectacle pareil l'année dernière, place de la Concorde, auparavant, à Covent Garden et sur l'Alexanderplatz : ne changeait que le lieu du tri, le sort que notre société réservait à ces infortunées restant le même. Pour une fois, la solitude lui pesait : elle impliquait une décision qu'il ne voulait pas prendre. Les aiguilles de l'horloge murale, un souvenir de l'ère soviétique acheté dans un marché aux puces moscovite, avec le profil chafouin de Lénine en surimpression, tournèrent cahin-caha. Il les surveillait du coin de l'œil en ébauchant des croquis sur son calepin, destination la corbeille. À vingt heures, il s'arracha à la torpeur et sortit vers la *trattoria* où nous l'avons rencontré au début.

Nous le retrouvons, un peu après minuit, dans l'immense appartement où il s'attable à son insomnie ; dédaignant pour une fois la vue apaisante du pan de l'église d'en face, il s'est levé pour aller chercher un autre chinotto à la cuisine. Il passe devant le meuble-frigidaire, un monument des années 1950, qu'il a fait repeindre en bordeaux (encore sa couleur préférée) car ces gadgets quasiment archéologiques reviennent à la mode. À côté, il a installé l'aquarium remporté lors d'une compétition sportive entre écoles primaires. Le spectacle des poissons rouges, les yeux ronds et imbéciles, se dandinant frénétiquement, le fascinait déjà. Plus d'une fois, à l'heure de les nourrir, l'enfant qu'il fut aurait souhaité plonger la main dans le bocal pour en attraper un et sentir entre les doigts la consistance du petit être frétillant. C'eût été le condamner à une mort cruelle et il n'osa jamais le faire ; mais la tentation demeurait forte, jusqu'au moment où maman fit cadeau de l'aquarium à la veuve du général Gruttu des Grenadiers de Sardaigne. Le jour même, celle-ci dévora les poissons tout crus et jeta le bocal dans la poubelle où il était allé le récupérer en sanglotant, dans la coupable indifférence des adultes.

Il boit le chinotto glacé lentement, comme on apprend à le faire dans les terres arides. Puis, il va aux cabinets, depuis quelque temps uriner devient douloureux, le jet peu abondant, il en reste toujours quelques gouttes posthumes dans son caleçon, l'urologue l'a soumis à des contrôles répétés. Remplir et vider machinalement l'organisme : il l'a fait pendant des années en se soumettant à des épreuves dont il a tiré une fierté masochiste, indifférent aux piqûres des insectes, aux insolations, aux changements de fuseaux horaires, aux vaccins, aux jeûnes prolongés ou au contraire, aux victuailles infâmes que son foie et ses intestins ont assimilées bravement, sans lâcher prise. Et maintenant son corps, ce fidèle instrument de travail, cette vieille rosse qu'il a lancée sur toutes les pistes, s'affaisse, s'humilie, négocie une trêve, demande pardon à l'existence des précautions qu'il exige. Son propriétaire n'arrive plus à lui imposer des ordres précis, n'est plus sûr d'être obéi, son cerveau divague, ses pensées s'embrouillent, tout peut basculer d'un moment à l'autre : les mouches et les toiles d'araignées qui menacent la rétine, rafistolée quatre ou cinq fois comme un sous-vêtement en loques, le guet-apens des migraines, les dents qui gigotent dans l'os des mâchoires, le dos qui se voûte, la sciatique, les jambes qui vacillent, les ongles qui s'incarnent, les touffes de poils grisâtres aux tempes, qu'il noircit avec discrétion une ou deux fois par mois, les autres poils qui sortent comme des vers des narines et des oreilles, les taches brunes aux mains qui cherchent les cigarettes qu'il ne fume plus et qu'il ne garde pas à la maison, craignant de retomber dans le vice. Ah, et ces cors dont le podologue n'arrive pas à le débarrasser… Toute cette mécanique dont l'entretien requiert désormais trop d'efforts et d'application, tous ses inachèvements qui se complètent et se chevauchent.

« *Toujours sa mauvaise conscience flottait comme les déchets, à fleur des marécages.* » Il oublie où il a glané cette phrase qui revient soudain, intacte, en mémoire[1]. Elle l'accompagne à travers les pièces et le long des couloirs où il a l'impression d'avancer en reculant, de fuir pour mieux s'ensevelir.

1. G.A. Borgese, *Rubè*, Milan, Treves, 1921 (éd. fr. *Vie de Filippo Rubè*, traduction de M. Gallot, Paris, Gallimard-L'Imaginaire, 1995).

« Marécages, marécages… », se répète Piero, ouvrant et refermant les portes, allumant les spots et les abat-jour sur sa carte du Tendre : les collections et les plantes qu'il ne reconnaît pas, les meubles et les ornements qui lui sont étrangers et qu'il a pourtant choisis un par un. Puis il éteint la lumière, craintif et honteux. Sa vue s'ennuage, la canicule du Ferragosto en ville, humide, stagnant, asphalté, se superpose aux buées filandreuses, au crachin du delta du Mékong, aux anfractuosités dégouttant de barbes sombres. « Parapluie dégoulinant et mou… », l'insulte, jaillie d'elle-même, lui fait du bien, l'aide à se sentir moins passif, moins dominé par les événements. Or, il sait parfaitement qu'il a non seulement attendu, mais préparé ce moment, il n'a jamais pu, pendant toutes ces années, se désennuyer d'*elle*. Il sait qu'il a tout fait pour oublier Chanthou, son image, sa consistance, sa texture, jusqu'à enfouir ses photos et ses lettres dans une chemise à détruire un jour, comme les *Pensées inutiles*… Non, il ne les a pas détruites pour permettre, pour justifier son propre retour.

Une heure et demie, deux heures. Enfant, il mettait le réveil au cœur de la nuit pour disputer le temps au sommeil et retrouver *Les Mystères de la jungle noire*, *Robinson Crusoé* ou *Vingt Mille Lieues sous les mers*. Maman, lorsqu'il devait se lever pour se rendre à l'école, le découvrait assoupi, la bouche ouverte sur les volumes illustrés dont il n'aurait pas voulu se séparer, bien plus importants pour lui que la médiocrité quotidienne, les douze portes-fenêtres sur le corso et les rues latérales, les randonnées à San Siro le dimanche pour vérifier si les descendants de Colibri et de Noisette étaient à la hauteur de leurs illustres devanciers ;

et, au retour, l'ossobuco et la côtelette panée que toute la famille mâchouillait, à l'instar de Senior, sans savoir pourquoi. Tout recommençait le lundi, les bureaux qui se remplissaient d'employés ratatinés, les banques dures comme leur marbre, les industries mécaniques et chimiques et les usines polluantes des périphéries, dont l'agglomération capitaliste tirait son pouvoir et sa morgue. Et les grands magasins avec leurs belles vendeuses inaccessibles... Il se souvenait toujours avec reconnaissance de celle qui un jour, dans une cabine, s'ajustait les bas devant le miroir jusqu'à révéler pour un instant sa culotte noire à ses yeux ébahis. Qui n'a pas connu très jeune de semblables apparitions, ignore ce qu'est le bonheur.

Parfois, une diversion agréable, une interrogation sur Hannibal qui traverse les Alpes, où il retrouvait ses héros nocturnes. Les yeux mi-clos, Piero (p'tit Pierre ?) se revoyait au milieu d'une cohorte de guerriers, de montures et d'éléphants couverts de bardes, qui avançaient lentement sur la croûte de glace pour ne pas se précipiter dans les ravins et esquiver la chute des rochers, se protégeant de leurs boucliers de cuir tressé contre les flèches des tribus hostiles. Tout à coup, dans un tourbillon de flocons et de frimas, surgit Hannibal sur son coursier arabe, ruisselant d'eau, de boue et de sueur. Ayant aperçu Piero, le général le scrute avec bienveillance de son œil non éteint en proférant « Mon brave ! », sous les vivats des soldats. Hélas, le sublime de la scène fut interrompu par une voix de crécelle : « Schetti, mais à quoi penses-tu ce matin ? On dirait que tu n'as pas dormi... *Multitudine sagittarum*, génitif pluriel. Tu peux retourner à ta place. » L'expédition était repartie sans l'attendre en effaçant ses traces sur les sentiers de montagne.

Non, il n'avait pas franchi les Alpes avec les troupes carthaginoises qui s'éloignaient sur le fil de l'horizon. Sa prédilection adulte pour les ponts était issue peut-être de ce rendez-vous manqué. Maintenant, plus modestement, ses pas l'ont conduit jusqu'à la limite extrême de l'appartement, là où commence l'aile séparée du corps central, louée au cabinet de comptables, appelée la « suite du colonel » dans la saga familiale. C'est une histoire qui l'a toujours amusé et qu'il se répète pour la énième fois, dans l'effort farouche de penser à *autre chose.*

*

Au cours de l'hiver 1943, grand-père devait éviter le transfert en Allemagne du matériel de l'usine, dont des moissonneuses-batteuses à peine brevetées, qui avaient coûté une fortune. Il est peu probable que cet équipement de premier ordre lui aurait été rendu, après l'« inévitable triomphe » des armées du Reich, comme il est certain qu'il l'aurait perdu, en cas de défaite. Un autre sujet de préoccupation concernait le sort de papa Emilio, sous-lieutenant de cavalerie, qui avait réussi à rentrer de Croatie, après le 8 septembre[1], maintenant caché à la campagne pour éviter

1. Date à laquelle fut annoncé inconsidérément par les Alliés l'armistice imposé à l'Italie vaincue. La république de Salò d'un réticent Mussolini fut instituée peu après, sous contrôle allemand, dans le centre-nord de la péninsule.

soit la déportation en Allemagne, soit l'enrôlement forcé dans les troupes de la république de Salò qui venait d'être constituée. Senior eut alors la brillante idée de mettre à la disposition du distingué colonel Faltenbach de la Wehrmacht et de son ordonnance l'aile au fond de l'appartement, avec accès indépendant au palier et à la cage d'ascenseur, qui n'avait plus été habitée depuis qu'une parente un peu folle y était morte. De cette façon, l'officier, devenu son hôte, accorderait sa protection à toute la famille, sans bousculer l'intimité et le décor des locataires. Une solution très diplomatique en pleine guerre civile.

Ce Faltenbach enrubanné de décorations, d'aigles diamantées et de croix de fer de 1re et 2e classes, ne devait pourtant pas être bien belliqueux. La première chose qu'il demanda, fort courtoisement d'ailleurs, fut de faire transférer dans sa suite un prie-Dieu florentin qu'il avait remarqué dans un des salons, tandis que grand-mère lui versait le thé. Le vœu fut exaucé, cela va sans dire, mais suscita quelques perplexités qui s'accentuèrent par la suite. Au lieu de pilonner l'ennemi sur la ligne dite « gothique », qui coupait l'Italie en deux, raison pour laquelle, tout compte fait, on l'avait envoyé de Berlin et on lui payait son salaire, il passait les journées dans sa chambre à lire les Évangiles, vraisemblablement à genoux, vu la requête du prie-Dieu. *Herr Oberst* avait d'autres singulières habitudes. Ainsi aimait-il se faire laver les cheveux et masser la peau du crâne par l'ordonnance, qui était dans le civil apprenti coiffeur à Munich et possédait d'autres talents : il accompagnait la séance en fredonnant des chansonnettes à la mode (du Reich) que son supérieur écoutait d'un air épanoui, les yeux fermés, un filet noué autour des tempes. Grand-mère l'avait surpris un jour, dans sa salle de bains, où il s'était faufilé, irrésistiblement attiré par les pots de crème et les flacons de lotion. Installé devant la coiffeuse, heureux comme un enfant dans une pâtisserie, il ouvrait, humait, reniflait les récipients, y plongeait un doigt, jonglait avec les petits ciseaux et les pincettes et se peignait longuement les cheveux, très courts mais blonds et soyeux, qu'il aurait souhaité peut-être faire pousser, si le règlement militaire y avait consenti.

Après un an et demi de sereine cohabitation, dans la mesure du possible, alors que dans les rues se multipliaient attentats, prises d'otages et exécutions, Faltenbach s'éclipsa, à l'aube du 25 avril 1945, jour de la libération de Milan, affublé, pour ne pas attirer l'attention, d'un costume de grand-père qui lui arrivait aux coudes et aux mollets, accompagné de l'ordonnance qui ne fredonnait plus, pâle comme la mort. Avant de filer vers le Brenner pour s'unir aux restes des divisions allemandes en fuite, le colonel tenait absolument à remettre, en bonne et due forme, son pistolet Luger au notaire Peretti du troisième étage, qui s'était autoproclamé plénipotentiaire du Comité de libération nationale, ce que tout le monde ignorait jusqu'alors. Le notaire, en homme de loi scrupuleux, se demanda s'il devait ou non émettre un reçu, s'agissant d'un bien ennemi. Mais cette éventualité se heurta à l'opposition farouche du général (de la réserve) Gruttu des Grenadiers de Sardaigne, qui s'était, lui, proclamé représentant militaire du Royaume du Sud, ce dont personne, mais vraiment personne ne s'était rendu compte jusque-là[1]. Il exigea de prendre en charge l'arme pour éviter qu'elle ne tombe aux mains des partisans communistes qui noyautaient le Comité de libération nationale, dans l'attente de déclencher l'insurrection bolchevique dénommée « Plan M » (comme Moscou, pas comme Mussolini, évidemment) : hypothèse qui ne fait toujours pas l'unanimité chez les historiens, soixante-quinze ans après. Les partisans, communistes ou pas, firent irruption peu après dans la « suite du colonel », où ils trouvèrent une pile de bibles et d'ouvrages de théologie, deux albums de timbres sans valeur (évidemment le Faltenbach philatéliste ne valait pas mieux que le condottiere) et une valise Louis Vuitton remplie d'eaux de Cologne et de parfums, doux souvenir du séjour de *Herr Oberst* dans la France occupée. On dédaigna les bibles et les timbres, tandis que les parfums prirent illico la direction du marché noir.

Au moment où les deux Allemands quittaient la ville, parmi plusieurs milliers d'autres, papa Emilio, sorti de sa cachette à la vingt-cinquième heure, y faisait une entrée triomphale, encarté depuis la veille dans les formations de la Résistance. Son épopée maquisarde connut néanmoins une fin peu glorieuse, lorsque des témoins fiables le reconnurent au premier rang dans la foule d'irréductibles venus applaudir le Duce, les larmes aux yeux et le bras tendu dans le

1. Les Alliés avaient permis au roi Victor-Emmanuel III et à son nouveau Premier ministre, le maréchal Badoglio, réfugiés à Brindisi dans les Pouilles après le 8 septembre 1943, d'y constituer, sous leur tutelle, un Royaume (d'Italie) du Sud, jusqu'à la fin de la guerre civile et la réunification du territoire national, le 25 avril 1945.

salut fasciste, lors du dernier, spectral meeting milanais du dictateur au Teatro Lirico, quelques mois plus tôt. Emilio réussit miraculeusement à éviter de plus graves sanctions et s'en tira avec un ou deux vigoureux coups de pied au cul. Après le colonel et son ordonnance, ce fut le tour des libérateurs, et l'immeuble compassé aux numéros 48 et 48 bis du corso se transforma pendant quelques mois au rythme des *boogie-woogies*, qui faisaient tinter les lustres. La « suite du colonel » fut également « libérée » par un capitaine italo-américain des marines, qui la transforma gaillardement en porcherie, parmi les boîtes de viande précuite *spam*, les canettes de bière et de Coca, les mégots de Camel et de Peter Stuyvesant qui bouchaient les cabinets et des montagnes de magazines pour les troupes, qui exhibaient les grâces de starlettes invariablement appelées Jane ou Lucy, encore inconnues du public européen. Les manières rudes et cordiales de l'officier ne laissèrent pas insensible mademoiselle, qui désirait fortement abandonner la carrière de vieille fille bernoise et d'araignée de bonne famille. Grand-mère, qui avait eu vent du flirt trop explicite, d'autant que mademoiselle était tombée enceinte, obtint son renvoi, ainsi que le départ du fringant marine, mettant fin à l'idylle. Personne dans la famille ne s'émut du sort de la préceptrice ; en revanche, la disparition du capitaine provoqua les pleurs interminables de Loredana, alors âgée de cinq ou six ans, qui répétait en boucle les gros mots en *slang* qu'il lui avait appris, de quoi faire rougir un docker du Bronx. Puis, tout revint rapidement à l'ennui bourgeois de l'après-guerre.

Piero, n'étant pas encore né, ne fut pas témoin de ces faits mais en eut un écho indirect. Une dizaine d'années plus tard, Faltenbach réapparut en adressant une longue lettre à grand-mère depuis le monastère bavarois où, toujours assisté par son ancienne ordonnance, il résidait comme oblat conventuel, loin des misères et des errements de ce monde pour lequel il n'était décidément pas taillé. Il joignait à la missive, pour exprimer sa gratitude, la reproduction d'une médaille de la Vierge du XVe siècle, qui fut destinée au baptême de l'héritier mâle des Schetti Presutti, venu enfin au monde. Piero dut la porter jusqu'au jour où il jura qu'il l'avait perdue, à l'école ou dans la rue, et on n'en parla plus. C'était son premier mensonge, et il en éprouva un peu de honte (pas trop). Mais c'était surtout son premier geste de rébellion, dont il se sentit très fier ; d'autant qu'il ne devait pas être suivi par beaucoup d'autres.

*

Fin du récit-souvenir, qui l'a distrait de ses laborieuses pensées en lui arrachant un sourire de répit pendant quelques minutes seulement. La montre indique implacablement deux heures et demie, rien à faire de ce côté-là. L'angoisse s'empare à nouveau de lui, comme la douleur resurgit à la fin d'une anesthésie. Oui, force est de se l'avouer, c'est depuis ce jour-là qu'il attend, dans l'espoir, mieux, la conviction que quelque chose va se produire. Il s'agit de faire en sorte que l'angoisse se transforme en soulagement, en adhésion intime à ce qui va suivre. Il doit faire un effort, retrouver au fond de lui-même ce qu'il a vécu *alors*, imparfaitement, et qui s'est cristallisé jusqu'à lui faire découvrir aujourd'hui la réponse qui le complète. Pourquoi était-il parti, pourquoi avait-il quitté cette esquisse de bonheur et de plénitude ? Il ne le sait toujours pas mais il sait désormais qu'il peut l'atteindre. C'est une perspective frappée au coin du bon sens.

Alors, il retraverse comme un fou l'appartement en sens inverse, au risque de se heurter aux meubles, de faire voler en morceaux la vitrine avec les porcelaines de la Compagnie des Indes – il en restait trente-deux, les autres avaient été pulvérisées dans les transports : ces déménageurs il faudrait les pendre haut et court ! –, de fracasser le lutrin flamand de la Renaissance, de bousculer les statuettes, d'égratigner le portrait de jeune fille au chapeau attribué à Whistler (attribution douteuse), de saccager les plantes grasses. Enfin, parvenu au dernier salon, il trébuche sur l'installation, exposée à la dernière Biennale de Venise, d'un suprématiste michoumistanais, *La Déesse de la fertilité*, en polyéthylène, fil de fer et serviettes hygiéniques usées, une connerie payée trop cher, achetée par conformisme, oui parfaitement, pour se montrer à la hauteur lors d'un dîner avec Bottargo, le critique officiel du parti de l'Achèvement, issu d'une scission de celui du Soulèvement au congrès de Champignac. Maintenant, il jetterait au feu la sculpture, le sculpteur, Bottargo et *tutti quanti* pour arriver à temps. Mais où diable a-t-il laissé son iPhone ? Il compose en tremblant le numéro, qu'il sait toujours par cœur, et envoie un sms très court, de crainte de l'effacer par maladresse électronique, qu'*elle* pourra lire au réveil : « *J'arrive.* »

IV

Des instantanés forts, lancinants, des fragments, des impressions, des images, des notes éparses : tout le matériel des *Pensées inutiles* qu'il n'arrivait pas à classer, à harmoniser. Peut-être qu'au fond, il ne le souhaitait plus. Et les phantasmes le poursuivaient, cette nuit, avec un acharnement sans relâche. Les chimères voltigeaient d'une pièce à l'autre, jusqu'à la cuisine, où il faisait halte avant de reprendre son circuit domestique car nous savons que les vieillards, l'été, doivent boire beaucoup d'eau, bicarbonée de préférence, pour éviter de se déshydrater si leur foie est chargé.

*

Vendredi (...) *Le soir, sur le Mékong, on boit une bière locale passable, du tinto chilien entêtant et du prosecco de Trévise, un peu interlope. Le fleuve coule à la recherche d'un fil de brise qu'il ne trouve pas, tandis qu'émergent de l'obscurité, comme un essaim d'abeilles noctiluques, les mille lumières contrefaites, larges, fluettes, clignotantes de la nuit indochinoise.*

Des flots d'adolescents se déversent dans les allées vaguement soviétiques, à vélo ou mobylette, souriant à l'étranger, sans rien d'accrocheur ni de coquet. Deux tiers des quatorze millions de Cambodgiens ont moins de quarante ans, un tiers moins de vingt. Les vieux semblent se recroqueviller pour ne pas gêner, dans les hamacs disposés devant les paillotes et sur les bancs des jardins, entourés de félins compassés, qui gardent leur maintien dans les brouilles amoureuses. Quand je rentre à l'hôtel, très tard, avec Chanthou, je passe tout près de ces corps encagés dans le sommeil et leur souffle me rassure, ils sont vivants et confiants.

L'air est lourd : un mélange d'épices, de fruits mûrs, de nourriture macérée, d'égouts à ciel ouvert, d'essence pauvre en octanes. La chape d'humidité est lacérée par les averses, une ou deux fois par jour : la saison des moussons de sud-ouest s'étend de mai à octobre. Peu après, tout revient à l'état d'origine, il n'en reste qu'un doigt de boue sur les chaussées peu ou prou goudronnées. Les Cambodgiens, qui ont le culte de la propreté, se remettent patiemment à laver les portes et les murs de leurs habitations, les trottoirs, les bus, les kiosques du marché. Et ils se lavent inlassablement eux aussi : un magasin tous les dix ou douze arbore une pancarte de coiffeur, les tarifs sont à la portée de tous. Les photos et les bannières montrent l'effigie du couple royal souriant et digne, qui veille sur deux millions de sujets dans la seule capitale. Le trafic est incessant, chaotique : si on respecte une règle, mais il faut vraiment aller la chercher, c'est celle d'emprunter les voies en sens interdit. Mais chacun donne la priorité à l'autre et tout le monde aide qui se trouve en difficulté, sans un klaxon, une injure, un geste d'impatience, avec une compassion orientale qui ne résout pas les embouteillages mais les apaise. Les accidents de la circulation sont d'ailleurs rares, en tout cas je n'en ai pas observé de graves du balcon où je passe des heures, mes notes et mes dessins de travail sur les genoux, flottant dans ce temps suspendu. Les voitures sont généralement en bon état, sauf quelques bosses à la carrosserie ou au pare-chocs, dans la moyenne indochinoise. Les transports publics sont remplacés par les taxis et les tuk-tuk, le tricycle motorisé devenu, comme le placide buffle d'eau, le symbole d'un pays à la fois mobile et immobile, noble toujours. À la sortie des usines, les ouvrières se hissent sur les camions militaires de fabrication chinoise qui repartent en cahotant, lourds comme des grappes, vers les villages de l'intérieur. Dans l'attitude de ces femmes tout est douceur et dignité, traits révélateurs d'un peuple qui a trop souffert dans l'indifférence du monde. Les mendiants sont peu nombreux et discrets, la police cordiale mais vigilante, la ville semble sûre. (…)

*

Lundi (…) *Phnom Penh n'est pas une étape indispensable dans l'itinéraire asiatique des paradis artificiels et des labyrinthes du vice. Sa renommée est aussi modeste en ce domaine que son offre, les endroits pour amateurs de sensations fortes relativement peu nombreux, peu achalandés, peu originaux. Un rideau en treillis s'ouvre sur un étalage de gadgets en gomme, en plastique, en polyester, rebuts de quelque magasin spécialisé d'Amsterdam ou de Hong Kong, disposés comme les nains de Blanche-Neige dans nos pavillons de banlieue. On avance dans le couloir étroit en faisant attention à ne pas renverser les piles de DVD pornographiques* made in USA *ou*

South Korea, *minutieusement répartis par ordre alphabétique, de* Acrobatics *à* Zoophilia. *On arrive enfin à un cubicule où on vous installe sur un banc grossièrement verni, pas plus de cinq ou six personnes à la fois ; la plupart sont des touristes du Nouveau Monde bien en chair, mieux vaut rester debout pour ne pas être écrasé par cette viande capitaliste. Derrière une paroi de verre, des poupées lourdaudes, l'œil absent, exécutent des gymnastiques compliquées, s'enfilent des carottes ou des courgettes dans les orifices, avant de les gober diligemment, avec autant d'ardeur qu'une ménagère du Midwest préparant une tarte aux pommes. Chanthou, qui n'a pas voulu me suivre à l'intérieur, affirme qu'elles sont thaïlandaises ou philippines, aucune Cambodgienne ne s'y prêterait ; mais c'est peut-être la corde patriotique qui vibre en elle. Les touristes, tous d'un âge certain, étouffent des rires qui font claquer les râteliers. Le gérant opine du chef, souriant et charitable, en se grattant l'orteil. (…)*

Les enfants sont beaux et espiègles mais il est préférable de ne pas les regarder avec trop d'insistance : la plaie pédophile se répand même ici et tout étranger pourrait en être porteur. Les jeunes filles exhibent des chevelures luisantes, sans les teindre en blond, vert ou orange comme leurs cousines nippones ou coréennes. Leurs corps fuselés semblent fragrants comme du pain frais, leurs pieds effilés à l'arcature impeccable nous font oublier les extrémités énormes, carrées, cornées, charpentées, dignes de légionnaires romains ou de frères pénitents qui patrouillent impunément nos villes, l'été. En voici une qui passe devant moi, avec un port de reine, dans un nuage de poussière, vêtue de pauvres hardes, au rythme de la chanson qu'elle fredonne, traînant une charrette d'amandes grillées et de concombres dans la foule d'Occidentaux en nage, qui l'ignore, la bouscule et souhaiterait, inconsciemment, piétiner tant de grâce.

*

Dimanche (...) *« Une vision qui anéantit. » Ainsi dit-on que s'exprima le naturaliste français Henri Mouhot, lorsqu'en 1861, en pleine jungle, il resta bouche bée, incapable d'en croire ses yeux, à la vue d'Angkor Wat, le plus imposant des temples et des monuments qui, par centaines, parsèment l'aire démesurée d'Angkor, au cœur de l'antique empire khmer, à trois cents kilomètres de l'actuel Phnom Penh. Cent soixante ans après, les fouilles et le défrichement de cet immense patrimoine ont permis d'en mettre en valeur toute la portée. La marche du progrès, avec ses incohérences et ses cahots, a continué aussi : on a construit des routes, la déforestation menace la flore et la faune, une agglomération moderne est née à la lisière de l'ancienne capitale impériale pour héberger les missions scientifiques et les visiteurs venus du monde entier. Pourtant, on reste médusé, tout comme Mouhot, face à une vision réellement hors pair. Il ne s'agit pas seulement de la grandiosité de l'ensemble, indiscernable à l'œil nu, mais de l'harmonie qui se dégage de la cité miragineuse, à la confluence de l'histoire et du mythe. Des champs d'épandage s'ouvrent au loin, gras, monotones, résiduaires, entre les palais aux arcs dépéris.*

La phase d'apogée de l'empire sur presque toute la péninsule indochinoise s'étend du IXe *au* XIVe *siècle de notre ère, avant les invasions birmanes qui en fragilisèrent l'unité, ouvrant la voie au colonialisme français. Cinq siècles d'un essor artistique et architectural fondé sur le syncrétisme entre ses différentes composantes religieuses (hindouisme, shivaïsme, bouddhisme, etc.), le culte des ancêtres, l'adoration du linga, symbole de fertilité, le culte du Devarâja, le dieu-roi et ainsi de suite, furent anéantis par des conquérants qui se croyaient porteurs d'une civilisation supérieure. Alors, les sablonnières conquirent le terrain fertile, broussailles et herbes folles poussèrent dans les rainures de la pierre, comme les lézards et les couleuvres se lovaient dans les déchiquetures du Colisée et de l'Ara Pacis, là où l'homme avait élevé aux dieux son espoir lancinant de durer.*

Chacun des vingt-sept souverains qui se sont succédé alors a laissé le témoignage de sa vocation de bâtisseur et de mécène, même si la main-d'œuvre était composée d'esclaves soumis à un écrasant labeur, massacrés par le fouet des contremaîtres, dévorés par les molosses, engloutis par les sables mouvants et les terres alluvionnaires : une œuvre d'art est rarement innocente et indolore. Le plus éminent d'entre eux, Jayavarman VII, régna de 1181 à 1218 environ, mit fin aux infiltrations de l'ethnie rivale des Chams et construisit la capitale d'Angkor Thom. Le sanctuaire de Bayon, au centre de ce gigantesque rucher, est ponctué d'une multitude de tours ciselées, inachevées, bâties sur des cratères lunaires, donnant à l'ensemble un aspect alvéolaire, corallien. Le sourire du dieu-roi guide nos pas et Chanthou se serre à mon bras, suscitant de ma part un désir qui n'a, je le crains, rien de divin. (…)

*

Vendredi (…) *Chanthou, nom qui semble évoquer un parfum des années 1920, bien qu'elle ne le considère pas comme un compliment, signifie, à peu près, « celle qui incarne l'équilibre ». À treize ou quatorze ans, en uniforme de lycéenne, elle dévoilait (sans le dévoiler) le même regard confiant, les mêmes traits, le même profil qu'aujourd'hui, où elle en a vingt. On distingue à peine, dans le sourire un peu figé des photos de classe, l'appareil que le dentiste lui avait implanté pour corriger une malocclusion des incisives. Elle me montre ses cahiers scolaires, dont elle est fière à juste titre : "Premier prix en mathématiques", "Premier accessit de dessin"… C'est curieux, mon passé n'a aucun intérêt pour moi, n'en a jamais eu, je m'en débarrasserais volontiers, je porterais volontiers un autre nom (mon prétendu titre, fierté du grand-père, m'a toujours fait rigoler), alors que je souhaiterais connaître tous les plis et replis du sien, tous les événements qui ont marqué sa vie, pour les transformer en quelque chose qui puisse sinon m'appartenir, au moins m'aider à me comprendre. Je crois n'avoir jamais rien éprouvé de semblable (la Viennoise ? l'Américaine ?* Quod avertat Deus !*). Et elle, qu'éprouve-t-elle ? Impossible de le savoir, il y a une pudeur que je n'arrive pas à percer, et toujours ce regard ourlé, qui ne fuit ni ne demande. Ici ou ailleurs, serait-ce pour toi toujours la même errance inscrite dans les astres, vieux parapluie ? (…)*

*

Mardi (…) « Pol Pot no good », *affirme le chauffeur de taxi en hochant la tête, comme s'il parlait d'un cousin qui a mal tourné, ou de l'équipe locale qui a perdu un match.*

Difficile de lui donner tort : pourtant comme tous les autocrates, les plus sanguinaires de préférence, il eut également ses supporters, qui n'étaient pas seulement ses complices. Un peuple entier se confondit avec lui, jusqu'à risquer l'extinction. Les Khmers rouges, armés et équipés par la Chine populaire, entrèrent à Phnom Penh le 17 avril 1975. Ce fut le triomphe du « Kampuchéa démocratique » sur le régime proaméricain du général Lon Nol, qui avait déposé le roi Sihanouk. En fait, la guerre civile durait, avec quelques interruptions, depuis la déclaration d'indépendance du Cambodge, en 1953. Un peuple doux et tolérant avait été élevé dans la conviction de l'inévitabilité de la guerre. Les bombardements américains massifs sur les bases présumées des Viêt-Cong en territoire cambodgien, se soldèrent par un échec sanglant sur lequel Kissinger a écrit tout un livre pour se justifier. La foule descendit dans les rues pour saluer la paix, ignorant ce qui l'attendait. En moins de quatre ans, la population décrut de huit à six millions et demi d'habitants : les chiffres du génocide varient de quelques dizaines ou centaines de milliers d'unités, selon les sources, mais le résultat ne change pas. Staline, Hitler et Mao ne peuvent pas se vanter d'avoir fait mieux, en proportion, que « Frère Numéro Un », qui s'éteindra tranquillement dans son lit, vingt ans plus tard, peut-être empoisonné, avec la certitude en tout cas d'être entré dans le Guinness des records, *et, à sa façon, dans l'histoire. Heureux, vraiment, les peuples qui n'en ont pas.*

Les portraits de Pol Pot, né Saloth Sar, ne révèlent pas grand-chose à l'enquêteur et sembleraient démentir les critères de la criminologie positiviste : vaste front, joues pleines, sourire ouvert. Seul signe inquiétant, dès l'enfance, la moue tournée vers le bas des lèvres. Comme la plupart des exterminateurs de masse d'un XXe siècle fertile en la matière, toutes couleurs idéologiques confondues, Pol Pot n'était pas d'origine prolétarienne. Il provenait d'une famille de commerçants aisés, proches de la Cour, et jusqu'à vingt ans ne manifesta aucune appétence pour la politique. Au cours d'un séjour d'études à Paris, à la fin des années 1940, il entra dans l'orbite du Parti communiste français, incubateur de révolutionnaires asiatiques, de Zhou Enlai à Hô Chi Minh. À partir de là commença son ascension, suivant la méthode infaillible d'éliminer l'un après l'autre ses adversaires, surtout les compagnons qui pouvaient devenir ses concurrents. Cette paranoïa shakespearienne prit deux visages. À l'intérieur, Pol Pot appliqua le maoïsme intégral et le retour forcé à l'agriculture en expulsant la population des centres urbains où il voyait, comme les théologiens de l'Inquisition, l'empire de Baal et Mammon. En politique étrangère, il sut jongler habilement avec la rivalité entre l'URSS et la Chine pour la conquête du Sud-Est asiatique, après la déconvenue américaine au Vietnam. La plupart des pays non alignés et plusieurs chancelleries occidentales fermèrent avec bienveillance un œil, voire deux.

Le camp de Choeung Ek, à une quinzaine de kilomètres du centre-ville, entouré aujourd'hui de l'habituel fouillis de maisons, échoppes, basses-cours, marchés et dépôts, garde le triste privilège d'être le seul « killing field » ou charnier de la capitale, sur les trois cents environ qui ont été identifiés dans le pays. Le seul, mais non le moins efficient. Vingt-cinq mille personnes, impossible d'en établir le chiffre exact, y trouvèrent la mort, les deux tiers à cause de la faim et des traitements inhumains, le reste massacré avec tout ce dont leurs geôliers pouvaient disposer : des pioches, des bêches, des coutelas, des chaînes de bicyclette, n'importe quoi pour épargner les munitions. Les exécutions avaient lieu généralement la nuit, à la lumière des phares de camions, dans le vacarme des chants révolutionnaires diffusés par les haut-parleurs afin de couvrir les cris des agonisants et galvaniser les tueurs, pour la plupart très jeunes, presque des enfants[1]. *Les cadavres étaient ensevelis sous une mince couche de terre et de pierraille, les exhalaisons terrorisaient la population de la ville et des villages avoisinants, autre avantage de l'opération.*

On l'appelle mémorial du génocide, pour le distinguer du musée de Tuol Sleng, en plein Phnom Penh, qui était un centre de torture, où les meurtres avaient lieu à une échelle plus confidentielle. À l'entrée, les visiteurs reçoivent un audioguide, qui décrit les stations du calvaire de façon factuelle et d'autant plus sinistre. On peut écouter, enregistrés, les témoignages des survivants et de leurs bourreaux, parmi lesquels l'ancien commandant du camp, qui, trente ans plus tard, implore le pardon et jure de prier tous les jours pour ses victimes. Le vent souffle où il veut... Deux vitrines trônent dans un stupa, ou cénotaphe, au fond de la salle : la première contient des centaines de crânes retrouvés pendant les excavations ; l'autre un magma moisi de haillons tachés de sang, de pus, de fragments de cerveau, d'urine, de matière fécale, comme dans une toile de Bacon ou un sac de Burri. Les murs sont couverts de photographies qui exposent l'ingrat travail nécessaire pour

1. Il paraît que les producteurs de la série culte *Tous éventrés* avaient été alléchés par le sujet, avant de se ranger à l'avis inspiré du directeur de production : « Mais qui s'intéresse aujourd'hui à ces connards de Khmers rouges ? »

récupérer les dépouilles, ainsi que les portraits des victimes les plus connues : fonctionnaires et militaires du précédent régime, hommes politiques, intellectuels, savants, médecins, jusqu'aux comptables, aux caissières et aux puéricultrices. Quiconque savait lire et écrire était suspecté d'être un ennemi de classe. Ne manque pas le plus célèbre chanteur rock de l'époque, à la mine d'Elvis ou de Johnny local, banane comprise : trucidé également, même si Pol Pot, à ce qu'on raconte, se détendait volontiers en écoutant ses tubes. À la fin, lorsqu'on ne savait plus qui embrocher et que la machine tournait à vide, on choisissait au hasard : il suffisait de porter des lunettes ou d'exhiber des dents d'or ou de porcelaine pour finir dans le collimateur.

Dans les physionomies des assassins, hommes et femmes, on s'attendrait, là encore, à découvrir des faciès sous-humains. Ce sont, au contraire, des visages anonymes et indifférents de paysans et ouvriers adolescents, souvent analphabètes, comme les gardiens des camps d'extermination ou des goulags. Les adultes sont peu nombreux : avec l'âge, on éprouve moins de zèle à charcuter et occire son prochain. Pour remédier à ces mollesses bourgeoises, Pol Pot avait prévu de décomposer et recomposer la cellule familiale : les mariages et les divorces étaient décidés par le Parti, les enfants élevés en batterie comme des poules. De l'homme vidé de ses impuretés, ne devaient rester que les cendres. S'il avait pu les cloner, assisté d'un docteur Mengele réfugié sur les Hauts Plateaux au lieu du Paraguay, il aurait atteint le comble de son programme. C'était, au fond, un automate hermaphrodite, inconsciemment futuriste, qui voulait procréer de lui seul et qui arriva presque à son but. Mais les utopies, y compris les plus mortifères, ont leurs jours comptés. En janvier 1979, ses anciens alliés vietnamiens, discrètement épaulés par l'URSS, décidèrent qu'il fallait en finir et envahirent le pays. Pol Pot réussit à se sauver mais son astre s'était éteint pour toujours.

Chanthou a déposé un petit bouquet de fleurs sur le monument et s'est agenouillée pour prier, après quoi nous allumons un cierge en choisissant celui qui coûte le moins cher mais fera le plus de lumière, ainsi que le lui ont appris les Petites Sœurs de Jésus, car les choses infimes sont plus proches de l'Éternel. Je lui demande son avis sur le phénomène Pol Pot. Elle hésite, puis me regarde de ses yeux limpides, rendus émouvants par un léger strabisme : « La rancœur, je crois. » Elle n'ajoute rien d'autre, à moi de déchiffrer la suite. Je n'ai pas osé lui demander ce que sa famille avait subi à l'époque. Elle, heureusement, est née après et a grandi sur une autre planète. Mais la rancœur ne suffirait pas sans le délire d'omnipotence. Pol Pot était-il convaincu d'incarner le nouveau Jayavarman bolchevique en bien moins compatissant ? Qui pourrait l'exclure ? Le pays n'était plus à ses yeux qu'une immense vigne à sulfater, et tant pis si l'acide, en détruisant les bactéries, aurait annihilé toute forme de vie.

Comme pour les souverains d'Angkor, rien ne devait échapper à sa toute-puissance. Il avait choisi personnellement l'uniforme unisexe obligatoire pour tous les Cambodgiens : combinaison de tissu rêche, foulard de coton au cou, sandales découpées dans la gomme des véhicules. C'est pour cette raison, peut-être, que ses derniers complices, fidèles aux symboles, ont livré son corps aux flammes sur une pile de lattes d'essences, de câbles et de pneumatiques. (…)

*

Dimanche (...) *Nue sur le divan, Chanthou exprimait au mieux sa nature, comme si tout, autour d'elle, avait été déformé, compromis, épaissi par les conventions. La spoliation d'un mystère que les sens ne sauraient apaiser et qu'aucun homme, sauf peut-être un fakir ou un anachorète se mutilant avec une pierre effilée et inscrivant ses pensées dans le chas d'une aiguille, ne pourra jamais atteindre. Narcisse contemple son image reflétée dans l'eau et se noie, ne pouvant la posséder : c'est, typiquement, un mâle. Les femmes au contraire, moins enclines au renoncement sacrificiel, préservent la majesté du sexe dans leurs formes libres de constrictions et dans la trace secrète du sang. Elles veillent sur les menstrues qui pulsent comme une veine aurifère, pour garantir la continuité de l'espèce et la certitude qu'elle ne mourra pas.*

V

« Il est presque cinq heures, mon garçon. Qu'aurait dit ta mère ? »

La voix de Senior, teintée d'un petit dédain affectueux, le frappa comme un coup de poing à l'estomac, surgissant vers lui du cadre en argent sur la commode. Il ne manquait plus que ça ! Piero essaya de sortir à reculons de la pièce en éteignant la lumière derrière lui : trop tard. « Je n'arrive pas à dormir, en effet, répondit-il, en feignant une attitude désinvolte. Quant à maman, je te prie de la laisser reposer en paix, elle l'a bien mérité. Dois-je te rappeler qu'elle est morte il y a une quinzaine d'années, peu après ton propre décès ? » « Pas possible ! répliqua l'autre, en comptant sur ses doigts d'un air perplexe. C'est incroyable comme le temps passe, alors que pour moi, figure-toi, il ne passe jamais… » « Forcément, grand-père, le temps est un problème qui ne te concerne plus, là où tu te trouves… » Et il ajouta, entre ses dents : où j'espère que tu resteras pour toujours, sans venir m'empoisonner…

« Entendu. Mais ne vaudrait-il pas mieux que tu te couches deux ou trois heures, avec tout ce qui t'attend demain ? » « Tu sais que je n'ai pas besoin de beaucoup de sommeil. » « Erreur. Quand on est fatigué, on commet des sottises et on prend des décisions que, l'esprit reposé, on aurait évitées. » « Mais j'ai déjà choisi, tu le sais bien ! » « Ah bon… Non, je l'ignorais. Et quelle serait cette fameuse décision ? » La note de dédain était devenue moins affectueuse, en fait elle ne l'était plus du tout. Sur la photo en noir et blanc, les yeux aqueux, tout à coup durs et minéraux, le dévisageaient sans bienveillance, la moustache jaunâtre à la docteur Schweitzer hérissée dans le rictus des lèvres, le corps raide dans ses vieilles laines anglaises… Piero reconnut mal volontiers ces traits si semblables aux siens, mis à part la moustache qu'il n'avait jamais portée (détail sans importance). Il se trouvait en face d'un miroir de ses désirs et de ses lubies, rien de plus, rien de moins.

La fin du grand-père avait été ombrageuse et circonspecte, comme toute sa vie. Il ne s'était plus remis de son AVC, n'avait pas retrouvé l'usage de la parole ni le fonctionnement du bras et de la jambe du côté droit ; il fallait le manier avec soin et le tourner plusieurs fois par jour pour éviter le risque d'escarres. Et puis l'habiller, le déshabiller, le laver, le conduire aux toilettes. Sa mère refusait de renoncer à son bridge version simplifiée, peut-être à la suite d'une rancune tenace. Piero avait essayé de s'occuper du vieillard pour lui manifester un dévouement réellement filial, corporel. Trop gauche et vite écœuré, il avait dû recourir au personnel spécialisé qui coûtait une fortune : ces maudites assurances, avec leurs mille exceptions en caractères microscopiques sur les contrats, ce n'est que du vol à la tire. Pendant quatre ou cinq ans, alors qu'il parcourait le monde aux ordres de Bimas, l'infirme, la bouillotte sur les genoux, avait continué à végéter, entouré d'une batterie de médicaments aussi chers qu'inutiles, le lorgnon, la montre de gousset et le programme des courses de San Siro que personne ne décachetait plus, posés sur une tablette, le râtelier immergé dans un verre de désinfectant.

Quand il revoyait Piero, tous les deux ou trois mois, un vague sourire lui distendait les lèvres, d'où s'échappait un gargouillis de bulles de salive, comme une eau de vaisselle. L'immense appartement semblait alors, si possible, encore plus lugubre. Le pus de l'agonie suintait de partout, imprégnait les rideaux, les housses, les tapis, les bégonias de maman. Piero avait l'impression de ne pas s'en libérer même sous la douche. Personne ne comprenait ce que l'infirme souhaitait communiquer, on s'en fichait d'ailleurs. Médecins et nurses s'affairaient à compter le gain qu'ils pouvaient encore tirer du mourant ; le reste de la famille, occupé à calculer et à se disputer, parfois à haute voix en face de lui, les parts de l'héritage. Un dimanche, au cours du déjeuner familial, la fille de Valerianna, étudiante en psychologie destinée à une brillante carrière de chômeuse, crut trouver une explication en indiquant le vieillard affaissé au bout de la table : « Il nous en veut, comme si c'était notre faute. » Ce n'était peut-être pas faux. Piero nourrit longtemps le soupçon que la mort subite du patriarche avait été causée par un raticide dont les sous-gendres avaient saupoudré son ossobuco. Mais il était trop loin pour exiger une autopsie, et quand il se précipita de Madagascar à Milan, le cadavre venait d'être enterré. Aucune preuve pour les envoyer en prison à perpétuité, la peine de mort ayant été abrogée en 1948. Dommage.

Aujourd'hui, tant d'années après son décès, Senior était réapparu pour prouver une fois de plus que, même d'outre-tombe, il restait le maître du jeu : son rejeton devait continuer à s'incliner devant lui. L'au-delà semblait l'avoir remis en forme, agile, retors et maléfique, comme avant l'AVC. « Eh bien, je pars ! » déclara Piero avec un brio qu'il aurait souhaité sincère. « Tiens, tiens. Et quand ? » « Le temps de laisser des consignes au bureau, disons demain après-midi, ou dans la soirée. » « Je comprends. Pour longtemps ? » « Franchement je l'ignore. » « Tu l'ignores... Puis-je au moins te demander si c'est loin ? » Il hésita : comment éviter de lui dire la vérité, sans recourir au mensonge ? « Paris. Dans l'immédiat. »

Une lueur amusée brilla dans ses yeux chassieux. « Ah, Paris, la Ville lumière ! – l'accent était atroce mais l'extase, bien réelle – Je m'y suis rendu avec Colibri (ou était-ce Noisette ?) une ou deux fois avant la guerre, au concours de Longchamp. Si tu fouilles parmi mes affaires tu trouveras une plaque en argent vermeil qu'on m'avait offerte comme à tous les participants, mon ami Peretti m'a dit que c'était en fait du maillechort, toujours radins ces Gaulois... On y mangeait affreusement, mes acides uriques après deux jours tournaient au vinaigre, un vrai supplice, les sauces, les frites, les quenelles, les crêpes Suzette, toutes ces saloperies qu'il faut une semaine pour digérer... Figure-toi que plus tard ta mère, pour je ne sais quel anniversaire, a décidé d'en préparer… » « C'était *mon* anniversaire, grand-père, si tu permets, mes quatorze ans. Quand elle a ajouté le Grand Marnier pour les flamber, elle a brûlé la poêle. Peut-être une anticipation de ce que me réserverait la vie… » « Allons, mon garçon, tu as la manie de trouver des pressentiments partout, tu ne perds pas une occasion de jouer à la victime… » « Bon sang ne saurait mentir. » « Euh… laissons tomber. Alors, à Paris tu pars avec une femme, j'imagine. On va toujours avec une femme en vacances à Paris. » « D'abord je ne pars pas en vacances. » « Ah oui, le travail ! Ce ne serait pas une nouveauté, tu travailles tout le temps, n'est-ce pas ? Seulement tu ne voyages plus, tu es devenu plus casanier que je ne l'étais. Et les femmes, bah, j'ignore si elles t'intéressent encore. D'ailleurs tu n'as jamais été un chaud lapin. Bref, mon cher, je ne te crois pas. »

Piero continuait à reculer vers la porte, tâtant le mur à la recherche de ce maudit interrupteur pour replonger le vieillard dans l'obscurité d'où il n'aurait jamais dû sortir. Il regarda anxieusement autour de lui, mais le pan de l'église en face était trop éloigné pour le rassurer. « Tu ne me crois pas ? » « Pas le moins du monde, désolé. » « Et de quel droit ? » Suffoquant de colère, il aurait voulu le frapper, mais comment s'en prendre à une ombre ? « Oh, je ne nie pas qu'il y ait un petit prétexte de travail à la base mais vraiment tout petit. Tu cherchais depuis longtemps une excuse professionnelle pour te rendre à nouveau à Phnom Penh, sinon tu n'aurais jamais trouvé le courage, je te connais, mon garçon. Et qui cherche trouve. Je sais parfaitement que c'est bien ta destination et que tu ne t'arrêteras à Paris que pour changer d'avion et rencontrer ton ami Tall : je me souviens de lui, quand vous étiez à la Montessori, il venait goûter à la maison et, au lieu de jouer aux gendarmes et aux voleurs, il mettait en scène le congrès de Vienne, c'était déjà une obsession chez lui… Mais, pauvre nigaud, s'il t'a appelé c'est uniquement parce que, vu le forfait du grand Frustelli, il cherche un délégué italien à la conférence du patrimoine. Toi ou un autre, c'est égal, et si tu renonces, il trouvera bien quelqu'un de plus jeune et ambitieux, les diplomates ont toujours plusieurs cordes à leur arc. Personne n'est irremplaçable, tu le sais bien. » « Où veux-tu en venir ? » « Moi ? Nulle part, quelle question. Ou mieux : te prouver que cette conférence t'intéresse autant que les crêpes Suzette. Tu te fiches éperdument du reste. C'est retrouver *cette* femme que tu veux. »

Il se tut, satisfait. Jadis, avant la maladie, il aurait célébré sa supériorité sur l'adversaire en se versant un petit verre de vermouth infect, avant de plonger dans les faits divers et les résultats des courses. Mais comme les circonstances ne le permettaient pas, il attendait tranquillement la suite des événements. La situation était critique. Piero se dit que s'obstiner à nier n'était plus à son avantage. Il fallait changer de stratégie, prendre Senior à contre-pied, le flatter au lieu de le défier. Les personnes âgées deviennent parfois miséricordieuses, surtout si elles sont trépassées. Il se tourna, cherchant l'inspiration, vers les photos sur la commode. Il n'y en avait que deux, mis à part grand-père : Piero nourrisson dans les bras de maman et Piero, jeune architecte, en tenue de ville, souriant à côté de Bimas, lors d'une réception à l'hôtel de la Tour d'Auvergne, l'ambassade du Chili à Paris. Rien d'autre. Chanthou restait enfermée à double tour dans un tiroir. Des dizaines d'images de face, de profil, de dos, habillée, nue, parfois avec lui, le plus souvent sans lui, se caressant jusqu'à ce secret rose et froid. Il en connaissait tous les replis mais ne les regardait jamais, pris de malaise à l'idée de le faire. Pris de malaise ? Allons donc, hypocrite parapluie... Les photos aussi semblaient lui demander s'il reviendrait, et quand.

« J'ai toujours cru que tu finirais par vivre ici, oui, vraiment, encore que ce mobilier moderne et tes collections attrape-nigauds me fassent horreur... » « Grand-père, je t'en prie, ne recommençons pas avec ces salades ! » « Au contraire, je suis sincère, pas comme toi. Tu te rappelles les longues années de ma maladie ? J'articulais à grand-peine des borborygmes mais j'écoutais, je comprenais tout. Et j'éprouvais de la peine pour vous tous, qui n'en éprouviez aucune pour moi, sauf toi, un peu : au fond, je n'avais pas misé sur le mauvais cheval, ce qui pour un ancien cavalier est une satisfaction. Cette imbécile de fille de Valerianna, la soi-disant psychologue qui aujourd'hui vend des nippes dans un magasin de Porto Cervo que lui ont acheté ses crétins de parents, clamait impunément que je crevais de rancune, tripatouillé comme une poupée de son à laquelle il fallait torcher le cul... Eh bien, alors que tout le monde me croyait réduit à l'état de légume, même les sommités qui me palpaient à tour de rôle, figure-toi que je n'avais qu'une idée derrière la tête, tu sais bien laquelle. »

Piero frissonna. Le danger se rapprochait à pas de loup. Ah, le salaud... « Et cette idée toute simple me permettait de survivre dans ma déchéance, de conserver l'espoir dans l'avenir, même si ce ne serait plus le mien : *Piero reviendra ici et pour toujours !* » Il s'agissait de raison garder, de ne pas s'enferrer dans le piège de l'autre. « Grand-père, merci, je suis ému. Mais de grâce, maintenant, rentre dans ton cadre... » « Non, laisse-moi terminer. Et puis, c'est toi qui m'as demandé de te venir en aide, oui, parfaitement, j'insiste ! » « Moi, mais tu es fou ! Jamais de la vie ! » « Menteur. Tu as toujours menti, depuis que tu nous avais raconté avoir perdu la médaille de la Vierge du colonel Faltenbach, cet excellent homme... J'étais très heureux là où je me trouvais (et où je m'apprête à repartir, ne t'en fais pas) quand tu m'as appelé au secours parce que tu avais peur, mon garçon. » « Peur de quoi ? »

Ça y est, il perdait toute contenance, Senior gagnait sur toute la ligne. Si près du but, grand-père assuma un air presque contrit, le fixant avec une mortifiante douceur : « Mon pauvre petit, dois-je mettre réellement les points sur les i ? Mais parce que tu as peur de partir, d'ailleurs tu n'y arriveras pas. » Une pause lourde de sous-entendus, qui n'avait rien d'une trêve, descendit entre eux. « Admettons, reprit Piero, en s'efforçant de recouvrer son calme. Mais dans ce cas, pourquoi aurais-je fait appel à toi ? N'est-ce pas un contresens ? » « Pas du tout. Tu as besoin d'un alibi pour désavouer la décision que tu *croyais* avoir prise. Et quel meilleur alibi contre l'avenir, que se tourner vers le passé ? Ah Ah ! *Piero ici et pour toujours !* » Il se mit à faire des claquettes, en sautillant dans la pièce : une attitude tout à fait inconvenante, que personne ne lui avait jamais connue auparavant.

Piero s'effondra. Il aurait eu peut-être une chance de s'en tirer en insultant le vieillard, puisqu'il ne pouvait pas l'étrangler. Dans son trouble, il fit la seule chose qu'assurément il ne devait pas faire : il tomba à genoux, les mains jointes, en implorant : « Je t'en supplie, grand-père, sauve-moi ! C'est la femme que j'aime, que j'ai toujours aimée et attendue, ne me l'enlève pas ! » « À la bonne heure ! répondit Senior, en continuant sa danse triomphale qui prenait maintenant des langueurs de valse. Pour une fois tu te rapproches de la vérité. Je suis fier de toi. » « Merci, merci, grand-père, accorde-moi de te baiser les mains. Oh, que tu es bon et secourable ! Alors tu vas m'aider, n'est-ce pas ? » Le danseur se figea, le fixant comme s'il le reconnaissait à peine. « Eh bien, cela dépend de toi. » « De moi ? Mais je ferai tout ce que tu m'ordonnes ! » « Allons, allons, pas de mélodrame, tu sais que je déteste l'opéra et ces prix absurdes à la Scala… Cela dépend d'une chose toute simple, un examen de conscience. Voilà, mon garçon, répète avec moi : je confesse que je n'aime, n'ai jamais aimé et n'aimerai jamais personne, moi compris. Amen. »

Un étau glacé serra son cœur. L'aube arrivait, il n'y avait plus de temps à perdre, ah si au moins Oxana n'avait pas été absente ! Elle savait boucler une valise en un tour de main, alors que lui, tout engourdi, ne savait plus par où commencer. Il devait quitter l'appartement le plus vite possible, avant qu'il ne se referme sur lui pour l'emprisonner dans les miasmes de la moisissure, les exhalaisons de la sénilité. Il avait perdu trop de temps à essayer d'amadouer son tortionnaire : « Grand-père, tu ne comprends pas, je vais la chercher justement pour qu'elle revienne ici avec moi. Nous vivrons dans ces murs pour ne plus en sortir, je te le promets, elle et moi, personne d'autre ; nous serons heureux, nous nous suffirons à nous-mêmes, mon existence aura enfin un sens. D'ailleurs, ne m'avais-tu pas demandé jadis de venir m'installer ici avec ma famille, mes enfants ? » Le vieux haussa les épaules. « Oui, mais c'était il y a longtemps. Trop tard à présent, tu as presque mon âge et tu es probablement impuissant. » « Mais non, je ne suis pas un parapluie dégoulinant et mou, un peu voûté peut-être, mais il n'est jamais trop tard ! Chanthou est une femme merveilleuse… » « Chanthou ? l'interrompit l'autre, surpris. Quel beau nom, tiens j'aurais dû y penser : Chanthou, Noisette, Colibri… » « Je t'en supplie, grand-père, sois sérieux. Elle fera tout pour toi, elle est très docile, elle époussettera le cadre de ta photo tous les matins et fera brûler un bâton d'encens tous les soirs, en récitant une prière pour toi… Ne nous abandonne pas, grand-père, c'est-à-dire oui, dégage le plus vite possible, comme le cauchemar que tu es, mais auparavant accorde-nous ta bénédiction… »

Ah, si au lieu de cette inutile médaille, *Herr Oberst* Faltenbach lui avait envoyé son pistolet Luger ! Il aurait pu le décharger contre la photo : Senior aurait été pulvérisé comme il le méritait, cette canaille ! Il ne serait resté de lui ni un fragment du lorgnon ni un poil des moustaches. À défaut, ne restait que la fuite. Descendre dans la rue, courir vers le bar qu'Amilcare s'apprêtait à ouvrir, sans bousculer le corps de l'unijambiste pendu au lampion (encore un !) en évitant d'écraser les crottes de chiens que leurs propriétaires cachent soigneusement sous des feuilles de journal pour être sûrs que les gens comme il faut (qu'ils détestent) marcheront dessus… De là appeler Tall (ah cher vieux Tall du dernier banc à droite, dire que tu me deviens presque sympathique…) et lui confirmer son acceptation. Tout le reste arriverait à bonne fin, comme une lettre à la poste. Deux ou trois jours plus tard, atterrissage à Phnom Penh, intervention vibrante et compétente à cette neuvième, dixième ou centième (de toute façon, il y en aura toujours une autre) conférence du patrimoine menacé, dîner de gala auquel il se serait excusé de ne pouvoir participer, à cause du décalage horaire : « Pardonnez-moi, chers collègues, ma vieille carcasse a besoin de repos. À demain. » Sourires entendus et accolades. Enfin, il l'aurait rejointe quelque part, partout, ici ou ailleurs, peut-être à *La Petite Cabane*, c'est bien ça, *La Petite Cabane*, avec ses lumières tamisées, le faîtage de tuiles, son aspect de grosse meringue accueillante, sa musique vieillotte qu'ils auraient écoutée pour toujours, blottis l'un contre l'autre : *Summertime*, *Ain't Got No I, Got Life*, *Les feuilles mortes se ramassent à la pelle*, *Only you-ou…* Mais où est donc cet iPhone de malheur, je passe mon temps à l'égarer… Encore un SMS, de toute façon avec son abonnement ils étaient gratuits pour le monde entier. Et il serait sauvé.

VI

« Tout comprendre c'est tout pardonner, mon ange. N'est-ce pas ? Tout pardonner… » murmura Jean-Yves en torturant une mèche de ses cheveux jadis noir de jais : le plus spontané de ses tics d'éternel adolescent. Il les portait longs et en désordre, sur le front et le cou, comme le dictait la mode d'il y a trente ans, lorsqu'il en avait vingt ; désormais, les cheveux clairsemés, saupoudrés de gris-blanc, fourchaient par endroits. De loin, on flairait le médecin consciencieux, à l'allure stricte, en jean délavé et espadrilles, qui rassurait les patients. Vu de près, l'immaturité reprenait le dessus, avec ses merveilles et ses incertitudes. Les rides qui s'étendaient en estuaire autour des yeux, les gerçures à la commissure des lèvres, les sourcils repassés discrètement au crayon révélaient le garçon défectueux, inachevé, dont les traits lisses s'étaient préservés du fait du hasard, non par la grâce des dieux. Il répétait la même phrase rehaussée de banalités, depuis qu'ils avaient pris place dans un caboulot à la mode de Chroy Changvar. Chanthou sirotait un Coca zéro en contemplant le fleuve, qui, délaissant les eaux émeraudines au large, coulait ce jour-là, bulbeux et triste, moucheté de ronces et de scories, comme un eczéma du paysage.

Il avait soin, maintenant, de se taire. La fée de l'éloquence ne s'était pas penchée sur le berceau du futur directeur orthopédique de l'hôpital du deuxième *khan* ou district de la capitale. Mais il était ainsi fait, la monotonie n'offusquait pas sa compétence professionnelle et s'imposait peu à peu à tout le monde, comme un réveil qui chaque matin sonnera à la même heure, quelles que soient la couleur du ciel et la température de l'air. Il se justifiait par un bon mot, toujours le même : « N'oublie pas que nous sommes restés enfermés dans nos vallées pendant des siècles, ce qui nous a rendus prudents et didactiques. Guillaume Tell devait faire attention à ne pas gaspiller les pommes. » Ainsi, en maquillant ses sentiments véritables, il essaimait autour de lui des messages obliques que Chanthou avait appris à interpréter. Et peut-être, sans ce masque, n'aurait-elle pas éprouvé la même complicité avec lui.

Jean-Yves était arrivé au Cambodge avec un programme de la Croix-Rouge au début des années 1990, peu après le retrait des troupes vietnamiennes. Le pays, endeuillé et superbe, l'avait conquis dès ce premier contact et il ne l'avait plus quitté. Mis à part son dévouement aux souffrants, qui était réel, presque mystique, on pouvait y voir un cas classique de refus des origines : le canton perdu entre les montagnes où il était né, les conventions qui avaient meublé son enfance, une fiancée, fille de postier ou de pharmacien, qui l'avait attendu patiemment, jusqu'au moment où elle avait fini par épouser quelqu'un d'autre. Chanthou l'avait perçu dès leur première rencontre, dans le dispensaire squameux où elle attendait depuis des heures les soins requis par une cheville foulée dans un entraînement de volley-ball. Lorsque enfin il était apparu, dépeigné, une blouse enfilée à la hâte, elle se sentit immédiatement, bizarrement à l'aise. Le désir de fuite que cet inconnu portait en lui ne l'avait pas gênée, loin de là. Immobile sur le lit, malgré les crampes, dans son uniforme de collégienne, chemise blanche, cravate en rayonne, jupe plissée, elle l'avait observé de ses larges yeux confiants qui louchaient un peu, tandis qu'il lui ôtait le bas de coton et lui palpait le mollet nu, comme dans un tableau de Balthus. Un frémissement du ventre lui avait fait comprendre qu'elle pouvait s'ouvrir à lui. Ce fut, vraisemblablement, son premier homme, affectueux, appliqué, qui veillait sur son corps en médecin plus qu'en amant. Mais à la longue, il lui apparut trop confiné dans ses montagnes intérieures et dans ses silences pour une jeune fille en fleur qui rêvait à d'autres épanouissements. Un jour, leurs baisers frôleurs ne lui suffirent plus. Chanthou comprit qu'il ne s'était pas installé à Phnom Penh épris d'un besoin de liberté et de vastes horizons mais au contraire, pour mieux renoncer à une partie de lui-même que personne ne devait connaître, pas même lui. L'attraction finit sur le coup, non la confiance : elle ne pouvait pas faire l'amour avec un être aussi verrouillé mais l'amitié obéit à d'autres critères.

Tacitement, d'un commun accord, ils avaient opté pour ce rapport ironique, un brin frigide, ponctué d'interrogations suspendues dans l'air et de rires étouffés, arrosé de Coca et de jus de fruits puisqu'ils ne buvaient jamais d'alcool. Le bruit courait avec insistance que Jean-Yves préférait désormais la compagnie des boys et des pêcheurs qu'il rejoignait à la nuit tombante, dans les discothèques et les cinémas autour du Monivong Boulevard. Le surnom dont l'avait affublé un athlétique steward australien de la *Jetstar Asia Airways*, roi déchu conradien de ce milieu d'épaves, était, paraît-il, *Broken Record*, disque rayé. Il s'agissait peut-être de quelqu'un d'autre, comme cela arrive dans les aventures clandestines, où l'identité de l'un prolonge les mensonges de l'autre. De toute façon, elle n'avait aucun droit de s'en mêler et évitait de le faire.

Elle avait également évité de lui dire pourquoi elle avait hâte de le rencontrer. Leur rendez-vous, chaque semaine, avait lieu le mardi, parfois le samedi, si Jean-Yves ne partait pas pour quelque expédition photographique à l'intérieur du pays sans jamais lui proposer de l'accompagner. Ce rituel scandait leurs rapports depuis plusieurs années et ils y étaient restés fidèles, à défaut d'autres tentations. L'apéritif était alors suivi d'un dîner frugal mais exquis : potage aigre-doux, gambas au sucre de palme, *amok* de poisson au lait de coco, accompagné de nouilles et de riz frit. Or, ce soir Jean-Yves l'avait avertie qu'il ne pourrait rester qu'une demi-heure maximum, à cause d'un rendez-vous. Il n'y avait donc pas de temps à perdre en escarmouches. Dès qu'il s'assit à côté d'elle, il alluma une Chesterfield, toujours une Chesterfield, en aspira goulûment la fumée et la lui tendit : autre rituel badin, pour dire qu'ils avaient réduit les cigarettes, vu qu'ils en fumaient une moitié chacun, en attendant de cesser un jour qui n'arrivait jamais. Mais Chanthou n'était pas d'humeur à en rire. En quelques mots dignes d'un rapport clinique, car elle voulait garder la tête froide comme si elle avait découvert les symptômes d'un cancer, elle le mit au courant de ce qui s'était, ou mieux ne s'était *pas* passé : Piero, eh oui Piero, lui avait envoyé un SMS à deux heures quarante-cinq du matin, heure de Milan, pour lui annoncer son arrivée. Et à cinq heures douze, il lui en avait envoyé un autre qui annulait le précédent. C'est tout.

La Petite Cabane, née comme country-club à l'époque du protectorat français, bâtisse safran et vert pistache, boursouflée et meringuée, avec ses allures de faux Saint-Germain-en-Laye aux abords de la jungle, était passée à travers toutes les péripéties du « Kampuchéa démocratique », pillée et saccagée à loisir, transformée en poulailler modèle n.74, puis en crèche pour orphelins dont les parents, ennemis du peuple, avaient été liquidés et inhumés dans les fosses communes. Le neveu de l'ancien propriétaire, revenu de l'exil à Singapour, en avait rafistolé le corps central avec une profusion de tables basses et de fauteuils en rotin, d'abat-jour et de lampes d'importation, de rideaux à zébrures et de tapis chinois produits en série. Encore à demi vide à cette heure, le local allait se remplir plus tard d'un public d'habitués, qui s'entasseraient autour d'un juke-box *made in USA* des années 1960, ayant survécu on ne sait comment à la furie iconoclaste des Khmers rouges pour devenir le symbole un peu incongru du retour à la normalité. Des serveuses très jeunes et très jolies se balançaient légèrement à pas de danse sur leurs sandales vernies en portant sans effort apparent dans le plat de la main des cabarets surchargés de verres et de liqueurs. C'était la première génération sans expérience ni souvenir direct de l'horreur. Nées un peu plus tôt, elles auraient fini, au mieux, dans le poulailler-orphelinat, comme leurs sœurs aînées. L'histoire et ses tragédies se transforment parfois en hasard statistique ; certaines années ne sont pas seulement mauvaises comme pour les vins, mais empoisonnées à la source.

Une chatte errante peu agressive, à condition d'être laissée en paix, s'étirait sur la table d'en face, entre les cendriers nickelés et les cocktails, offrant son ventre généreux au soleil couchant. La maternité imminente adoucissait ses formes mais elle restait sur le qui-vive, prête à vendre cher sa peau à la moindre annonce de danger. L'instinct et l'expérience la poussaient à se méfier de son prochain, humain ou animal, peu importe ; la menace pouvait arriver de toute part et à tout instant. Le père des créatures qu'elle portait dans son ventre avait été dévoré par les chiens sauvages ou fauché par une jeep dans la brousse. Elle l'avait cherché pendant deux ou trois jours, puis l'avait oublié ; mais une inquiétude dont elle ignorait l'origine lui rongeait les entrailles, l'empêchant de s'abandonner sans crainte à l'attente de la procréation. La queue fouettait la table pour se venger au moins des mouches, et c'était le seul défi qu'elle pouvait se permettre dans son indigence de fille-mère. Sans demeure fixe et sans attaches, elle rôdait depuis quelque temps autour de *La Petite Cabane*. Le propriétaire était le seul dont elle daignait accepter quelques restes de nourriture ; lui aussi évitait de la toucher puisque, par fatalisme ou incurie, personne n'avait songé à la faire vacciner.

Chanthou, ne pouvant la caresser, essayait d'attirer son attention pour la convaincre au moins qu'elle ne voulait pas lui faire du mal. Depuis l'enfance, elle n'éprouvait pas de difficulté à gagner la confiance des animaux et croyait communiquer également avec certaines variétés d'oiseaux dont elle ignorait le nom. La chatte, bien décidée à ne pas lui donner satisfaction, avait tourné la tête – très petite par rapport au corps, avec deux minuscules oreilles pointues aux cartilages roses, presque transparents – vers une bande de gamins à la tignasse oxygénée, qui jouaient au foot dans un terrain vague. Elle semblait arbitrer le match en bougeant les oreilles, suivant les passes, les remises et les tirs, tandis que les garçons excités poursuivaient la balle, en hurlant les noms des champions brésiliens imprimés sur leurs maillots. Ils voulaient déjà éprouver la féerie d'être quelqu'un d'autre, de plus fort et plus grand, vivre pendant quelques minutes l'ivresse d'une existence d'emprunt. Qui sait si Piero avait été un enfant comme ceux-là.

« Je n'ai rien à lui pardonner, ni à lui demander. Je n'arrive pas à comprendre, c'est tout », finit-elle par se dire, en haussant les épaules, d'un geste de fillette dépitée devant les premières offenses des adultes. Elle s'en voulait d'avoir éprouvé le besoin de s'ouvrir à quelqu'un, surtout à l'ami qui maintenant cherchait sa main pour la serrer avec un brin de bienveillance qui l'agaçait. Peut-être l'avait-elle fait, inconsciemment, parce que Jean-Yves avait éprouvé jadis une antipathie instinctive à l'égard de Piero, par antagonisme sans doute, mais pas seulement. C'est juste, il l'avait mise en garde dès le début, à mi-mot : l'architecte italien ne se serait pas arrêté à Phnom Penh. Il ne s'y était pas rendu, comme lui, pour chercher ou renoncer à quelque chose, il s'agissait d'une étape de sa vie, non d'un terminus. Certes, dans les semaines, dans les mois suivants, la passion qui avait éclaté entre ces deux êtres si différents, au point de se révéler peut-être complémentaires, avait poussé Jean-Yves à faire le choix de la prudence. Se serait-il trompé ? Possible, peu probable. Après tout, si les engagements professionnels ne permettaient pas à Piero de prolonger indéfiniment le séjour au Cambodge, Chanthou aurait pu repartir avec lui, ils étaient libres tous deux, un visa n'aurait pas été difficile à obtenir. Mais non, à l'expiration du contrat, il s'était embarqué tout seul sur le vol de dix-huit heures trente pour Bangkok, ce qui voulait dire qu'il ne reviendrait plus. Chanthou s'efforçait de ne pas y croire, même si elle avait évité de se rendre à l'aéroport. Piero n'y croyait pas non plus, admettons-le par voie d'hypothèse. Jean-Yves seul en était certain et n'avait pu cacher un rictus de satisfaction, lorsque l'autre lui avait serré la main à la douane, avec un *a presto* qui dissimulait à peine son échec d'homme manqué.

Tant mieux. Ce type ne lui avait jamais plu, pas de couilles, du bois sec qu'on aurait frotté inutilement pour en faire jaillir une étincelle. L'antipathie se transformait peu à peu en rancœur mêlée au soulagement. Le sentiment de protection à l'égard de Chanthou n'y entrait même plus, il ne pouvait que répéter cette phrase douceâtre à voix basse, comme une litanie, « Tout comprendre, tout comprendre... ». Et si Chanthou s'obstinait à ne pas comprendre, tant pis pour elle. Bien installé dans son droit, sa supériorité morale assouvie, Jean-Yves n'avait pas de temps à gaspiller pour la compassion. Le Dieu d'Esculape et de Calvin lui imposait de l'exercer envers les malades, les amputés, les estropiés qui chaque matin, dès l'aube, se disposaient en bon ordre, guettant son arrivée, à l'entrée de l'hôpital.

Ils s'étaient dit le peu qu'ils avaient à se dire ; elle s'attendait à le voir partir sans regret, soulagée à l'idée de ne pas prolonger la rencontre par un dîner désormais superflu. La présence de Jean-Yves, avec ses avertissements d'autrefois et ses certitudes d'aujourd'hui, ne suffisait pas à attiser le ressentiment dans son cœur. « Si je le hais, je suis perdue », se disait-elle. Jean-Yves continuait à lui serrer la main, elle ne percevait rien de plus que l'engourdissement de la mâchoire lors d'une anesthésie dentaire, ou le crissement de la craie contre le tableau noir dans l'école des Petites Sœurs de Jésus qui lui avaient enseigné le Notre-Père et la conjugaison des verbes auxiliaires.

Toutes les lampes de *La Petite Cabane* s'allumèrent soudainement, comme des diamants aux facettes multicolores : une trouvaille dont le propriétaire était fier. Des voitures françaises, coréennes et japonaises flambant neuves, quelques Fiat *Jigouli* cabossées, de production soviétique, remontaient la chaussée, charriant le rêve exaucé des nouvelles classes moyennes. Chanthou n'arrivait pas à les distinguer, à la lueur des phares, elle n'y comprenait rien, étant nulle en moteurs. Il y avait tellement de choses qu'elle ne comprenait pas, alors une de plus, quelle différence ? Elle savait en tout cas que le devoir d'un croyant consiste à accepter de ne pas comprendre. Les premiers couples qui avaient réservé une table descendirent des autos, un peu guindés et timorés. L'endroit n'était pas luxueux, les prix abordables ; mais l'œil expert discernait sans peine quiconque y faisait son apparition pour la première fois, hésitant sur l'attitude à prendre. Les Cambodgiens incluent la délicatesse et la retenue parmi les vertus nationales, pas la désinvolture ; leur histoire est trop ancienne et tragique pour les pousser à toute forme d'exhibition.

Jean-Yves jetait des coups d'œil nerveux à sa montre, le portable bourdonnait dans la poche de son jean, il s'était remis à torturer la mèche qui lui retombait sur le front. À la fin, n'y tenant plus, il se leva, mal à l'aise, sans la regarder. « Excuse-moi, mon ange, je te l'avais dit, je suis déjà en retard, on se reparle plus tard ou demain… » Il lui effleura le front des lèvres et partit avant qu'elle ne pût répliquer (mais elle ne l'aurait pas fait), en oubliant même de payer l'addition. Non, il ne s'agissait pas d'une erreur d'identité, *Broken Record* ah oui, maintenant elle en était sûre, et surtout inquiète : c'est elle qui aurait dû le protéger. Le steward de la *Jetstar* se serait présenté au rendez-vous, ivre mort comme d'habitude, accompagné de deux ou trois mignons aux muscles saillants, levés dans les bas-fonds. Il aurait commencé à l'insulter, puis à le tabasser, avant de s'effondrer en sanglotant dans ses bras, c'était déjà arrivé. Un beau gosse, paraît-il, au torse puissant, à la moue de séraphin pervers, bourré de complexes, qui avait raté sa licence de pilote et allait se faire mettre à la porte de la compagnie pour absences répétées et injustifiées. Mais peut-être avait-il le privilège de pénétrer par effraction dans le cœur blindé de Jean-Yves, comme ni elle, ni aucune autre femme n'avaient su le faire. Et peut-être, l'impeccable, le dévoué médecin était-il prêt à courtiser le désastre pour apprendre enfin ce qu'il cherchait dans son exil.

Chanthou aussi voulait partir, elle n'avait plus rien à faire là. Mais elle n'arrivait pas à se dégourdir et appeler un taxi. Elle alluma une autre Chesterfield en se disant que non, elle ne cesserait pas de fumer, ça n'en valait pas la peine. Bercée par d'absurdes nostalgies – quelle nostalgie ne l'est pas ? – elle s'abandonnait à la musique provenant du juke-box retapé à neuf, qui diffusait les airs écoutés cent fois à côté de lui : *Summertime*, *Ain't Got, No I Got Life*, *Only you-ou...* C'était un homme compliqué, en clair-obscur, qu'elle avait accepté par sagesse atavique, sachant qu'on peut aimer autrui sans pouvoir le changer et que, si on y arrivait, ce serait peut-être pire. Lorsque Piero était reparti en lui annonçant que *presto* il serait de retour, Chanthou avait refusé de se demander si c'était vrai ou non. Il lui suffisait de croire qu'à ce moment, il était sincère. Après quoi, elle avait tout aussi sincèrement essayé de l'oublier sans y réussir. Mais pourquoi, maintenant, cette cruauté inutile, après une si longue attente ? Pourquoi la relancer ? Combien de fois, au cours de ces années, avait-elle souhaité que lui au moins l'eût oubliée. Pourquoi lui annoncer « *J'arrive* » pour disparaître ensuite, cette fois pour toujours ? Ne pouvait-il pas disparaître plus tôt, sans plus se manifester ? Elle cherchait machinalement à son pouls le bracelet vénitien en platine et or jaune, surmonté d'un diamant d'un carat, qu'il lui avait offert un jour, en lui disant que c'était le cadeau de fiançailles que sa mère avait porté jusqu'à sa mort. Était-ce vrai ? Avec lui, inutile de se poser la question. Elle avait décidé d'y croire, c'était plus simple. Mais elle avait perdu le bracelet – ou avait-elle voulu le perdre ? – quelques jours après son départ. La boucle défectueuse s'était ouverte par inadvertance et le bijou avait glissé dans le caniveau, sans qu'elle s'en rendît compte. Un superstitieux y aurait lu une prémonition.

Un crépuscule embué d'humeurs lourdes descendait à présent. Le paysage se voilait d'une palette de couleurs mourantes, dans le coassement de grenouilles inutilement amoureuses. La nuit n'allait pas tarder à s'installer. Tout à coup, elle s'aperçut que la chatte avait changé de position ; sur le pas de la porte, elle broutait l'herbe du fossé pour varier son régime, vu que le patron ne lui accordait que des abats de viande et des arêtes de poisson. Dans sa déglutition, le ventre semblait immense par rapport à la tête et aux oreilles pointues. Chanthou, incapable d'envie, éprouva néanmoins une pique déchirante de convoitise. Quel âge pouvait avoir désormais la jeune fille du mirage de Piero ? Et son sein stérile ne couvait aucun fruit de la vie. Que n'aurait-elle fait pour prendre au moins la chatte avec elle, et sauver ses petits ! La détresse qui lui calcinait l'âme aurait enfin trouvé un accomplissement. Elle se remémora deux vers de sainte Thérèse de Lisieux que les Petites Sœurs lui avaient fait apprendre pour la première communion, alors que le reste avait fui sa mémoire : « *Ma joie, c'est de lutter sans cesse / Afin d'enfanter des élus…* » Ce verbe, *enfanter*, ces trois syllabes qui semblaient se prolonger dans une tonalité ascendante, mouillèrent de larmes ses larges yeux confiants, qui louchaient un peu. Ce ne fut qu'un instant de faiblesse et personne ne s'en rendit compte. La réalité prit immédiatement la relève, pour la conduire vers le taxi et vers ce que la vie encore lui réserverait.

La chatte sembla hésiter. Elle souhaitait manifestement revenir se coucher sur la table mais finit par comprendre que c'était une démarche inutile : le soleil, disparu jusqu'au lendemain, ne l'aurait plus réchauffée. Elle changea alors d'itinéraire, et s'éloigna en ondulant avec circonspection vers le sous-bois, fière du rôle de reproductrice que la nature lui accordait, avant de lui réserver, tôt ou tard, le sort de son compagnon oublié : une auto l'aurait écrasée, ou des vauriens l'auraient poursuivie pour lui broyer le crâne à coups de bâton. Elle fit halte à la hauteur du talus pour vomir majestueusement, en secouant son corps dilaté, sans se presser ni prêter la moindre attention aux bicyclettes et aux tuk-tuk qui la frôlaient. Quelques caillots de sang, des pertes de l'organisme à la veille de l'accouchement, se mêlaient aux fils d'herbe qu'elle n'arrivait pas à digérer. Mais elle ne semblait pas souffrir, au contraire, crachotant tout autour des jets presque festifs, comme de minuscules feux d'artifice dans l'obscurité.

VII

« *Buongiorno, architetto*, encore plus matinier que d'habitude ? Ah, je vous comprends. On dort si mal en ville l'été, surtout à… »

Amilcare s'arrêta à temps, avant d'ajouter : à *votre* âge. Comme il était plus jeune d'une quinzaine d'années, il se croyait autorisé à toutes les impertinences. « Allez, je vous apporte tout de suite ce que vous aimez : pamplemousse pressé parfumé au gingembre, double cappuccino au ginseng (bourré d'antioxydants) et croissant aux amandes et noix de pécan, il sort tout juste du four, vous m'en direz des nouvelles. Si vous en souhaitez un autre, c'est la maison qui offre, bien sûr. » Piero acquiesça d'un signe de tête et alla s'installer à une table du fond, en écartant la pile de journaux et de magazines juste bons à tacher les mains d'encre et siphonner les cervelles. Il privilégiait cet endroit et, au grand dépit d'Oxana, ne se contentait pas d'y prendre ses petits déjeuners du mois d'août mais y revenait assez régulièrement, une ou deux fois par semaine, pendant le reste de l'année. Le café-boutique, ou gastro-café, exhibait des décors un peu kitsch : miroirs en bois stuqué, affiches Art nouveau où des filles en paillettes et robes charleston baignaient les lèvres dans des coupes de champagne, comptoir enduit d'une laque marmorine que lui-même avait conseillée (produit chinois : ils inventent de tout, il faut le reconnaître, à un dixième du prix courant). Les rangées de petits fours et de chocolats s'alignaient comme les soldats de plomb avec lesquels il aimait refaire, jadis, Azincourt ou Gettysburg. L'odeur du désinfectant se mêlait à celle du pain grillé et des grains fraîchement moulus. On avait lavé le parquet, encore un peu glissant. Les femmes de ménage, qui arrivaient une heure avant l'ouverture, venaient tout juste de repartir. Le chat persan, conscient de sa supériorité sur le genre humain, terminait méthodiquement sa toilette, en attendant de se faire chouchouter par les premiers clients. Mais si quelqu'un lui déplaisait, zac, un coup de griffe fendait l'air, sans lui ôter son expression placide. En voilà un qui savait ce qu'il voulait : aucun risque pour lui de finir sous les roues d'une jeep dans la jungle ou déchiqueté par des chiens sauvages.

Amilcare avait commencé à travailler adolescent dans ce qui était encore à l'époque le bar-crèmerie des frères Venzaghi, rendez-vous populaire et enfumé du quartier, où Piero venait acheter des éclairs pour maman et un demi-litre de lait écrémé pour l'urémie de Senior. C'est ainsi qu'ils s'étaient connus. À l'origine, l'aspiration d'Amilcare, sans doute par émulation, était de devenir architecte ; il avait fallu beaucoup de doigté pour lui faire comprendre que ses aptitudes étaient vraiment trop modestes. S'il avait été déçu il ne lui en voulait pas, d'autant qu'il avait gagné au change en esquivant les frustrations de l'intellectuel raté. En quelques années à peine, travaillant d'arrache-pied, il avait repris l'affaire des Venzaghi pour la transformer en boîte à la mode, qui concurrençait les terrasses réputées des rues marchandes.

À l'approche de la cinquantaine qu'il ne paraissait pas, c'était un gros gaillard joufflu au poil roux, en chemise Lacoste et pantalons trop fuselés pour sa circonférence, griffé de toutes les marques possibles, de la lotion capillaire à la crème apaisante pour les orteils, sans oublier le tatouage, trois pétales de rose qui semblaient reluire sous le bracelet de la Rolex. La montre était devenue son tourment quotidien, et celui de ses clients : « Elle retarde toujours, je l'ai fait réviser trois fois en payant une fortune, rien à faire. Dire que je me suis fait rouler par un zèbre de passage ! Je vous jure que des fois je l'échangerais volontiers contre votre quartz, *architetto*, qui, soit dit sans offense, doit coûter dans les cinquante balles. Bah, disons que c'est une faiblesse. Les gens la remarquent tout de suite et ils aiment ça, ils pensent que c'est du solide, que j'ai réussi ma vie, alors on peut me faire confiance… » Et il indiquait avec une feinte nonchalance la plaque de la Chambre de commerce affichée bien en vue derrière la caisse – « Établissement signalé pour la qualité, la courtoisie et le décor soigné » – à côté de la photo, d'où sa jeune et blonde femme, ses trois jeunes et blonds enfants, son décrépit mais également blond cocker, souriaient au monde d'un camping des Alpes ou d'une île de l'Égée : la photo changeait fréquemment, le sujet et l'expression restaient les mêmes.

Chaque fois que Piero lui adressait un compliment, sans y réfléchir, se repentant trop tard de l'avoir fait, l'autre devenait intarissable : « Ah, écoutez, *architetto*, je ne me permettrais jamais de me comparer à vous, mon modèle depuis que je suis gosse, oui, c'est comme ça. Mais enfin, tous les deux, hein, on bosse comme des cinglés, sinon pourquoi serions-nous en ville en plein Ferragosto ? Ici d'éternel il n'y a plus que nous deux, *architetto*, deux rocs ! Et vot'grand-père, ah quel monsieur, inoubliable, tout le corso lui tirait la révérence quand il passait, je lui dois mes premiers pourboires... Et si on se fait un peu d'oseille, c'est bien not'droit, on l'a bien mérité n'est-ce pas, on l'a pas volé, nous... Eh non : il faut le recracher dans les poches de ce gouvernement de merde (variantes : mairie de merde ; fisc de merde ; Bruxelles de merde ; eurocrates non élus de merde, etc.) ! Le travail, les capacités, ça compte zéro. Et moi, qu'est-ce que je leur apprends à mes trois enfants (jeunes, souriants et blonds) ? Qu'est-ce que je leur donne comme exemple de réussite, de succès, de fortune ? Tenez, vous n'imaginez pas qui était assise hier soir pour l'apéritif, juste là où vous êtes, entourée de photographes et de gardes du corps jusque dans la rue ? Oui, c'était bien elle, Tunga Bunga, le top model le plus cool de la planète (et elle en a un beau *cool*, ah ah !), une fille qui vaut dans le milliard d'euros et qui compte dans les 100 (cent) millions de *followers*. On dit d'ailleurs qu'elle va se présenter aux présidentielles du Michoumistan avec le slogan "*Tu peux être comme moi !*", le même titre que son tube de l'été... C'est génial, non ? Voici la photo qu'elle m'a dédicacée, bon il y a des fautes d'orthographe, c'est attendrissant...

“*Para Amicar* (c’est bien moi) *mi hamor...*” Dites donc, vous imaginez que les deux Venzaghi, du temps de la crèmerie, auraient pu rêver à quelque chose de semblable ? Et même vot’grand-père, sauf le respect ? »

Amilcare tapotait les deux index, un geste qui, remontant des abîmes de la mémoire, rappela à Piero les « révélations » du chauffeur Nello. « J’en doute. » « Ah oui, *architetto*, permettez : c’est le doute qui vous perd. Croire en soi, il n’y a rien d’autre, et penser en grand ! Oser, toujours oser ! C’est Jules César qui l’a dit, non ? Ou peut-être Napoléon. Là vous n’êtes pas fortiche, avec vos grands airs, avouez... »

Avait-il réellement prononcé ces derniers mots, ou s’agissait-il encore d’une hallucination, auditive cette fois ? Piero guettait l’arrivée d’autres clients pour être délivré de ce supplice. Tout à coup, Amilcare devint plus circonspect en baissant la voix : « ... Et se défendre, *architetto*, il faut savoir se défendre contre la vermine qui circule impunément dans nos rues. La police ne peut rien faire, les juges n’en parlons pas, d’ailleurs on ne recrute que des cocos. C’est donc à nous autres, citoyens de *bonne* volonté, en *bonne* santé physique et mentale, d’assumer nos responsabilités, de défendre nos foyers... Cette nuit, là précisément, à l’angle de votre palazzo, oui le 48 et 48 bis, alors que vous dormiez sans doute du sommeil d’un homme qui a *bonne* conscience, on a pris trois de ces saligauds qui dégueulaient sur le trottoir après avoir braqué un chauffeur de taxi. Bon, j’vous assure qu’ils vont plus recommencer. Oh, n’ayez crainte, ce n’est qu’un avertissement pour l’instant, on leur a fait avaler leur chiure avec quelques dents en sus. Il faut dire que l’un des trois était bossu, par hygiène sociale, on aurait dû appliquer le règlement, mais enfin… » Piero frémit et éloigna le croissant avec une grimace que l'autre, heureusement, ne remarqua pas. Ça y est, ses soupçons étaient fondés, Amilcare appartenait aux Escadrons d'Apôtres de la Mort (EAM). Aucun doute n'était plus possible. Et puis, on va dire que j'exagère, un autre de mes cauchemars éveillés…

Il chercha instinctivement la chemise bordeaux, qu'il croyait avoir posée à côté de lui. Mais non, où avait-il la tête, ce matin ? Les pannes de distraction d'un homme qui croyait dominer ses moindres faits et gestes. Chanthou était l'opposée de lui, même en cela : un jour, par exemple, il se souvenait de lui avoir offert, entre autres modestes bijoux, un bracelet en platine et or jaune avec un diamant bien taillé, que maman portait en souvenir de ses fiançailles. Il avait dû se disputer, pour le garder, avec Valerianna, qui voulait l'offrir à sa fille, qui l'aurait perdu en discothèque ou en bateau. Chanthou, non : on pouvait être sûr qu'elle l'aurait conservé comme gage de son retour ; et même s'il n'était pas revenu, elle ne l'aurait jamais perdu. Une pensée qui le consolait un peu et qui flottait dans sa mauvaise foi, comme une fleur pourrie dans la vase… D'où lui venait cette phrase ?

À l'aube, après sa nuit d'insomniaque, il avait ouvert le tiroir où il conservait le fatras des *Pensées inutiles* en attendant le moment idéal pour s'en débarrasser. Le voilà qui était enfin arrivé, un peu comme les paysans de ses grands-parents attendaient l'occasion propice, un mariage ou un baptême, pour saigner le porc engraissé toute l'année.

Du classeur, bien plus lourd que prévu, glissèrent à terre des bouts de papier qui le suivirent à travers l'appartement jusqu'à la porte, comme des traces de sang impossibles à effacer sur une scène de crime. Combien d'inepties on arrive à penser et écrire dans une seule vie ! Il sortit à la hâte, oubliant d'activer l'alarme : Senior ne lui aurait pas pardonné une telle imprudence, pendant un week-end d'août en plus, quand Jveuxtcambriolé peut prendre tout son temps ! Il traversa les rues presque au pas de course, au milieu des autodafés de livres confiés aux flammes par une foule jubilante, qui invoquait le retour à l'analphabétisme pour purifier l'humanité : énième hallucination ? Mais non, la fumée lui emplissait les narines, l'obligeant à tousser.

Il passa devant la *trattoria* fermée et le magasin d'alimentation, où Tveuxpayé et Jveuxdormi ronflaient en rêvant d'implanter une chaîne de restoroutes au Canada. Il avait songé tout d'abord à jeter la chemise dans une poubelle mais des Équipes de Mendiants Ingénieux (EMI), munis de crochets et de filets, spécialisés dans la récupération des déchets urbains solides, auraient pu s'en emparer. Que faire ? Il hésitait lorsqu'il aperçut une benne à ordures, immobile au feu rouge. Un signe de la Providence ! Sans y réfléchir à deux fois, il tendit le paquet au chauffeur qui le prit sans enthousiasme et le jeta derrière lui dans le compacteur, comme si cela lui coûtait un effort considérable. Piero suivit du regard la cascade de feuilles multicolores qui disparurent en quelques secondes, broyées et englouties par les pinces mécaniques. Seules quelques pages d'un agenda de bureau (il crut reconnaître le dessin d'un pont à l'encre de Chine) s'envolèrent pour retomber au bord de la chaussée, où le jet des pompes à eau les balaya avec les mégots et les épluchures. Ainsi les *Pensées inutiles* avaient enfin trouvé la fin qu'elles méritaient. Il en éprouva une intense satisfaction, presque une rédemption, s'il avait su ce que cela signifie.

*

Jadis, les femmes du Gange montaient intrépides sur les bûchers funéraires, enveloppées dans leurs robes rituelles. Dès que les flammes commençaient à effleurer leurs chairs en crépitant, elles se voilaient la face sans un cri car l'âme s'envolait au-delà d'une douleur qui ne comptait plus. Tout s'était accompli et tout recommençait : elles se réincarneraient dans une larve au ventre ocré ou vert laqué, une chenille bitumineuse ou peut-être un aigle ravisseur. *« Faites de vous-mêmes une lumière. Comptez sur vos seules forces, sans dépendre d'autrui »*, lègue à ses disciples Jayavarman VII, proche de sa fin : le vrai Bouddha, non pas Bimas, mais qui sait, c'était peut-être lui… À quelques pas de l'embrasement, des vieillards au sexe énorme serré dans le pagne, se faisaient savonner le dos et les jambes par les enfants du village, dans l'eau parsemée de cendres, parmi les excréments des bêtes, durs et luisants telles des pierres polies. Comme dans le mouroir de Calcutta, les miasmes de la décomposition empestaient l'air, les chacals criaient leur colère de ne pas être invités au banquet, les oiseaux bigarrés semblaient défier le ciel, des arbres inconnus ployaient leurs frondes vers le courant. Les Khmers rouges enterraient leurs victimes, encore chaudes et vivantes, pour ne pas souiller de sang et d'humeurs la crosse des fusils. Ils économisaient scrupuleusement les munitions, la pointe des baïonnettes, le fil des coutelas, suivant les ordres de leurs chefs, diplômés en médecine ou en philosophie à la Sorbonne. Leurs yeux las d'enfants féroces contemplaient la terre micacée et ne voyaient rien.

Il y a plusieurs années, alors que Piero se trouvait en Arménie, chargé de la réfection d'un aqueduc, une jeune fille d'un bourg voisin s'était suicidée par amour, en se couchant sur les rails du train. Avant de le faire, elle avait serré sa jupe avec une corde pour cacher ses jambes et son tronc, qui seraient fauchés par la locomotive, à la vue des infirmiers et des curieux. Chaque été à Milan, comme dans n'importe quelle grande ville d'Europe, dans les parcs, les jardins, les terrains vacants entre deux chantiers, on recueillait dans les buissons ou les immondices des bouts d'oreilles et des phalanges amputées, des fœtus ou des nourrissons enfermés dans des sacs en plastique, des chiens et des chats torturés, abandonnés dans l'agonie, des clous plantés dans la colonne vertébrale. Quant à lui, il avait jeté idéalement la femme aimée dans une poubelle, ou peut-être s'y était-il jeté lui-même : c'était mieux, pour l'hygiène, mais pas beaucoup. Pourtant, pour la première fois sans doute depuis cet appel téléphonique, il se sentait soulagé, en paix avec lui-même, comme s'il avait tardivement obéi à la première règle de l'existence qui est de nous accepter tels que nous sommes, sans alibi ni enjolivement, sans se lamenter ni se complaire. Il savait, enfin, jusqu'où il pouvait ou ne pouvait pas aller, et s'était arrêté à temps. Comprendras-tu, Tall ?

Non, l'ancien camarade du dernier banc à droite avait très mal pris la chose, au point de raccrocher sans un mot, oubliant que pour son modèle, le duc de Périgord et évêque d'Autun, l'impolitesse était pire qu'un crime. Au moins, Piero était devenu fidèle à ses limites comme son grand-père, dont l'apparition nocturne s'était ainsi parfaitement justifiée. Senior, son boulot achevé, pouvait rentrer définitivement dans son cadre. Piero avait mis pas mal de temps pour l'apprendre, c'est entendu, et l'avait payé avec le mirage d'un bonheur tardif, posthume, qui lui était passé à côté et s'éloignait définitivement, comme l'armée d'Hannibal dans les rêves de son enfance. Mais combien d'êtres, à soixante-cinq ans (à peine) entamés, peuvent en dire autant ? Il pouvait renoncer également à la vision rassurante du pan latéral de l'église d'en face. Il aurait mis en vente l'appartement et ses collections, le bon et le moins bon. La dette morale avec les Stecchi Presutti, ou Presunti, était réglée, même si le vrai *présumé*, en fin de compte, c'était bien lui.

Peut-être Speratti, rentré du Michoumistan, ayant résolu ses problèmes avec le fisc, était-il encore intéressé par l'achat ? Sinon, il trouverait bien quelqu'un d'autre. Puis, il verserait une généreuse indemnité à Oxana (généreuse oui, mais *non* inconsidérée) pour lui permettre de hâter la construction d'une horrible datcha tout confort dans son village. Enfin, il s'installerait dans une suite ou une résidence aux portes de la ville, noyée dans la verdure et le silence, baignée de lumière, sans ordinateur ni connexion à un réseau wi-fi, ni même cet iPhone de malheur et ses numéros mémorisés. Des fleurs cueillies chaque matin, des livres à lire ou relire, quelques objets amis, d'un mauvais goût attachant. Il ne garderait que les vieux outils de travail utilisés pendant les siècles par des générations de confrères bien plus illustres : papier de différents formats, crayons, gommes, compas, règles, rapporteurs d'angles, planche à dessin, cultivant une dernière fois l'illusion d'être le grand architecte qu'il n'avait jamais été. Les instruments plus sophistiqués pouvaient rester au bureau, où il aurait remis les pieds de temps en temps, ses assistants sauraient se débrouiller tout seuls. Et puis, un jour, il ferait enlever son nom de la plaque du cabinet et du papier à lettres. *Acta est fabula, plaudite !* Finie la comédie…

C'est ainsi que le Bouddha – le seul qu'il eût rencontré dans sa vie – avait terminé ses jours aux portes d'Oviedo, dans un établissement confortable, encadré d'eucalyptus et de pins parasols, à deux pas d'un terrain de golf qu'il avait dessiné jadis pour une société locale qui l'avait très bien payé, comme d'habitude. L'endroit, un peu tape-à-l'œil avec ses tonalités criardes et ses rondeurs hollywoodiennes, ne donnait pas l'impression d'une dernière demeure ; mais si elle devait le devenir, tant mieux, commentait Bimas, ça ne le gênait pas, ici ou ailleurs… Acéré, ironique, indulgent comme Piero l'avait toujours connu, il était devenu plus disert, preuve peut-être que l'isolement lui pesait ; et quand il ajoutait que c'était là qu'il coulait les premiers jours sereins de sa longue et productive existence, on pouvait en douter. Physiquement aussi, il avait peu changé, à peine alourdi par les médicaments et la vie sédentaire. Les rouflaquettes d'un blond cuivré devenu grisâtre, qu'il ne se décidait pas à couper, lui conféraient l'air d'une sage taupe victorienne, même s'il avait renoncé à la pipe de Sherlock Holmes, sur ordre des docteurs. Il refusait avec son amabilité coutumière invitations, conférences, séminaires, diplômes *honoris causa* et autres honneurs : « On pourra me les attribuer à titre posthume, si on ne m'a pas oublié entre-temps... » Il préférait se consacrer à des problèmes de géométrie, à étudier Descartes et la théorie des couleurs de Goethe, à revoir quelques projets de ses disciples, à recevoir des étudiants avec modération. Le soir, ignorant le 560e épisode de *Tous éventrés* et la danse des orangs-outangs télévisés, il relisait des polars et écoutait beaucoup de musique de chambre.

« Tu es content de ta vie ? » lui demanda Piero. C'était sans doute la première fois qu'il se permettait une question aussi directe. Bimas, ancien prix d'excellence du plus exclusif collège de Jésuites du Chili, trop avisé pour tomber dans le panneau, prit son temps pour répondre. L'heure du thé-apéritif approchait, toujours la tasse d'*orange pekoe tea* ébouillanté, parfumé avec une goutte d'angostura et de gentiane, un zeste de citron et une dose généreuse de whisky de malt, ajoutée lentement, larme après larme, de la flasque à capuchon d'argent qui ne le quittait jamais. « Je n'ai pas changé les ingrédients ni la méthode, ça m'a beaucoup aidé dans la vie... Tu sais, je me souviens surtout de ce que j'aurais pu faire de mieux, mais sans regrets. Garde-toi des regrets, *querido*, c'est de la fausse monnaie, comme la rancœur ou l'envie, qui t'empêchent de jouir du reste. Si tu me le demandes, mais seulement parce que tu me le demandes, c'est la conclusion que je peux en tirer. Nous effleurons beaucoup de vies, comme on feuillette un annuaire pour chercher une adresse. Mais trouverons-nous la nôtre ? » Une deuxième tasse de thé suivit la première, Piero aussi la dégustait en silence, sans brûlures d'estomac pour une fois. Quand il sortit après l'avoir embrassé (sans trop d'épanchement), il se dit qu'encore une fois le Bouddha avait semé des perles de sagesse du bout des lèvres et des doigts, évitant d'y laisser ses empreintes digitales.

Trois mois plus tard, il était mort. Les camérières venues faire sa chambre s'étaient résolues à entrer, après avoir frappé longuement à la porte et appelé le directeur, sachant que le vieux gentilhomme détestait toute privauté. Il était allongé dans le fauteuil d'Alvar Aalto, paisible et souriant. Une des femmes sanglotait la tête basse, probablement celle qui l'avait réconforté jusqu'au bout. Une autre, plus pratique, prit en cachette des photos qui parurent dans les quotidiens du soir : on peut tout gérer de notre vie et de notre fin, mais il y aura toujours un détail qui échappe et se transforme en outrage. Piero se trouvait quelque part en Afrique, une de ses dernières missions sur le terrain, où il fut rejoint au téléphone par les filles du Bouddha, qui n'étaient plus adolescentes mais, à en juger par leur voix, toujours adipeuses, huilées et banales. Elles lui demandèrent de la part de la veuve tricoteuse, de prendre la parole à la cérémonie funèbre. Il bredouilla que malheureusement il ne serait pas arrivé à temps : *se non è vero, è ben trovato*, car il n'en éprouvait aucune envie. Il ne se sentait pas à la hauteur, piètre orateur il n'aurait pas trouvé les mots justes. Et puis, ces rituels le gênaient. Il s'était contenté de murmurer deux vers d'une poésie de sainte Thérèse de Lisieux, dont il avait oublié le reste : « *Ma joie c'est de lutter sans cesse / Afin d'enfanter des élus…* » Il avait marmonné les mêmes vers en apprenant la mort du grand-père : ils faisaient partie d'un recueil édifiant que les missions comboniennes avaient envoyé à Senior pour le remercier de ses réticentes largesses ; or, celui-ci s'était bien gardé de l'ouvrir, convaincu, en vieil incroyant, que prier attire le mauvais sort.

Après quelques semaines, Piero reçut un colis contenant l'héritage que le grand architecte lui avait légué. Le Bouddha avait toujours été un maniaque de présents, un donateur sériel. Il terminait difficilement un colloque ou une réunion sans offrir des cadeaux parfois dérisoires, parfois de grande valeur, s'amusant de la perplexité dans laquelle il plongeait ses interlocuteurs. Il pouvait s'agir d'une paire de boutons de manchettes de Tiffany ou de Cartier, ou du chronographe *Seamaster* qu'il portait au poignet et enlevait avec une mimique d'hidalgo, comme d'un sous-verre en carton ou d'un stylo-bille provenant d'une chambre d'hôtel quelconque. Piero ne fut donc pas surpris quand du colis sortirent trois cravates à rayures d'un club de Pall Mall un peu défraîchies, une boussole de marine dans son étui d'acajou, sur lequel on lisait en petites lettres d'or « *Para Nuestro Comandante John Waldemaro Bimas, Valparaiso, 3 de Enero 1872* », un briquet plaqué or qui ne fonctionnait plus, un porte-clefs en vermeil arborant les initiales WB et le numéro de série d'une Ferrari (mais sans la voiture), aucune photo mais deux larges enveloppes remplies de cartes postales du monde entier, quelques livres surchargés de biffures et de commentaires illisibles en marge, les *Essais* de Montaigne et une monographie d'un savant néerlandais du XVIe siècle, *Ars aedificare pontes*, enfin six sachets d'*orange pekoe tea* et la flasque à capuchon d'argent. À lui de se procurer les autres ingrédients ou de changer la composition du cocktail, si le cœur lui en disait.

Qui sait si Bimas avait été réellement un élu, et si grand-père l'avait été aussi : en tout cas, les deux seuls hommes importants de sa vie, dont les femmes s'étaient délitées trop vite, y compris elle, la plus précieuse, la plus désirée. Il savait gré au maître de lui avoir transmis, avec tant d'autres enseignements, ce devoir de compassion, que dorénavant, il lui aurait fallu exercer avant tout envers lui-même. N'avait-il pas toujours plaint celles et ceux qui se retournent à chaque pas et marchent sur des coquilles d'œuf, attentifs à éviter les obstacles, au lieu de s'y ruer avec vaillance ? Il n'aurait plus revu Chanthou, c'était une évidence, et le fait de l'admettre le guérissait un peu de sa vilenie. Et puis, voyons, pourquoi vil ? On a bien le droit de changer d'avis… D'accord, il lui avait envoyé un premier SMS pour dire qu'il allait la rejoindre, suivi d'un second pour annuler son voyage. Et alors ? Tout était en ordre, correct, digne. Amen. Il souhaitait, avec toute l'hypocrisie bourgeoise qui asphyxiait son cœur, qu'elle pût refaire son existence, si ce n'était pas déjà fait. Débarqué à Phnom Penh, il se serait précipité à *La Petite Cabane* pour la trouver, empâtée, aveulie, en train de boire son Coca zéro et de fumer son énième Chersterfield, entourée de trois ou quatre mômes, jouant au foot ou à la poupée. Elle lui aurait présenté cérémonieusement son mari, peut-être ce médecin suisse à l'air torve qui tournait autour du pot…

Autant l'éviter, bigre. Comme cela, au moins, elle serait restée intacte dans son souvenir, image de jeunesse pérenne comme l'air frais, libre comme le vent : ni terminus ni rite de passage mais le pont plutôt, c'est ça, bravo, le pont qui surplombe l'abîme et unit les hommes des deux rives, qui attendent de traverser la mer démontée. À défaut d'amour, il en garderait l'illusion, ce qui valait sans doute mieux. « Allons, vieux parapluie, tu l'as échappé belle, veinard... », se dit-il, sûr que grand-père aurait applaudi.

Perdu dans ses pensées, il ne faisait pas attention aux clients qui affluaient dans le café, les exilés du Ferragosto, les rescapés de la canicule, les déshérités du parasol, les drogués du portable. Marie-Praline, installée en face d'une orangeade, à côté de sa maman lippue, s'exerçait au jeu vidéo qui faisait fureur cet été parmi les enfants bien élevés : « *Qui mettrais-tu dans la chambre à gaz ?* » Biscottine et Macaronnette, les dos bronzés recouverts de tatouages de camionneurs, s'entretenaient posément sur la meilleure façon de le faire jouir, même s'il ne bandait plus. Il reconnut vaguement des commerçants du quartier, des vendeuses, des secrétaires, dont celle du dentiste, qui vint lui rappeler gentiment le rendez-vous de la semaine prochaine, quand le docteur serait rentré de Capri ou de Sardaigne. Elle était mignonne, mais il ne comprit pas pourquoi elle lui causa un pincement au cœur : était-ce à cause de l'appareil dentaire qu'elle portait ?

Distant et dédaigneux, comme le boxer à sa laisse tressée de fils d'or, le bijoutier pédéraste apparut de l'autre côté de la rue de son pas vigile, extrêmement éduqué. Il était donc huit heures exactement : aucune montre, sans parler de la Rolex d'Amilcare, n'aurait pu être aussi précise. Sur le coup, Piero se demanda si, un jour ou l'autre, le bijoutier-tireur d'élite n'allait pas sortir une kalachnikov pour arroser le café-boutique, signalé pour la qualité et la courtoisie (et planque secrète des EAM), d'une rafale qui n'aurait épargné personne, pas même le beau visage dédicacé de Tunga Bunga.

Il ferma les yeux, les ouvrit à nouveau : rien qu'un bref ennuagement. Où se trouvait-il ? Au fond de la salle, juste en face de lui, venait de prendre place l'avocat méridional du cabinet au fond de la rue, tout habillé de lin blanc, de la pochette au pli du pantalon, les chaussures astiquées avec soin. Il n'était pas fréquent de le rencontrer si tôt, en général il se rendait au bureau vers dix heures et ils ne se croisaient que le soir, dans la rue ou à la *trattoria*. Piero le salua de la main mais l'autre ne répondit pas avec son empressement coutumier. Bizarre. Il semblait très agité, reluquant l'entrée. Les minutes passaient lentement, très lentement, comme au fond de sa propre nuit : ne manquait à l'appel que l'horloge murale avec le profil chafouin de Lénine. L'avocat semblait au bord de la syncope, il faisait peine à voir et Piero se demanda s'il ne devait pas, pour la première fois, s'approcher pour lui faire avaler un cachet. La retenue c'est bien, mais la solidarité aussi, dans les rudes épreuves de la vie.

À ce moment, on entendit un brusque coup de freins, des pneus couaquèrent contre la chaussée, l'Angoissée fit son apparition, résolument maquillée dès le petit jour, grande, vibrante, nibelungienne. Elle se dirigea vers la table où l'avocat s'était levé en ouvrant les bras. Pendant un instant qui dut leur paraître interminable (à Piero aussi), ils se dévisagèrent comme deux statues de sel d'une taille inégale. Piero élabora rapidement trois scénarios possibles : a) elle était venue pour leurs adieux, avant que le départ de l'avocat pour Melbourne ou la Calabre ne les sépare définitivement ; b) elle allait sortir de son sac un revolver à la poignée en écaille pour tirer trois coups : le premier aurait visé la vitrine des croissants, le deuxième aurait tranché net la queue de l'odieux chat persan (c'est bien fait), le troisième aurait foudroyé le parjure. Après quoi c) elle aurait tourné l'arme contre sa poitrine en susurrant l'air d'Isolde, « *Mild und leise / wie er lächelt, / wie das Auge / hold er öffnet...* », avant de tomber raide à ses côtés.

Mais non, l'imprévu est parfois au rendez-vous. Ils se jetèrent dans les bras l'un de l'autre, lui se soulevant sur la pointe des pieds, elle fléchissant les jambes, avec une entente parfaite, de champions de natation synchronisée. Et ils s'enlacèrent indifférents à l'entourage, dans l'étreinte retrouvée de ceux qui ne se quitteront plus.

III

SULEIKA ET LE GOUVERNEUR
Congé gothique

I

Le murmure, chaste et indifférent, des fontaines autour du Palais Farnèse, dans la nuit sans étoiles qui abritait le vomi et les rots des noctambules, ne concédait ni grâce ni répit. Son temps s'agglutinait sur les années qui lui resteraient à parcourir : du simple grain à moudre, voilà tout. Il n'avait aucun goût d'en redresser le cours et ne l'aurait guère souhaité. Ses jours s'amenuisaient inlassablement, lucarne rétrécie dans l'agenda de poche en faux cuir enfoui dans son veston, une mince tranche de clarté au bout, bien moins dense et porteuse d'étonnement qu'il ne l'avait convoitée jadis. Mais quelle clarté ? D'où venait-elle ? Était-ce la lueur de l'Éternel qui embaume le rêve de Constantin, dans la fresque de Piero Della Francesca qui l'avait tant ému, dès ses premiers séjours en Europe ? Il ne pouvait l'espérer. Selon des témoignages discordants, Piero aurait perdu la vue dans son grand âge. Des disciples bienveillants l'accompagnaient sur le chantier, surveillaient ses pas, lui décrivaient les œuvres qu'il léguait à la postérité, ne suscitant de sa part qu'un vague consentement, un hochement de tête : « On aurait pu mieux faire… » Raphaël, Léonard, Michel-Ange et tant d'autres reprendront à la Renaissance ce cri inassouvi, venu du tréfonds des grottes de Lascaux : *Ancora imparo !* Toujours j'apprends ! L'humanité, cependant, d'un commun accord entre les puissants de l'heure et ceux qui leur succéderaient, avait pipé les dés, contrefait la dette pour continuer à infliger au succombant massacres, croisades et persécutions au cours des siècles, sans rien apprendre qui pût l'élever durablement au-dessus du sort des bêtes inculpables.

Et lui, dans le carillon ballot de ses jours ? Que d'embranchements, de chemins de traverse en soixante-cinq ou soixante-dix ans : en fait, soixante-sept, le 1er mars suivant, de sa naissance à six heures trente du matin, fuseau horaire de la capitale, hôpital britannique, don des coopérants en camisole et gants de caoutchouc de l'*UK Overseas Aid*, chambre 54... Que d'existences côtoyées, éraflées, effeuillées, auraient pu se greffer sur la sienne... Il avait été pèlerin, se croyant touriste. Il se découvrait exilé, voulant être visiteur.

Il revivait la scène, il y a plusieurs années déjà. « Vous arrivez seul ? », s'enquit à l'aéroport de Fiumicino un employé des douanes en vérifiant le sauf-conduit délivré par le Haut Commissariat des Nations unies pour les réfugiés. Il l'avait toujours été, superbe privilège. Il hésita avant de répondre : les flics courtois sont souvent les plus suspicieux, moins on leur en dit mieux cela vaut. Au mur, trônait le calendrier du mois précédent, c'était encore l'été : le temps s'alanguit quand les jours ne mènent nulle part. Une jeune personne en bikini étirait ses bras bronzés vers une bouteille de Coca-Cola, surfant sur des ondes d'un bleu plastiqué : du pur réalisme socialiste en version yankee... Seul, oui seul dans son mobilier, ses caisses de vaisselle et d'argenterie, ses albums de timbres-poste commémorant des États engloutis par l'histoire comme le sien : le tout destiné au marché noir ou à des antiquaires peu regardants, en échange du cash qui lui assurerait une digne et modeste survie. Il avait cru, encore une fois, pouvoir s'exprimer en homme meilleur que la vie ne lui avait consenti d'être. Il babilla quelques mots d'excuse ou d'orgueil. « Vous comptez rester longtemps ? » « Qui sait, monsieur, à mon âge ? » L'employé le dévisagea avec un sourire complaisant d'homme du monde (rousse la moustache buissonneuse, roux les favoris de cocker, si peu méditerranéens), haussa les épaules, lui demanda qui aurait remporté à son avis le championnat de football : la Lazio était bien placée certes, mais la Juventus, depuis l'achat de l'avant brésilien, attendez de le voir en action… Puis, il estampilla le passeport et mit fin au colloque : « Bienvenue en Italie. Au suivant ! »

Le visa, dûment renouvelé à chaque échéance, était là depuis lors, méticuleusement plié dans le portefeuille, à côté de la photo de sa mère. Personne n'avait jamais prétendu le vérifier, la nonchalance administrative protégeait ses lubies. De temps en temps, on sonnait à sa porte, on interrogeait la concierge, on cochait une case, on repartait sans le déranger. L'inspecteur Oronte, promu commissaire divisionnaire au service de renseignements du ministère de l'Intérieur, n'avait rien pu inscrire de malintentionné dans son dossier : aucune fréquentation suspecte, aucune correspondance avec les cellules de l'opposition, aucun article même sous pseudonyme dans la presse clandestine. L'homme était inoffensif, un retraité parmi tant d'autres, qui avait choisi la Ville éternelle grâce à la proximité de la mer, au climat doux pour les rhumatismes et les varices, enfin, détail non négligeable, au coût de la vie encore inférieur à celui de Paris, Genève ou Londres. Tout le monde faisait confiance, dans les *trattorie*, les échoppes d'artisans (hélas, de plus en plus rares, un savoir transmis à travers les siècles se perdait dans l'ignorance de notre époque) et les commerces du quartier, à son allure dégingandée de *signore*, à ses tweeds fanés, à sa prestance un peu voûtée, à son visage à peine hâlé, à son accent rocailleux prétendument d'Europe centrale, qui glissait sur les consonnes michoumistanaises et les diphtongues de son enfance. Même les pourboires non extravagants, car il ne pouvait plus se le permettre, suscitaient l'indulgence. À Rome, comme à Naples ou à Palerme, les vieux messieurs distingués et désargentés, bien chapeautés, cravatés et manucurés, inspirent encore un certain respect, pourvu que ça dure…

La marquise ***, Chypriote à l'haleine abjecte et à l'irréfrénable talent érotique, grimpée à la force du coude et d'autres attributs dans les échelons de la haute société vaticane, avec laquelle il avait entamé une brève liaison dans la nuit des temps, lui avait octroyé pour un loyer symbolique, un rez-de-chaussée dans l'aile de son palais qui ne voyait le jour que dans l'éclat de la belle saison. Il y avait été rejoint par Nasir, le dernier de ses esclaves affranchis, menhir taiseux à l'épaisse carrure. Choix téméraire. Serviable jusqu'à l'effacement, il provenait d'une des plus farouches tribus zeughides de la côte, connue pour ses manieurs de l'arme blanche qui n'épargnaient jamais un adversaire. Le

Gouverneur s'endormait chaque nuit en songeant qu'il aurait pu se retrouver égorgé ou amputé à l'aube, selon les coutumes locales : ce qui ne le gênait nullement car, en vrai patriote, il aurait accepté hardiment la mort de la main d'un de ses frères ou sœurs, non sans réagir et se défendre bien sûr. Cette roulette russe, dans sa variante nationale, demeurait une affaire de famille : les étrangers n'avaient pas le droit de s'y immiscer.

Nasir le réveillait sur le coup des huit heures, en ouvrant les rideaux sur le coassement des rues et les klaxons des embouteillages. Il lui présentait une tasse de thé au jasmin, un œuf dur et un croissant de l'air cérémonieux d'un assassin qui attend le moment propice pour agir. « Si ses narines frémissent, il va se lancer et je l'abats », pensait-il en sortant du sommeil. Puis sa main se décrispait sur le revolver chargé qu'il gardait sous l'oreiller. Il ne courait, en revanche, aucun risque d'être empoisonné car le code d'honneur zeughide désigne l'arsenic comme l'instrument privilégié des eunuques et son serviteur ne se serait jamais abaissé à de telles méthodes. Un clin d'œil passait entre les deux hommes. Ils appartenaient à la même race, issus de la même terre, parlant la même langue – jusqu'à un certain point : le patois de Nasir ignorant les fioritures du parlage de la Cour –, disposés à mourir de la même mort, s'il le fallait. Le moment viendrait peut-être. Pour l'instant, encore une journée de sursis. Les couleurs, les bruits, les odeurs, les sensations se recomposaient autour de lui, s'étirant sur la palette matinale. Une femme de ménage battait un tapis, un prêtre aux lunettes d'acier et à la tonsure germanique, presque un adolescent, relevait le bord de sa soutane pour enjamber une flaque. La vie, après tout, est belle.

Le Gouverneur, à l'état civil Hafiz at-Quellem-Bondur – « celui qui émerveille les torrents » en ancien idiome, ou, variante philologique tardivement acceptée, « les fontaines » –, avait beaucoup de défauts, dont la plupart resteront inconnus à nos lecteurs. Mais il était raisonnablement impavide et ignorait l'angoisse. Son corps, non pas d'athlète mais de méticuleux gestionnaire de ses besoins, l'avait plutôt bien servi : instrument fiable aux exigences contenues, il carburait sans peine, comme le moteur d'une auto, laissée au parking pendant une ou deux semaines, redémarre sans un raté. Il ne buvait pas d'alcool, ne fumait pas, ignorait le café à la cannelle et les opiacés si répandus dans sa partie du globe, consommait peu de viande, évitait les pâtisseries et se méfiait, sur le tard, des féculents et des huiles de l'épaisse cuisine romaine. Son entendement était intact, ses souvenirs aussi. Il n'avait rien oublié et ses compatriotes, sans doute, ne lui avaient rien pardonné. Plus les peuples sont anciens, plus leur mémoire est figée dans l'extase de la vengeance.

En trente ans d'un pouvoir apparent, dénué de véritables moyens d'agir, car les choix essentiels s'accomplissaient derrière son dos, il avait tout fait pour exciter les haines par sa modération, son goût de la justice, sa tolérance envers les passions des uns et des autres. Il s'était efforcé de nuancer, de peser et de pardonner, là où seuls des monceaux de cadavres auraient pu susciter la crainte, si ce n'est la déférence, des bourreaux et des victimes à la fois, prêts à s'échanger les rôles, le moment venu. Très jeune, trop sans doute, il avait été admis sans droit de parole à la table du Conseil des Grands. Quoiqu'il descendît par la main gauche du clan longtemps dominateur du pays – sa mère, Beloukia, aux yeux de gazelle et au ventre de velours, avait été la dernière favorite du vénérable Père de la patrie, promulgateur de la Constitution modernisatrice de 1880 –, on lui avait octroyé un rôle auquel il ne s'attendait pas. À vingt ans, pour le mettre à l'épreuve non sans malice, on lui accorda sa première province qu'il ne revendiquait point, se sachant impréparé à la tâche. Ce vaste territoire insoumis allait devenir, en quelques décennies, un des hauts lieux malfaisants de la guerre civile. L'immaturité le rendit maladroit, c'est-à-dire inexorable. Il lui fallut du temps pour admettre sa faute et revoir son attitude.

Lorsque Uriah Heep, le principal meneur de la révolte lakhbadienne des années ***, fut conduit au poteau, Hafiz aurait voulu le gracier mais ses conseillers – d'habiles requins, mandatés par le gouvernement central – s'y opposèrent résolument. La poursuite du (soi-disant) terroriste avait coûté trop cher : les troupes d'élite, décimées par la guérilla, avaient ratissé en vain la montagne pendant des mois, suscitant le courroux et la risée des villageois. À la fin, on dut se résoudre à soudoyer au prix fort des espions et des trafiquants qui ne jouèrent cependant aucun rôle dans le dénouement. Trop confiant dans son emprise sur les femmes, Uriah Heep avait été trahi par la plus dévouée de ses maîtresses, qui se jeta après coup du haut d'une falaise car c'est par jalousie qu'elle l'avait livré, non pour la récompense qu'elle refusa dédaigneusement et qui fut partagée parmi les janissaires.

Hafiz alla rendre visite au rebelle dans sa cellule, à la veille de l'exécution. Soumis à la question, il avait été torturé, contrairement à ce que la Constitution prévoyait et que des observateurs gavés de mets succulents et de harems parfumés, avaient omis de remarquer dans leurs rapports aux organisations internationales censées veiller au respect du droit des gens. Le jeune Gouverneur renvoya sa suite et resta seul avec le prisonnier qui le dévisageait d'un air méprisant, un œil éteint, les traits en sang, massant sans gémir ses poignets entaillés par les chaînes. Hafiz comprit avec horreur que ce masque tuméfié cachait un homme d'environ son âge, qui avait su choisir son camp avec une hardiesse et une détermination qu'il ne posséderait jamais. L'historien ignore les propos qu'ils échangèrent ; la fantaisie d'un écrivain aurait pu en tirer des répliques inspirées. Le lendemain, alors que la tête d'Uriah Heep roulait dans le panier (il avait eu le temps de tirer la langue au bourreau, geste de défi répandu par ses acolytes, qui enrichit sa légende posthume), Hafiz jura en son for intérieur : « Qu'aucun être humain ne périsse jamais par mon choix délibéré ! Qu'aucun citoyen, quels que soient son rang et ses agissements, ne paie ses convictions d'une vie qui est sacrée ! *Michoumistan bat Michoumistanys !* Le Michoumistan aux Michoumistanais ! » Personne n'entendit ces propos édifiants, qui furent cependant transmis partout de bouche à oreille. Ceux des Grands qui ne l'aimaient pas, la majorité sans doute du Conseil, se frottaient les mains. Il venait de ratifier sa propre mise à mort, tôt ou tard.

*

Oui, il avait beaucoup de défauts, dont il était conscient, impuissant par ailleurs à les réduire ou maîtriser. Il lui aurait fallu une sagesse qui ne l'habitait pas. Il déversait ses tourments dans une écriture longtemps secrète, dont il couvrait et raturait cahier sur cahier. L'échec était inversement proportionnel à la masse de feuillets noircis, promis à la corbeille à papiers ou au feu de la cheminée. L'art ne peut jaillir que d'une foi implacable dans l'homme et chez lui la source en était tarie, si elle avait jamais existé. Incapable de concevoir des vers d'une quelconque originalité, il se défoulait en traduisant des œuvres qui lui donnaient l'espoir de se réconcilier avec l'Universel. Un florilège de l'Arioste en quatrains michoumistanais, paru anonyme sous une pauvre couverture, n'avait connu aucun retentissement. Plus tard, des amis bien intentionnés avaient forcé sa réserve, l'incitant à publier sa version réduite de l'œuvre qu'il admirait entre toutes : le *Divan occidental-oriental* de Goethe, somme dédiée à cette rencontre des civilisations qui seule peut nous ouvrir les portes d'un avenir pacifié. Cette fois il s'était essayé au français, qu'il possédait mal mais qui demeurait à ses yeux la seconde langue naturelle de tout étranger civilisé. Il avait signé ce mince recueil d'un nom de plume un peu trop élaboré – Palamède de Norpois-Saint-Loup – qui scandalisa maints comptables de la *Recherche*. Or, Proust, si noué, byzantin, ennemi du bonheur, s'inscrivait dans la lignée de l'Arioste et de Goethe, dont il reprenait la vision humaniste, riche en sève et en humour, sans peut-être les avoir jamais lus, par le jeu souterrain des affinités entre titans. Et puis, le reclus dans sa chambre tapissée de liège n'était-il pas l'inlassable explorateur d'un « nom de pays » qui n'existe nulle part, le scaphandrier descendu dans une mer de mousses, d'algues et de vertébrés, sans espoir de revenir à la surface ? Le fait de pouvoir convoquer à son chevet ces mânes bienfaisants, ces orfèvres du Beau et du Bien, réchauffait le cœur de moins en moins fiable de Hafiz, fissuré par trop de doutes.

Dans un premier temps, après son arrivée à Rome, il avait entretenu l'illusion de prouver enfin sa vocation d'écrivain. Un influent agent littéraire, dont la ronde bosse semblait de bon augure, lui passa l'ébauche d'un roman au succès assuré, il ne fallait plus qu'y ajouter un peu de vie, un zeste de couleur… La protagoniste, une sœur de charité au passé nazi, baisait dévotement la croix (gammée) dans sa cellule, tandis qu'autour d'elle se multipliaient les mirobolantes aventures d'une bande de ETS (Électriciens Transsexuels Souverainistes). Le sujet le déroutait un peu mais il s'y plongea consciencieusement. Il avait vite déchanté, le résultat étant la énième pile de feuillets destinés aux flammes. Il se pressurait les méninges : en vain. Comme d'autres fois dans sa vie, il avait combattu et perdu avec honneur.

Il délaissa alors la littérature pour l'histoire, ou mieux l'archivage. Confronté au flot de sottises et de faussetés qui circulaient sur son pays, dans les chancelleries et les médias du monde dit « développé », il n'avait aucun espoir de réussite. Sa version, objective, des faits n'intéressait personne et on lui fit comprendre avec discrétion qu'elle aurait pu nuire à son statut de visiteur à peine toléré. Pourtant, ce *Michoumistan bat Michoumistanys !* qu'il se répétait dix fois par jour, n'était-ce pas l'appel fédérateur, sans lequel on ne comprenait rien ni aux traditions ni à la mentalité d'un peuple deux fois millénaire ? Il est rassurant de se complaire dans les poncifs du tribalisme, lorsqu'on ignore l'issue du combat, le poids des intérêts en jeu. Des sociologues et politologues en vogue parlaient complaisamment du Michoumistan à la télévision comme s'ils lui avaient consacré quinze ans d'études, alors que pour la plupart ils en ignoraient le nom la veille. Sa patrie ou matrie, ou encore marâtrie, comme il préférait la désigner, jadis prospère et respectée, avait été systématiquement détruite pour en faire un réservoir de matières premières à piller. Rayée des cartes de la géostratégie, elle avait été livrée aux truands locaux et à leurs instigateurs et mandataires, de l'est et de l'ouest, du nord et du sud. Hafiz n'était pas niais au point de croire au devoir du témoignage ; mais de là à se taire complètement... La masse de documents qu'il avait pu mettre en sûreté de manière parfois rocambolesque, les préservant des pillages et des incendies, aurait pu – qui sait ? – réorienter la vision d'un tribunal de l'histoire, épris d'un sentiment de justice ignoré par ces contemporains aveuglés.

Il passait des heures à les vérifier, à les trier, à les recopier pour en tirer une chronique aussi véridique que possible. Il allait parfois trop vite et revenait en arrière pour ajouter des notes et des commentaires en marge ; puis s'embrouillait dans ses digressions, craignant de perdre l'orientation dans ce labyrinthe de papier. Il reprenait son travail le lendemain, animé par le dessein de servir... quelle exigence au juste ? Il s'acharnait sur des piles de comptes rendus, de procès-verbaux, de télégrammes défraîchis, où se reflétait jusqu'à la nausée son impuissance d'alors, d'aujourd'hui et de toujours. Les enjeux des grandes puissances, planifiés loin des confins de son pays, étaient trop complexes et pervers pour qu'il pût y exercer une quelconque influence, même à titre posthume.

Telle était désormais son existence, ordonnée et factice, au fil des ans, sans qu'il s'en rendît presque compte. Hormis la chronique qu'il n'aurait jamais terminée (c'était désormais sa seule certitude), il n'avait plus grand-chose à faire, après en avoir sans doute trop fait pour le commun des mortels. Il apprenait sur le tard que l'oisiveté studieuse demeure l'ultime rempart d'un homme libre. Luxe inouï, en pensant à l'époque où il était submergé de tâches administratives et de besognes ingrates, il pouvait s'entretenir avec un horloger ou un ébéniste, sans dépenser l'argent qu'il n'avait plus. Il passait des matinées à contempler de vieilles cartes postales, à ranger Pléiades et livres de poche par ordre alphabétique, à répartir les punaises et les élastiques dans ses tiroirs, selon les couleurs et les dimensions : il avait toujours nourri une passion pour les choses bien classées et organisées.

Au début, il paradait à des cocktails, à des premières à l'opéra, à des expositions de peinture, à des concours hippiques, dans son smoking un peu lustré aux coudes ou en veston croisé, ses deux ou trois paires de chaussures ressemelées et cirées par Nasir, au bras de la marquise chypriote ou d'une autre héritière âgée, qu'il raccompagnait sagement jusqu'à l'ascenseur avant de disparaître pour esquiver l'offre amoureuse d'un dernier verre, *one for the road*. Cette phase révolue, il sortait de moins en moins, attentif au curseur du budget, aux contraintes d'un compte en banque étiolé. Il ne partait plus en vacances, refusant d'être l'obligé de quiconque l'invitait dans ses manoirs, ses plages ou ses chasses, ne possédait pas de voiture mais les taxis étaient chers, les fleurs et les marrons glacés aussi. Voilà deux ou trois ans qu'il n'avait plus quitté Rome, même pas pour les bains ou les fouilles d'Ostie. D'ailleurs, il ignorait la métropole grouillante. Les interminables faubourgs, champignonnés un peu partout dans l'après-guerre, pas tous laids mais la plupart oui, lui demeuraient inconnus, sinon hostiles. Il ne voulait pas s'enliser dans une ville découverte avec enthousiasme dès sa jeunesse, réduite aujourd'hui au refuge d'un exilé, havre d'un visiteur. Son itinéraire quotidien se rétrécissait au trident entre via Giulia, l'ancien Ghetto et Campo dei Fiori jusqu'à la place Navone qu'il évitait, attristé par sa décadence patrouillée par des touristes en short, sandales et *gelati*. En revanche, il aimait côtoyer à pas lents les berges du Tibre, racées et inconfortables, jonchées de feuilles mortes à l'automne pour rebourgeonner au printemps[1] : il affectionnait les saisons de transition, que la météo semblait avoir abolies.

Parfois un chat l'accompagnait pendant quelques mètres avant de filer dans la direction opposée. Tout au long de sa vie, Hafiz avait entamé des aventures inconséquentes, des flirts ratés avec cet animal qu'il respectait entre tous mais qui n'avait jamais partagé sa destinée. À Rome, il lui avait donné un nom idéal, qui les rassemblait tous : Paparazzo. Il lui arrivait encore de contempler un félin, immobile à la

---

1. *« Le Tibre qui rampe souillé, silencieux, honteux, sous les arches coupées... »* (Lamartine, *Les Confidences*). On n'a jamais rien écrit de mieux, en français en tout cas.

devanture d'un relieur ou dans l'entrebâillement d'une porte cochère, qui semblait soutenir son regard sans la moindre gêne. Leur entente muette pouvait durer un bon moment. Après quoi la petite bête se retournait, dédaigneuse, comme si elle regrettait cette concession. Le rituel ne souffrait pas d'exceptions ; c'était peut-être un symbole qu'il essayait de comprendre et ne comprenait toujours pas. La seule espèce d'ami qu'il eût pu concevoir semblait se rapprocher de lui, puis le fuyait évitant toute explication, comme s'il n'en eût point été digne.

Jadis, sa vie mondaine avait été somptueuse, resplendissante, tapageuse même, lorsque la jeunesse et la santé semblaient autoriser des excès qui pourtant le laissaient de marbre. Il jetait à pleines mains l'argent qui ne lui procurait aucune joie. Sa table était riche et recherchée ; des musiciens, des danseuses, des jongleurs, des trapézistes, des virtuoses de la sarbacane et des perles de verre y apportaient un raffinement que ses collègues, plus frustes, lui enviaient. Une foule de petites gens se pressait à ses audiences hebdomadaires. Il les recevait, les écoutait patiemment en s'efforçant de satisfaire leurs griefs, imperturbable et magnanime. Il présidait aux mariages et aux banquets, bénissait les nouveau-nés qui pissaient sur son uniforme, enterrait dignement les ancêtres et les sages de la communauté. Il accordait des bourses aux plus demandeurs qui étaient rarement les plus méritants. Était-ce par désir d'être aimé ? Il en riait sous cape. On le disait généreux et affable, là où il n'était qu'indifférent.

Maintenant, du haut d'une déchéance lucidement assumée, il souriait à tout le monde, ne disait presque rien, en tout cas rien d'original, répondait du bout des lèvres aux tentatives, de plus en plus rares, d'enfreindre sa réserve. La société romaine est facile au contact, volontiers désinvolte mais au fond compréhensive et généreuse, tant qu'on ménage sa paresse. « C'est un homme qui a beaucoup souffert… », expliquait tout autour la marquise, formidablement cuirassée par l'incapacité de souffrir. Admis dans l'enceinte de cercles huppés, il y relevait poliment des propos et des anecdotes entendus mille fois, à quelques variantes près, télescopés d'une capitale à l'autre, d'un salon au suivant. S'il intimidait, on finit par l'accepter ; s'il ennuyait par moments, on ne lui en voulait pas. Son charme distant, vaguement menaçant lui assurait plus de sympathies qu'il n'en méritait. On l'avait surnommé le prince persan, ignorant parfois où était la Perse et ce qu'était un prince.

II

Et puis… *Cela* s'était produit quelques jours plus tôt. Mais revenons à un point capital que nous avons délaissé et qui pourrait inquiéter nos éventuelles lectrices : le rapport longtemps entretenu par Hafiz avec le sexe qu'un préjugé machiste s'entiche à nommer faible. Il le partageait sans vergogne. Seules les femmes qui capitulent trouvaient grâce à ses yeux, ce qui au cours des décennies en avait réduit le nombre et augmenté l'intérêt, rarement le regret. Celles qui se montraient difficiles, par calcul ou par tempérament, par goût ou par caprice, l'agaçaient comme une perte de temps à consacrer à de plus vastes et viriles entreprises (lesquelles ? Il se le demandait lui-même). Il croyait à l'hygiène ignorant l'amour, à l'énergie au mépris de la passion. À plusieurs reprises, les Grands avaient souhaité le marier à des héritières zeughides ou lakhbadiennes pour resserrer des liens ancestraux. Il avait feint de se plier aux convenances, tout en se ménageant chaque fois une sortie de secours. Il faisait preuve ainsi d'une ingéniosité dont on le croyait dépourvu. Cachait-il un faible pour les garçons ? Alors qu'il expéditionnait dans les inhospitalières contrées du Sud, on glissa dans sa tente un éphèbe d'une grande beauté. Ils jouèrent aux échecs pendant la nuit et se quittèrent au matin bons amis.

Tout était désormais si loin, si périssable, si indistinct qu'il n'en souriait même plus. Sa chasteté d'exilé avait d'abord impressionné les curieux et les esprits subtils, qui ont tendance à l'attribuer à un mal congénital ou à un complexe freudien. La gentille coiffeuse qui coupait ses cheveux deux fois par mois lui confia un jour en roucoulant : « Toutes mes clientes se demandent qui vous êtes et où vous habitez... » Il changea de salon, ne pouvant changer d'adresse. Au premier étage du palais, le *piano nobile*, où il accédait rarement, la marquise chypriote narrait à ses amies rêveuses, dans une profusion de bougies, d'encens et de brûle-parfums, de loukoums, de macarons et de liqueurs douces : « Si seulement, les filles, je pouvais vous raconter ce dont il *était* capable... » Il l'avait su, rassuré par l'imparfait, dans l'espoir qu'on lui fiche la paix. Peine perdue : son téléphone sonnait jusqu'à des heures indues. Pourtant le numéro ne figurait pas dans l'annuaire et il n'avait pas de portable. Une voix capiteuse, peut-être une blague, suggérait quelque prestation hors norme, qui pût réveiller la bête en lui (!). Nasir raccrochait, devançant les ordres de son maître.

Voilà où nous en étions, lorsque *cela* s'était produit quelques jours plus tôt (et de deux), en plein mois d'octobre, dans des circonstances on ne peut plus prosaïques. S'il est vrai que Hafiz sortait mal volontiers du quartier, son dentiste de confiance aux prix mitigés, assez snob pour les réduire ultérieurement dans le cas d'une clientèle internationale, demeurait dans un square éloigné du centre qu'il lui fallait rejoindre tous les trois ou quatre mois pour des soins impérieux. Le parcours en taxi, nous l'avons dit, devenait un luxe qu'il pouvait difficilement se permettre. Il étudia le plan de la ville en maréchal napoléonien, écarta le métro car il avait une peur atavique de descendre dans les méandres de la terre (autre motif qui lui avait fait écarter Londres et Paris) et finit par se rendre à l'idée que deux bus aux horaires non spécifiés (ce qui le mit déjà de mauvaise humeur) pouvaient le tirer d'affaire. Il lui aurait fallu une heure environ pour s'y rendre et au moins autant pour en revenir, dans le trafic d'une fin d'après-midi chaotique, mais l'entretien de ses caries compenserait ce menu sacrifice. D'ailleurs il ne dînait le soir que d'un bouillon de légumes et d'un poulet graisseux : Nasir était un piètre cuisinier et le Gouverneur considérait comme indigne de lui de pénétrer dans la cuisine. Il se plongeait ensuite dans ses dossiers ou dans quelques pages d'un auteur classique. Il évitait les contemporains comme la peste, peut-être par jalousie : le livre sur la nonne nazie, rédigé par un autre auteur moins regardant, s'était vendu à trois millions d'exemplaires, plus droits cinématographiques et télévisés, bandes dessinées, jeux vidéo, etc. Puis il s'endormait en pensant à sa mère et en caressant le revolver.

Le premier bus était en retard, comme il se doit, mais le second à l'heure, contrairement aux placides habitudes locales. Enveloppé dans son pardessus – les premiers froids à Rome se manifestent à l'automne avec l'irruption de la tramontane – il sommeillait sur une place réservée aux handicapés, à laquelle il n'avait pas droit mais tant pis : les contrôles étaient rares et les préposés obligeants. D'ailleurs pourquoi les handicapés doivent-ils prendre l'autobus ? Qu'ils restent chez eux et nous fichent la paix... Tout à coup, son œil glissa sur deux filles dont l'une, frisottée et lunettée, n'avait rien pour l'attirer, alors que l'autre, grande, svelte, nerveuse, d'une exceptionnelle, pudique et coruscante beauté. Ses longs cheveux châtains presque bleutés lui faisaient comme une corolle autour d'un visage de Madone du Quattrocento, attisait et autorisait tous les regards des mâles et des femelles aussi. Bref, une merveille de créature. Hafiz en perçut un pincement au cœur qui descendit plus bas. « Diable, se dit-il soulagé, je suis encore vivant... » Puis, pris de panique, il murmura « Maman, maman, protège-moi... », emporté par la même émotion que, rétropédalant dans sa mémoire, il avait éprouvée jadis, face au cortège de la reine de Saba dans la fresque de Piero, à ces courtisanes trop impassibles et dignes pour se pencher sur notre berceau.

Ce fut l'affaire d'un moment ; les deux jeunes filles étaient descendues à l'arrêt qui précédait le sien. Il voulut les suivre, un imbécile s'interposa pour lui offrir obligeamment son bras, il les perdit.

Le dentiste fut surpris par son audace. C'était un petit homme chauve, toujours un peu mal à l'aise, compétent mais bourré de complexes. Il déclarait à chaque fois que son infirmière était en congé de maternité ou venait de s'absenter pour le week-end. Hafiz n'avait jamais croisé cette collaboratrice sans doute inexistante, mais autant le croire si cela pouvait lui faire plaisir. Une fois, à la lecture d'un fait divers dans les journaux, concernant un spécialiste connu, qui avait sectionné sa secrétaire en cachant soigneusement plusieurs paquets de restes congelés entre son cabinet et l'appartement, Hafiz se demanda s'il ne s'agissait pas de son dentiste. Non, c'était un psychiatre en vue, de l'équipe de Lazare Mises.

L'antichambre ne payait pas de mine : des fauteuils râpés, des gravures anonymes aux murs, quelques photos encadrées sur un trumeau, dont celle de la marquise, vingt ans plus tôt et vingt kilos de moins. Hafiz n'exigea pas, ce jour-là, d'anesthésie locale. Voulait-il se punir ou manifester une hardiesse qu'il n'avait point connue auparavant ? Il se fit trépaner stoïquement comme s'il expiait une faute. Cette preuve de vaillance, dont on peut discuter le bien-fondé, ne comporta pas trop de peine car la main du dentiste était légère et la médication superficielle. Sa dentition était encore dans un état passable pour son âge. L'entretien régulier lui évitait l'ignominie d'un râtelier dont les sophistiqués spécimens trônaient dans une vitrine, comme s'il s'agissait de fœtus dans un bocal ou de têtes réduites par les peuplades d'Amazonie : pratique au demeurant courante chez certaines tribus zeughides de la côte, ou lakhbadiennes de l'intérieur.

Bref, la session fut expédiée rapidement. « Fort bien, monsieur, dit le dentiste, en faisant disparaître prestement dans un tiroir l'argent que lui tendait Hafiz, rigoureusement hors taxes. Nous sommes tranquilles pour les prochains mois, il faudra extraire une molaire, ce n'est pas une grande misère. En revanche – il baissa la voix – faites contrôler le cœur, ce n'est pas mon domaine, j'ai l'impression qu'il mérite quelques égards supplémentaires. Si vous voulez, je peux vous indiquer un collègue. » Ce n'était pas la première fois qu'on lui adressait ce bon conseil mais Hafiz n'en tint aucun compte. Pourquoi ? Lui seul le savait.

On dit que des magiciens et des charlatans avaient appliqué sur les yeux malades de Piero Della Francesca des cataplasmes d'ortie, de boue et d'excréments de vipères pour le soulager de ses maux (un siècle et demi plus tard, ils recommenceraient avec Jean-Sébastien Bach) alors qu'il s'enfonçait dans la nuit. La souffrance ne mérite rien et ne justifie rien. S'il ne l'avait jamais éprouvée sur lui-même, Hafiz avait lutté en vain pour l'éviter aux autres. Gouverneur dans sa province insoumise, il avait aboli la torture, même celle que la loi autorisait sous la formule, aulique et hypocrite, d'« encourager la recherche de la vérité ». Mais quelle vérité pouvait venir d'êtres pendus comme des quarts de bœuf, qui auraient mugi pour dénoncer la mère ou le père, afin de mettre un terme à leurs tourments ? Le bourreau en titre, d'un air peinard, lui avait demandé : « Soit, Excellence, mais puis-je au moins déployer ma panoplie ? Croyez-moi, rien que de la voir ferait parler n'importe qui… » Il l'avait exhibée de l'air entendu du bon professionnel qui déballe sa marchandise : des pinces, des tenailles, des scies, des mèches goudronnées, des couteaux à double tranchant, des instruments plus subtils pour arracher les yeux comme du blanc d'œuf, des clous pour arrimer la langue et empêcher les hurlements… Non, l'humanité n'avait rien appris. *Ancora imparo !*

Il sortit du cabinet médical en caressant sa joue endolorie et reprit le chemin inverse. Il se demandait s'il aurait eu une chance de la retrouver (quant à l'autre fille, la moche, vivement qu'elle disparût !). Le souhaitait-il réellement ? C'était, en tout cas, une sensation inédite pour lui, qui avait quelque chose d'effrayant. Il n'avait jamais poursuivi ni même recherché aucune femme, par vanité ou par désir. Or, la voici, qui semblait l'attendre à l'arrêt du bus : pas le premier, le second, non, le premier, enfin il ne savait plus lequel : il est facile de se confondre quand on n'a pas l'habitude des éblouissements. Plongée dans un livre, elle ne le gratifia pas d'un regard pendant le trajet de retour. Recroquevillée sur un siège loin du sien, arc-boutée dans une position inconfortable, elle exhibait presque par mégarde – existe-t-il une telle mégarde chez une femme ? – des jambes d'une longueur et langueur démesurées, qui ne semblaient pas coller au bassin mais vibrer d'une vie propre, comme les échasses des marais. Piero n'aurait pas toléré cette géométrie trompeuse ; mais aimait-il les femmes qu'il peignait incomparablement ? Nul ne le saura : il avait emporté cette énigme avec lui. L'art ne révèle qu'un reflet aux mortels, le reste n'appartient qu'aux dieux, attablés, distants, impitoyables.

Revenons à nous. Hafiz ne savait que faire, transi, médusé, battu. L'aurait-il perdue à nouveau dans la cohue ? Il souhaitait seulement regagner son domicile, revêtir un de ses pyjamas de coton – ceux de soie grège aux ruches dorées étaient partis depuis longtemps dans une vente de bienfaisance –, se coucher avant l'heure et sans bouillon, écouter sur son transistor (il n'avait pas d'internet et lorsque quelqu'un lui mentionna YouTube, il le prit pour une offense) le quatuor opus 7 de Schubert, *Der Tod und das Mädchen*, contempler les étoiles, s'il y en avait cette nuit : licence poétique car de son rez-de-chaussée il n'avait aucune vue sur le ciel moutonneux d'octobre. Et attendre que Nasir vînt lui planter à pas feutrés un poignard dans le cœur. Il n'aurait pas résisté, contrairement à ses fiers propos. Sa main infaillible, qui jadis pouvait abattre un sanglier en rut à cent pas, glisserait sur la crosse du revolver, tombé à terre, dans un sursaut d'impuissance. Le visage de cette jeune fille annonçait un trépas qui lui serait doux et mérité.

Non, décidément le moment n'était pas encore venu, l'heure n'était pas la sienne. Deux éléments manquaient à l'appel, qui l'attendaient au rendez-vous. Alors qu'il allait descendre du bus sans se retourner – car il n'avait pas le courage de la suivre jusqu'au bout, on ne triche pas deux fois avec le destin –, l'inconnue actionna la sonnette et courut jusqu'à la sortie pour descendre également de ce pas svelte, souple et nerveux qu'il semblait déjà connaître comme une blessure intime. Elle le bouscula parmi les passagers excédés (en fait, elle le poussa, au risque de le faire tomber, ayant du muscle dans les coudes) en murmurant un « *Scusi, signore* » à l'accent incontournable, qui happait les consonnes et les diphtongues de son enfance. Aucun doute n'était possible. C'était un bouquet de sa race, de son sang, un roseau de son peuple martyrisé, un rayon de soleil deux fois millénaire, qui ne brillait que pour lui et s'effacerait dans l'indifférence du monde. C'était sa matrie, non pas sa marâtrie, une mère toujours convoitée par ses sens éveillés, porteuse de vie et de désir. Ils se retrouvèrent, haletants, en face l'un de l'autre, à quelques pas de la masse auguste du Panthéon tapie dans l'ombre, dans la confusion de la foule qui se pressait vers les cafés, les cinémas et les restaurants. Elle s'excusa à nouveau d'un air contrit, le livre était tombé au sol. Hafiz se courba pour le recueillir à sa place et aperçut, à la lumière d'un réverbère, le mince recueil de sa version du *Divan* de Goethe.

*

À partir de ce jour d'automne, sa saison préférée comme nous le savons déjà (et de trois !), il l'appela Suleika. Ce n'était pas son vrai nom mais qu'importe ? Elle le méritait par ce port de tête majestueux et frêle à la fois sous le diadème de la chevelure, la pureté un peu équivoque du visage, le regard qui ne connaissait ni hésitation ni accalmie, ni imposition ni renoncement. Le trouble de Hafiz augmentait : comment parvenir jusqu'à cette part d'ombre enfouie dans la jeune fille ? Où l'avait-il déjà rencontrée ? L'avait-elle déjà bercé dans ses bras ? L'arcane dominait chez elle, dont le corps n'était que l'attribut glorieux et la conséquence naturelle (ou mieux innaturelle, mais ne divaguons pas). Sa poitrine était ample et timide, tel un fruit rarement cueilli. Ses reins s'arrondissaient dans un galbe insolent. Son ventre, quand il le découvrit, humide caverne aux senteurs épicées qu'il reniflait et poursuivait de sa langue jusqu'à la déraison, recelait le velouté de chamois qui avait jadis mérité à Beloukia la première place entre les vestales de la Cour. Hafiz aurait souhaité rentrer dans cet antre fécond, y trouver une paix définitive, au lieu d'y pénétrer par effraction. Il aurait pu admirer à l'infini les mains fébriles, la vigueur des membres déliés, des articulations, des saillies, des contours : les bras, les coudes, les hanches, les cuisses, les jambes, les genoux, les mollets, les chevilles, jusqu'à l'arc de la plante des pieds et au poli des orteils, composant une harmonie dont elle était, par miracle, insouciante. Car la plus grande vertu, la plus prodigieuse conquête de Suleika était de s'ignorer, comme si elle eût accordé à Piero d'abord, à Goethe ensuite – à lui enfin ? – le soin de palpiter à sa place. Ce délire érotique était-il réel ? L'historien en nous, toujours sceptique par devoir et habitude professionnelle, se demande si le Gouverneur ne se limitait pas à effleurer du bout des doigts une peau de soie qui ne lui appartiendrait jamais.

Hafiz découvrait, jour après jour, avec émerveillement, la volonté de la jeune fille, son besoin de s'affermir, son appétence de plus vastes horizons. Elle s'exprimait dans la langue précise des classes aisées, à l'accent neutre un peu nasal, mais esquivait toute tentative de sa part de remonter aux origines d'une famille et d'une éducation rangées, qui ne semblaient pas avoir laissé d'attaches reconnaissables. Suleika utilisait fréquemment deux synonymes désuets – *vitubereakh* et sa variante lexicale *sigurentikh*, les deux pouvant se traduire par « il est vrai » ou « en réalité » – qu'elle remplaçait parfois par un beau vocable toscan – *infatti* – signifiant à peu près la même chose en plus ramassé. Était-ce un talisman, un signe d'entente qu'elle voulait lui adresser, trop confondant pour qu'il pût le déchiffrer, comme l'appel radar d'un navire en détresse, relayé au-dessus d'une mer tumultueuse ? Hafiz était un bon linguiste, à l'oreille très fine, versé dans tous les accents, toutes les vibrations des cent dialectes de son peuple. Au fur et à mesure qu'ils s'entretenaient, partageant la prédilection pour le thé au jasmin et les après-midi de quiétude, certaine hésitation sur les labiales, certaine insistance sur des conjugaisons périmées, lui permirent d'établir sans le moindre doute que la jeune fille était de haute souche lakhbadienne. Il s'agissait, nous l'avons dit (mais nous en avons sans doute trop dit en quelques pages), de la portion escarpée du pays – non pas toute mais en grande partie – qui se trouvait jadis sous sa juridiction, où les révoltes contre le pouvoir central avaient repris, en plus âpre et sanglant, depuis la mise à mort d'Uriah Heep, entraînant des représailles féroces. Il essaya faiblement de lui faire comprendre à quel point il regrettait ces massacres, ayant tout fait pour les empêcher. Il s'embourba dans une plaidoirie honteuse pour lui prouver son innocence. Elle ne réagit pas et il finit par éviter le sujet. Le Michoumistan lointain appareillait comme une carte du Tendre ; c'était sans doute mieux ainsi.

Elle, plutôt, comment était-elle arrivée à Rome, et pour quoi faire ? Là encore, Suleika avoua le moins possible sur le premier point mais se montra plus diserte sur le second. Profitant d'une petite rente octroyée par une parente installée aux États-Unis, elle se vouait à une carrière de comédienne de théâtre. L'amie qu'il avait croisée – la moche, chez laquelle elle demeurait dans une chambre de bonne – lui avait permis d'accéder à l'école, très exclusive, de l'éminent pédagogue Antrobus, un des derniers officiants en Europe de la méthode stanislavskienne. Elle le mentionna plusieurs fois, dans leurs conversations, avec une admiration rêveuse, jusqu'à l'appeler son mentor. Tout cela ne disait pas grand-chose à Hafiz mais raviva un autre pincement au cœur qui venait de loin. Il n'aimait pas le cinéma, se méfiait de la télévision et ignorait les internautes mais le théâtre, comme l'opéra et les salles de concert, l'avait toujours enchanté. Dès l'enfance, ce lieu magique et féerique avait représenté pour lui un équivalent du bonheur.

Il était d'ailleurs monté sur les planches à onze ou douze ans, lors d'une représentation scolaire du *Bourgeois gentilhomme*, alors que le pays semblait encore heureux et apaisé. Le Père de la Patrie y avait assisté au premier rang, sur un fauteuil offert par le représentant local du mobilier scandinave, censé en occulter l'obésité, applaudissant complaisamment la jeune troupe composée des rejetons de l'élite du pays, y compris au moins trois bâtards présidentiels, dont lui. À la distribution des prix qui suivit, le petit Hafiz reçut un pot de confiture de groseilles, qu'il évita de partager avec ses camarades car il était goinfre et précocement avare. Ah, souvenirs d'un âge révolu, qui auraient amadoué une nature plus sensible que la sienne… Désormais, ses moyens réduits ne lui permettaient plus de s'y rendre comme aux premiers temps de l'exil, et il refusait par orgueil les tickets qu'on lui envoyait parfois à titre gracieux. Or, voici que le hasard (?) associait à Suleika cette vocation qui aurait pu devenir la sienne dans d'autres circonstances, ce masque qui aurait pu lui en épargner d'autres. Eût-elle été mannequin ou poétesse, blogueuse ou influenceuse, il n'aurait pas ressenti pareille contraction, pareil picotement dans ses ventricules cardiaques. Alors qu'il ignorait si leur rencontre s'inscrivait dans le présent, cette raie de complicité, s'ajoutant aux sons de leur langue inconnue du monde extérieur, à Piero, au *Divan*, à Proust qu'elle disait « adorer », composait une suite ineffable qui le charmait et l'endolorissait.

C'est la raison inconsciente qui cimentait leur rapport : il aurait tant souhaité dissiper avec elle, noyer en elle, le temps qu'il n'avait plus, simple grain à moudre. « *Laisse-moi reproduire dans mon esprit / les milliers de milles qui me séparent de Suleika / les milliers de pas odieux entre nous / qui marquent les tournants sur le chemin...* », lit-on dans le testament de Hafiz, gauchement traduit par lui. Elle récitait ces vers lentement, à haute voix, parfois en ôtant et repliant son jean pour se caresser sur le divan (le vrai, celui du salon), ses longues et langoureuses jambes à peine écartées, avec la compétence strictement physiologique de sa génération, qui avait suivi dès la sixième des cours d'éducation sexuelle sur la meilleure façon d'émoustiller le clitoris. Ému jusqu'aux larmes par ce spectacle, Hafiz savait qu'il cessait d'exister pour elle en ce moment, même comme public.

Il lui prêtait alors le talent qu'elle n'avait peut-être pas. Il s'aperçut qu'elle ne connaissait que quelques pages du *Divan* et en répétait toujours les mêmes strophes, avant de bâiller à s'en fendre la mâchoire et de lui tirer, peu romantiquement, la langue. Lorsqu'il essayait de revenir à Goethe, ce Minotaure weimarien dévorateur et conquérant, elle le dévisageait, les yeux larges comme des soucoupes. Il poussa l'investigation au chapitre Proust, s'enquérant sur Jean Santeuil, auquel elle attribuait la première place parmi ses personnages favoris de la *Recherche* ! Ses suspicions augmentèrent quand elle lui avoua que le chef-d'œuvre de Piero, qu'elle vénérait parmi tous, était la chapelle Sixtine ! La jeune fille était donc d'une ignorance qui le rassurait : un point pour lui, dans leur compétition sous-jacente. Or, comme les jeunes gens de son âge, elle pianotait tout le temps sur son portable : Wikipédia aurait pu lui éviter ces bourdes. Et donc ? Le faisait-elle exprès pour embrouiller les pistes ? S'imaginait-elle qu'il était devenu trop dépendant pour distinguer le vrai du faux ? Le Gouverneur se souvenait des lamentations des vieillards estropiés de sa région, qui béquillaient jusqu'à lui pour l'abreuver d'interminables querelles de famille ou de bétail afin d'obtenir une subvention ou un dédommagement. Il cédait, de guerre lasse, contre l'avis de ses collaborateurs plus experts, qui opinaient du chef. Les vieillards repartaient frétillants, ayant écrémé les fonds publics, pour les envoyer à leurs intermédiaires, qui avaient implanté des affaires lucratives à l'étranger, de préférence à Hong Kong ou au Canada.

L'instinct et l'expérience l'avertissaient qu'il y avait deux Suleika, dont l'une occultait le visage de l'autre. La première lui offrait son esprit, sa conversation et, par intermittences soigneusement dosées, les merveilles de son corps, tandis que la seconde lui celait les replis de son âme. Qui était-elle réellement, à laquelle pouvait-il croire ? Aucune n'était fiable et les deux s'accorderaient un jour ou l'autre pour le réduire à néant. Il le pressentait et n'éprouvait ni désarroi ni rancune. Les rares fois où la jeune fille le rejoignait la nuit pour y distiller précautionneusement ses charmes, Hafiz déchargeait son revolver et le cachait dans l'armoire, quitte à le récupérer à l'aube, lorsqu'elle était repartie sans qu'il s'en aperçût, le drap à côté du sien à l'improviste froid comme un linceul : *son* linceul. Il ne lui restait alors qu'à sommeiller en attendant Nasir et le plateau du petit déjeuner sur le coup de huit heures. Certains souvenirs auraient dû le mettre en alerte. Jadis, dans un bourg où grondait la révolte, une matrone, durant les fêtes de la pleine lune, avait exprimé le vœu de l'embrasser rituellement. Il accepta, ne pouvant perdre la face, conscient du risque que cela comportait. Elle essaya, comme prévu, de lui enfoncer un clou acéré dans le dos. Les gardes du corps étaient intervenus juste à temps, il s'en était tiré avec l'uniforme déchiré et quelques éraflures dans les côtes. Il interdit aux soldats de la sabrer sur-le-champ et pardonna la femme devant la population perplexe, comme s'il s'agissait du geste isolé d'une folle : encore cette clémence qui attisait des haines inextinguibles et rabaissait son prestige… Il y avait eu d'autres épisodes semblables, plusieurs tentatives de le supprimer confiées aux plus innocents : des bambins souriants ou des lépreux en guenilles lui tendaient des fleurs en cachant une grenade dégoupillée… Hafiz n'accordait plus aucune importance à ces indices prémonitoires. Comme les amants ébahis, il se croyait invulnérable. Le tout était de savoir jusqu'à quand et de se préparer à l'inévitable.

Une fois seulement, mais elle fut mémorable, Suleika manifesta devant lui un effroi presque hystérique. Ils se promenaient, le soir, le long des berges du Tibre et un minet de gouttière, curieux ou famélique, se mit à les suivre avec une insistance espiègle, disparaissant derrière un arbre ou dans un caniveau, pour réapparaître à nouveau, encore plus près. Elle accéléra le pas comme s'ils avaient eu aux trousses une meute enragée de molosses, l'obligeant à en faire autant. « N'ayez crainte, lui dit-il pour la calmer, cela ne va pas durer, j'ai l'habitude. Paparazzo, je les appelle tous comme cela, va se planter là ou décamper... » Or, bizarrement, le chat paraissait décidé à ne pas les quitter et même à se rapprocher d'eux ; l'anxiété manifestée par la jeune fille semblait l'attirer, lui donner de l'audace. Ce jeu imprévu l'excitait : s'il arrivait à inquiéter des humains, il aurait bien mérité de l'espèce féline. Tout à coup, elle se retourna, ramassa un gros caillou et le lança contre la petite bête qui s'enfuit en miaulant. « Excusez-moi, j'ai horreur des chats... »

Elle s'était déjà ressaisie, les traits à nouveau figés, un peu durcis pourtant. Hafiz, interloqué, ne sut que répondre. Il avait l'impression désagréable qu'elle avait agi non pas au hasard, pour obliger l'animal inoffensif à déguerpir, mais dans le but de l'atteindre, de le blesser ou de lui faire éclater le crâne. Le choix de la pierre justifiait cette macabre hypothèse. Ils se turent jusqu'à l'île Tibérine mais évitèrent d'un tacite accord de traverser le pont pour aller dîner dans le restaurant romantique – et plutôt cher, mais enfin, pour une fois... – qu'il lui avait proposé. Elle s'excusa vaguement en murmurant qu'elle devait réviser son cours du lendemain, fit demi-tour et repartit, sans lui effleurer les lèvres d'un baiser, comme cela était habituel entre eux.

Elle s'en voulait d'avoir révélé ainsi quelque chose de sa nature enfouie, le versant caché auquel il n'avait pas le droit d'accéder.

Il repartit à son tour vers le bouillon et le poulet graisseux, ou plutôt une tranche de jambon au fond du frigo car Nasir était sorti pour son congé hebdomadaire. Après quoi, calé dans son fauteuil, il ouvrit un ou deux classiques au hasard, sans arriver à se concentrer sur les péripéties de Julien Sorel ou d'Oliver Twist. Il revivait le geste de Suleika, en repensant incidemment à la matrone qui, jadis, avait voulu lui enfoncer un clou dans le dos… Geste violent, sans doute instinctif mais également d'une grande précision : le chat s'était sauvé par miracle. Il connaissait d'ailleurs la force qu'elle avait dans les bras, depuis la secousse du premier jour dans le bus. Que serait-elle capable de faire, une arme à la main ?

Et ces cours de théâtre, voyons, existaient-ils pour de vrai ? Oui, la marquise chypriote, interpellée, lui confirma qu'Antrobus était une autorité reconnue dans son domaine. Non, elle ne le connaissait pas, l'avait juste croisé deux ou trois fois. Sa renommée était inversement proportionnelle à ses rares apparitions dans le monde. Très imbu d'art, c'est-à-dire de *son* art, il ne fréquentait que l'aréopage de ses élèves et des chroniqueurs de théâtre qui lui étaient entièrement acquis. Quelques mécènes surtout féminins obtenaient, en échange de leurs libéralités, de lui tapoter le front en sueur, à la fin d'une représentation, ou de commander à la brasserie du coin un faux-filet dont il avalait quelques bouchées d'un air torve, avant de disparaître dans la nuit. Bref, le personnage s'annonçait suffisamment odieux pour l'intriguer. Ou mieux, cette mystique de pacotille n'aurait eu aucun intérêt à ses yeux, sans le culte que semblait lui vouer Suleika. Comment cet homme, qu'on disait au demeurant très laid, avait-il pu séduire sa séductrice ? Il fallait en avoir le cœur net.

III

Une semaine plus tard, Hafiz, n'y tenant plus, décida d'aller à la rencontre du mentor qu'il jalousait sans se l'avouer. Le fait qu'il demeurât dans le même quartier, à quelques centaines de mètres à peine de son rez-de-chaussée, réduisait les distances mais ne simplifiait pas l'approche. L'atelier d'Antrobus était installé dans la cour, pittoresque ou crasseuse selon les goûts, d'un hôtel particulier à l'angle du mont-de-piété, institution toujours florissante de nos jours dont les affaires se prolongent dans les boutiques avoisinantes. La façade vermoulue gardait néanmoins un air d'importance, avec ses angelots en stuc et son tympan baroque. Le guide historique de Rome qu'il avait examiné – toujours le maréchal napoléonien, qui ne laissait rien au hasard… – lui révéla qu'il s'agissait de l'ancienne demeure où un cardinal du XVIIe avait logé une encombrante maîtresse, actrice ou cantatrice, plus tard cabaretière, enfin nonne dans un couvent (mais pas encore nazie), dont le menu peuple vénérait les saintes œuvres de vertu. Que d'identités s'entassent en une seule existence, s'y poursuivent ou s'y superposent… Ce genre de réflexions le rendait toujours rêveur ; mais le rêve est le contraire de l'action et c'est agir qu'il fallait.

Le temps était maussade, une bruine acidulée semblait monter du fleuve, les grilles des magasins se fermaient sur leurs gonds, les rues se vidaient, les clochards se disputaient les places sous les porches des églises, des hôpitaux, des bureaux de poste, dans une cacophonie d'accents balkaniques et maghrébins. Il y a parfois à Rome, dans les soirs d'automne ou d'hiver, un côté Simenon ou film néoréaliste qu'on ignore généralement. Le silence régnait à l'intérieur de l'immeuble. Hafiz pénétra dans la cour, jadis un entrepôt de charbon ou de marchandises, trop modeste pour y avoir abrité des écuries ou des carrosses cardinalices. Une porte vitrée s'ouvrait au fond, mal éclairée, là où vraisemblablement se trouvait l'école, qui n'arborait ni plaque ni interphone et n'était donc connue que des initiés. Une musique triste en provenait, un piano désaccordé rythmant la mélopée d'une chorale tout aussi plaintive. Des bruits sourds s'y ajoutaient, comme de meubles transportés en cachette ou les pas étouffés de voleurs d'appartements.

Voilà qui ne semblait guère de bon augure. Il hésita, puis choisit de ne pas se faire annoncer, par crainte d'un refus. Il n'avait d'ailleurs rien à débattre avec un maître des lieux à la renommée farouche, peu enclin à ménager des curieux. Il ne savait pas trop sur quel pied danser, lorsque justement un type en maillot et leggins de danseur, qui le lorgnait depuis un moment, s'approcha pour lui demander s'il faisait partie des figurants recrutés pour le prochain spectacle. D'abord indigné par tant d'outrecuidance, Hafiz se dit que ce prétexte en valait bien un autre, autant en profiter. On le fit entrer dans une salle d'accueil bien peu accueillante. D'autres fantaisistes l'y avaient précédé, tous des habitants du quartier et des gens de la nuit. Il reconnut l'apprenti de l'épicier qui ricanait sans cesse, les doigts fourrageant dans ses narines, quelques retraités insomniaques, deux ou trois hooligans, tatoués et balafrés, un aimable voisin de palier à la solide réputation de pédophile, enfin la Belle Hélène, une prostituée centenaire au cœur d'or, qui venait d'obtenir une pension d'invalidité à la suite d'une pétition populaire qu'on avait essayé de lui faire également signer. La situation était tellement ridicule qu'elle devenait amusante, ou aurait pu l'être en d'autres circonstances.

Après une courte attente, Antrobus fit son apparition. Il y avait en lui de l'antilope et de l'alligator, mais surtout de ce dernier. Tout de noir vêtu, paraissant plus grand qu'il n'était, d'un port très droit et d'une maigreur émaciée, il arborait une tignasse d'un blanc sale, ramassée dans une queue-de-cheval qui lui chatouillait les épaules. Il était effectivement laid, presque repoussant, les traits épatés, le nez busqué, la peau squameuse, les lèvres fines comme une lame de rasoir. Le regard, oblique et jaunâtre de reptile, était d'une prodigieuse acuité et, après avoir fait le tour de la salle, se fixa sur Hafiz sans la moindre bienveillance. Il passa rapidement en revue la troupe d'affreux, comme s'il s'agissait d'évaluer les plus aptes aux travaux forcés, sembla satisfait de la sélection faite, et les confia d'un geste impérieux à l'assistant en leggins, qui l'escortait comme une ombre. Puis, il se tourna à nouveau vers lui : « Que voulez-vous ? Pourquoi êtes-vous ici ? »

Hafiz bredouilla de vagues justifications que l'autre coupa net : « Ne vous moquez pas de moi et ne perdons pas de temps. Parlez ou sortez ! » C'était mieux ainsi, autant tout avouer. « Eh bien, Maître, je suis ici pour Suleika. » Antrobus ne manifesta aucune surprise, son regard transperçait Hafiz, qui dut s'en détourner instinctivement. Il avait l'impression désagréable de n'être plus qu'un papillon collé dans l'album d'un collectionneur. Est-ce que le metteur en scène essayait de l'hypnotiser ? Sans un mot, il lui fit signe de le suivre au fond du couloir, qui séparait les salles comme des portants de théâtre. Au fond, une autre porte vitrée, qu'il ouvrit avec précaution. Le bureau d'Antrobus tenait de la loge de théâtre, ce qui était prévisible, mais aussi de la garçonnière d'un nécrophile et de l'antre d'un chiromancien. La petite pièce était bourrée d'une quantité invraisemblable de livres, de vieux journaux, de paperasses à même le sol, de verroteries, de tapis, de lampes, de hallebardes, d'ustensiles et d'objets hétéroclites dont la destination semblait difficile à établir et l'état de fonctionnement périlleux. Aux murs, quelques affiches de film : *Nosferatu*, *Le Docteur Mabuse*, *Le Bossu de Notre-Dame* et une imprévue *Cendrillon*. La seule étroite fenêtre était voilée de noir, incontestablement la couleur pour laquelle le maître des lieux éprouvait une dilection. On s'attendait à tout moment à voir voleter des chauves-souris autour du lampadaire ou à croiser des lézards sortis de la fissure d'un mur, sans oublier les rats, certainement nombreux et d'un excellent appétit, vu qu'on était au niveau des égouts de la ville et des eaux du Tibre. Quelque chose bouillonnait dans un angle : ce n'étaient pas les sorcières de *Macbeth* autour de leur chaudron, mais tout bonnement du café soluble dans un percolateur.

« Asseyez-vous », lui ordonna Antrobus, en lui indiquant un canapé recouvert d'une housse, également noire mais à peu près propre. Hafiz hésita, il n'avait pas le choix. Il ôta son pardessus, le posa sur ses genoux, ne pouvant s'asseoir dessus, ce qu'il aurait préféré faire pour éviter le contact avec ce mobilier vétuste. Après tout, il n'avait pas été aussi délicat, lorsqu'il s'était agi jadis de rendre visite à quelque chef de clan dans sa caverne ou son nid d'aigle et d'en partager la répugnante nourriture : ici, au moins ce risque semblait évité...

Antrobus s'installa à sa table de travail, sans lui offrir heureusement la tasse de café qu'il sirotait goulûment avec un sucement d'évier. Un lourd silence s'ensuivit que l'éminent pédagogue ou plutôt illusionniste – car Hafiz avait de plus en plus l'impression de se trouver confronté à un représentant de cette moins reluisante catégorie : il avait croisé assez d'ensorceleurs et de magouilleurs dans sa vie... – ne semblait pas disposé à interrompre. Finalement, il se secoua, refixa sur lui le regard vipérin auquel Hafiz commençait à s'habituer et prononça ces quatre mots : « *Les Sept contre Thèbes.* » Hafiz acquiesça, impassible : l'instinct lui disait que s'il avait fait preuve d'impatience ou d'étonnement, l'autre se serait refermé dans son mutisme et il aurait dû repartir les mains vides. Or, il devait à tout prix le faire parler, il n'aurait pas de seconde chance. Il alla même un peu au-delà, répétant à son tour : « *Les Sept contre Thèbes*, en effet… » Il risquait gros mais le Maître parut apprécier son intervention. « Oui, *nous* y avons toujours pensé mais il *nous* a fallu effectuer une si longue et minutieuse préparation… Dire que les gens vont au théâtre comme s'ils buvaient un verre d'eau et ne savent pas quelle longue et… » « Minutieuse ? », suggéra Hafiz. « C'est ça… minutieuse préparation doit être affrontée pour obtenir *nos* résultats… Vous allez au théâtre, *vous* ? » Le regard redevint tout à coup méfiant et cinglant. « Euh oui, quelquefois… » « Mal. Il faut y aller toujours ou jamais. On ne badine pas avec ce genre de choses. *Nou*s par exemple, *nous* ne sortons jamais du théâtre. Toute *notre* vie est ici. »

À l'entendre parler, Hafiz avait eu d'abord l'impression que son interlocuteur s'attribuait le *pluralis majestatis* encore courant dans certaines dynasties, qui avait été aboli au Michouchistan lors de la réforme de 1881. Il se rendit compte, en faisant attention, que le « nous » ne concernait pas la seule personne d'Antrobus mais aussi un personnage dont la photo trônait sur la table dans un cadre dûment noir, bel homme distingué et lunetté entre deux âges, au sourire ouvert, élégant dans un manteau au col de fourrure, bref l'opposé en tout du metteur en scène. Et pourtant… « *Nous* sommes restés les seuls… les derniers et les seuls, Stanislavski et *moi*, à comprendre la nature véritable du théâtre, qui n'est pas *notre* bonheur, encore moins celui de spectateurs comme *vous*, qui veulent se distraire, s'amuser, à la rigueur s'instruire, pour reprendre leur vie insouciante, deux ou trois heures plus tard. » « On peut les comprendre… » « Faux, archifaux ! Cette vie n'existe plus afin que seul le théâtre existe ! Elle a été abolie, nullifiée, calcinée par la magie sur scène. Hélas, si *nous* sommes encore là, Dieu sait pour combien de temps encore, il n'y a plus d'acteurs, leur descendance est finie : tous des dilettantes qui prétendent eux aussi recommencer à vivre après la représentation, vous vous rendez compte ? » « Cependant, votre atelier... » « Et alors ? Je leur apprends à faire de la figuration, c'est beaucoup mieux, au moins ils se taisent sur scène, ou plutôt ils chantonnent. Vous entendez cette musique ? N'est-ce pas divin ? »

Hafiz avait oublié le piano désaccordé et la chorale plaintive, tout comme les bruits étouffés, sans doute ceux des acteurs-figurants, qui traînaient les pieds pour exprimer une insondable angoisse. « *Les Sept contre Thèbes*, les frères séparés, *nous* y pensons depuis quarante ans... Le messager déclame les vers de la discorde et de la vengeance, il annonce l'impossible réconciliation des humains, il finira comme les autres, atteint par un javelot, mortel comme nous le sommes toutes et tous, c'est inévitable. Le chœur des lamentations se tait, les assaillants n'existent plus et les champions de la ville seront foudroyés, avant de percevoir que leur cœur flanche. Le vôtre aussi ? » « Il me cause des soucis, mais ça va, merci... » « N'en soyez pas si convaincu... Antigone cherche une digne sépulture pour le roi, son frère ou son fils qui sait ? Et puis... Aucune réponse n'est possible. Rideau. Le noir envahit la salle. » Quant à ça, je m'en doutais, se dit Hafiz.

Il fallait conclure. « Suleika sera donc votre Antigone, Maître ? » Tout à coup, Antrobus prit l'apparence d'un hibou sage et infiniment las. « Qui peut le dire ? *Nous* ne le savons pas encore. *Nous* avons déjà été déçus par tant d'incompétents, des ambitieux qui nous approchaient pour entamer une carrière, quel gaspillage ! » « N'est-ce pas normal, après tout ? » « Ah, je vois ! – le ricanement d'Antrobus semblait ajouter la hyène aux espèces animales qui s'étaient penchées sur son chevet – Vous aimez la médiocrité, la norme vous rassure. Vous croyez que *nous* sommes ici pour former des comédiens et non pour les détruire. *Elle* résiste, je la plierai comme les autres. J'ignore qui vous êtes, monsieur, et cela ne m'intéresse pas car je ne vous reverrai jamais. Votre existence a dû être bien paisible… » « Ce ne fut pas vraiment le cas. » « Peu importe. Ce que vous poursuivez est inatteignable, vous le savez comme moi. C'est d'ailleurs la raison pour laquelle je vous ai accordé cet entretien, au lieu de vous faire chasser comme vous le méritiez. J'ai horreur des intrus, *nous* ne leur accordons aucune place ici, ils *nous* écartent du travail écrasant que nous nous sommes imposé. *Notre* mission ne tolère aucune défaillance, aucune perte de temps ni d'énergie. Mais, l'avouerais-je, vous me faites de la peine, un sentiment qui d'ordinaire me répugne. Et donc, éloignez-la, si encore vous le pouvez, ou acceptez votre sort. Adieu, monsieur, je n'ai rien d'autre à vous dire. »

*

Il ne l'avait pas revue depuis la rencontre avec Antrobus. Il savait qu'elle reviendrait et l'attendait sans crainte en feuilletant le mince recueil du *Divan*, dans sa traduction qui lui apparut encore plus gauche et malhabile.

Puis il ouvrit le portefeuille pour contempler l'image de sa mère. Beloukia semblait lui dire, un peu affligée : « Je t'ai protégé tant que j'ai pu, mon garçon. À présent... » Long soupir. Il essaya de la rassurer : « Ne t'inquiète pas, maman, *avaneh*, tranquille, tout va rentrer dans l'ordre. Je te rejoindrai pour dormir bientôt entre tes bras. » Il replia soigneusement la photo au moment même où Suleika entrait, annoncée par Nasir de son air le plus cérémonieux et mortifère. Le serviteur déposa le plateau de thé au jasmin en face de lui, avant de se retirer avec un sourire narquois.

Elle n'avait jamais été aussi belle, d'une beauté qui n'était plus trouble, fébrile comme auparavant, soudain apaisée par la résolution prise ce jour-là, de son propre chef ou d'après les instructions de ses complices. Piero

Della Francesca, l'Arioste, Goethe vieillissant, Proust du fond de sa chambre de liège avaient-ils connu dans leur chair un embrasement semblable ? Ils n'étaient pas comme lui chevillés à ce bas monde, pourtant le seul qui nous appartienne. Il regarda par la fenêtre, ne vit pas le ciel qui se dérobait : nous avons déjà dit et redit qu'il ne pouvait le contempler de son rez-de-chaussée trop sombre. La femme de ménage battait toujours son tapis et le jeune prêtre à la tonsure germanique traversait toujours via Giulia, son bréviaire à la main, en évitant les flaques. La vie, indifférente et inaccessible, continuait son cours, n'en déplût au metteur en scène stanislavskien et à ses phobies. Hafiz s'emplit les poumons d'un sentiment inédit, une sorte d'acceptation, de reconnaissance si l'on veut. Mais en réalité, il n'en voulait pas.

Suleika s'excusa d'être en retard. Hafiz lui versa une tasse de thé. Ils échangèrent quelques propos d'une banalité rassurante. Il fit semblant de somnoler, bercé par l'éloquence de la jeune fille, tout en l'étudiant derrière ses paupières mi-closes. Elle se demandait sans doute s'il portait son revolver sur lui, prêt à s'en servir, et semblait calculer ses chances de conspiratrice. Sa main droite se déplaçait lentement vers le sac – de bonne marque, il avait pu le lui offrir au moment des soldes – posé négligemment à côté d'elle sur le sofa : une attitude parfaitement décelable à l'œil expert du Gouverneur, qui aurait pu la désarmer d'une pichenette. Il revit le gosse souriant à la lèvre déformée et l'infirme débitant des implorations, qui s'approchaient pour lui offrir un panier de fruits, prêts à dégoupiller une grenade dont il aperçut à temps le reflet métallique. Il revit la paume de leurs mains tendues vers lui, rose ou calleuse, veinée, innocente. Il avait dû les abattre à brûle-pourpoint, quelques secondes avant d'en devenir la victime : tirer sur son propre sang, celui d'un peuple deux fois millénaire, qui vénérait l'écriture quand l'Occident avait oublié son héritage et chassait les fauves dans les forêts pour se vêtir et se nourrir... Le gosse et l'infirme, frappés d'une balle en plein front, s'étaient affaissés sans un gémissement, au moins n'avaient-il pas souffert. La foule, pour une fois, l'avait applaudi, même celles et ceux qui auraient recommencé la prochaine fois.

Rassurée par sa mansuétude, elle lui ouvrit les bras. Oublieux des admonestations d'Antrobus, il s'y précipita comme si rien d'autre ne pourrait l'accueillir, rien de plus sacré ni de plus nécessaire pour parfaire son chemin. « *Ces pleurs régénèrent la poussière / et le vert apparaît déjà à nos yeux.* » Les vers, qu'elle ignorait sans doute, qui concluaient le testament de Hafiz. Il se baissa vers cette bouche ardente, dont l'arôme aurait fait pâlir des parterres de roses. Il sut à l'instant que c'était pour la dernière fois, avant même de ressentir cette piqûre au cœur qui ne lui causa pas de souffrance mais une sorte d'émerveillement. Oui, elle savait se servir d'une arme, et comment ! Le chat Paparazzo avait eu de la chance ; lui, beaucoup moins. Son regard croisa celui immuable de Suleika, en digne héritière de la reine de Saba, puis descendit vers le poignard ciselé qu'elle tenait à la main. Il le reconnut. Nasir le conservait, avec d'autres armes blanches, dans une petite vitrine dont il portait la clé sur lui. D'où, rapide question mentale d'un mourant :

l'avait-elle dérobé ou, hypothèse plus probable, était-ce le serviteur qui le lui avait offert pour accomplir sa tâche ? Ainsi Zeughides et Lakhbadiens, divisés aujourd'hui par des haines mortelles, parfaitement imbéciles, comme elles le sont toutes, s'accordaient pour consommer leur vengeance sur le seul ancien Gouverneur qui eût jadis essayé de les réconcilier.

Désormais tout était clair, irréprochable, accompli. Il porta la main à sa chemise de coton – celles de soie grège avec ses initiales étaient parties depuis longtemps dans une autre vente de bienfaisance, après les pyjamas – et la retira, engluée d'une substance visqueuse à la hauteur du cœur. Le sang s'en déversait à flots, éclaboussant l'altière, l'incomparable figure qui avait anobli sa vie pour en justifier, tardivement, le cours. « Vous êtes donc… tu es la fille… », murmura-t-il en s'affaissant.

« Non, répondit-elle, les yeux brillants, la petite-fille d'Uriah Heep, qu'importe ? Et la matrone du village ? Et l'enfant, et l'infirme, les aurais-tu oubliés ? C'est tout un peuple qui a armé cette main pour punir le tyran qui l'opprima. Tu comptais sur un pardon insouciant ? C'était mal nous connaître en vérité, *vitubereakh* (et sa variante lexicale moderniste *sigurentikh*) ! Tu croyais trouver grâce à mes yeux ? Et qu'en récitant des poèmes illustres dans ta piètre version, je t'aurais épargné ? Ce n'était qu'un moyen pour pénétrer dans tes défenses (comme s'il ne l'avait pas compris)… Tu croyais me conquérir ? Tu n'es qu'un vieux, à demi impuissant. qui pisse, rote et pète dans son sommeil. Ton haleine pue, ton râtelier empeste… »

« Ah non, ça non ! essaya-t-il de lui opposer, dans un sursaut d'énergie désespérée. J'ai encore presque toutes mes dents, quelques caries mais rien de plus. D'ailleurs le dentiste, qui fut indirectenent à l'origine de notre rencontre, peut le prouver, si tu ne me crois pas… »

« Qu'importe ! ai-je dit. Et maintenant, meurs, scélérat ! » La tirade était véhémente, bien scandée, un peu trop longue, avec une inflexion de sociétaire de la très anti-stanislavskienne Comédie-Française qui aurait horrifié Antrobus. Hafiz n'en perçut que la moitié, ses oreilles bourdonnaient. Elle porta un deuxième coup qui ne fut pas nécessaire. Il expira avant de tomber à terre. On ne sait si son dernier murmure évoqua Suleika, Beloukia ou les deux : les syllabes des mourants s'entrechoquent et se confondent souvent.

Quelques heures plus tard, alerté par des voisins soucieux et trois chats qui miaulaient à vous fendre l'âme (dont l'un était peut-être le Paparazzo survivant de la promenade), le commissaire Oronte se précipita sur les lieux, aussi rapidement que le lui permit son imposante carrure, et força la porte du rez-de-chaussée. Un cadavre gisait au milieu du salon, les deux mains pressées sur le cœur. Ses traits exprimaient une béatitude rare chez la victime d'un assassinat. Curieuse blessure, en fait, dont le sang ne jaillissait pas : la chemise de coton du défunt était intacte. Oronte le contempla en professionnel, quelques instants lui suffirent et il hocha la tête. Il ordonna, malgré tout, à ses hommes de passer le petit appartement au peigne fin, sachant qu'ils ne trouveraient rien d'autre. Toutes les armes blanches de la collection du défunt étaient conservées et répertoriées dans une petite vitrine du salon, la clé bien en vue dans la serrure. Le portefeuille était intact, son visa soigneusement plié à côté de billets de banque pour une valeur de 350 euros, d'un abonnement de bus avec réduction et de la photo jaunie d'une belle femme en costume indigène (!). Les quelques objets de valeur qu'on répertoria – une montre en or, des boutons de manchette, un crucifix copte (en fait, michoumistanais), quelques cartes de crédit, etc. – n'avaient pas été dérobés. L'hypothèse d'un crime crapuleux semblait donc à exclure. S'agissait-il plutôt d'un meurtre politique ? Aucun contact avec les groupes dissidents signalés par Washington, Moscou et Pékin ne put être établi. On mit sous séquestre : 1) un agenda de poche en faux cuir, enfoui dans son veston ; 2) plusieurs valises de documents, ainsi que 3) un tapuscrit de quelques centaines de feuillets, rédigé dans une langue incompréhensible, manifestement incomplet. Ils furent expédiés aux services compétents et nul ne saura jamais leur sort. Le valet indien (!!), que tout le monde connaissait dans le quartier, avait disparu. Une jeune fille d'une exceptionnelle et coruscante beauté, qu'on avait aperçue parfois rôdant autour de l'appartement, ou s'y faufilant la nuit, était également introuvable. Leur double signalement fut transmis en vain à la gendarmerie. Un mandat d'arrêt international n'apporta aucun résultat.

Oronte était un flic trop expérimenté, donc humain, pour ne pas se poser des questions en mâchant le cure-dent qui remplaçait une *nazionale* sans filtre, désormais introuvable chez les buralistes du coin. Il se demandait si la fille existait réellement – elles étaient peut-être plusieurs : une livreuse, une postière, une péripatéticienne occasionnelle, qui se ressemblaient ? – et surtout, s'il ne s'agissait pas d'un suicide habilement camouflé ou d'une attaque cardiaque. Le médecin légiste ne put l'exclure. Certes, le trépassé, tireur d'élite, ne s'était pas servi du revolver, régulièrement déclaré aux autorités, qu'on avait découvert sous son oreiller. Mais quel en serait le motif éventuel ? Des soucis d'argent ? peu probable. Une maladie grave ? L'autopsie, expédiée rapidement, révéla que le sexagénaire était en assez bonne santé, hormis les varices et quelques problèmes dentaires. On négligea un examen approfondi du cœur. Bref, les preuves d'un meurtre manquaient, celles d'un suicide également. Malgré les doutes du commissaire Oronte, on finit par archiver l'affaire, qui ne suscita pas la curiosité des médias.

Hafiz repose dans le carré des agnostiques du cimetière monumental de Rome : choix inévitable du moment que sa religion demeure inconnue, si jamais il en avait une. Son nom, dans la transcription occidentale simplifiée, gravé sur une modeste plaque, est suivi de la mention : « Homme d'État du Michoumistann » avec deux n. L'endroit est gracieux, au fond d'une allée de pins parasols qui devient à la tombée du jour, à la lueur des torches électriques (deux-trois-deux), un lieu de rencontre des pushers d'héroïne et des *viados* sud-américains en vadrouille, parmi lesquels le commissaire Oronte recrute ses informateurs. La tombe du Gouverneur, ignorée de toutes et de tous – sauf la marquise chypriote, Antigone de nos temps, qui s'est enfin mise au régime strict par expiation, jetant loukoums et macarons dans les chiottes –, est fleurie au début de chaque mois par les Petites Sœurs de la Miséricorde, *as Pequenas Irmãs da Misericórdia*, pieuse institution mozambicaine.

TABLE

Cet ouvrage a été achevé d'imprimer sur Roto-Page
par l'Imprimerie Floch à Mayenne
pour le compte des éditions Grasset
en mars 2023

Composition et mise en pages
Nord Compo à Villeneuve-d'Ascq

PAPIER À BASE DE FIBRES CERTIFIÉES

Grasset s'engage pour l'environnement en réduisant l'empreinte carbone de ses livres. Celle de cet exemplaire est de :
600 g éq. CO_2
Rendez-vous sur www.grasset-durable.fr

N° d'édition : 22785 – N° d'impression : 102099
Dépôt légal : avril 2023
Imprimé en France